Nuova Narrativa Newton

327

Titolo originale: *The Vampire Diaries. The Return: Midnight*
(Chapters 22-44)

Traduzione dall'inglese di Marialuisa Amodio
Prima edizione: gennaio 2012

Roma, Casella postale 6214

ISBN 978-88-541-3518-5

www.newtoncompton.com

Realizzazione a cura di Massimiliano D'Affronto
Stampato nel gennaio 2012 da Puntoweb s.r.l., Ariccia (Roma)
su carta prodotta con cellulose senza cloro gas provenienti
da foreste controllate, nel rispetto delle normative ambientali vigenti

Lisa Jane Smith

Il diario del vampiro

L'alba

Newton Compton editori

1

«*Mama* dice che Matt non è a Fell's Church», ripeté a Stefan la signora Flowers. «Quindi non serve cercarlo nel boschetto».

«D'accordo», disse Stefan. «Allora se non è lì, dov'è?»

«Be'», disse esitante Elena, «si tratta della polizia, vero? Lo hanno preso». Si sentiva il cuore nello stomaco.

La signora Flowers sospirò. «Suppongo di sì. *Mama* avrebbe dovuto dirmelo, ma ci sono strani influssi nell'aria».

«Ma il dipartimento dello sceriffo è a Fell's Church. O almeno quel che ne è rimasto», obiettò Elena.

«Allora», disse la signora Flowers, «potrebbero averlo portato al dipartimento di polizia di una città vicina. Quelli che sono venuti a cercarlo prima...».

«Ridgemont», disse con gravità Elena. «Venivano da lì i poliziotti che hanno perquisito la pensione. Meredith ha detto che anche lo sceriffo Mossberg veniva da lì». Guardò Meredith, che non fiatò nemmeno. «Il padre di Caroline ha degli amici in quella città. Pezzi grossi. E anche il padre di Tyler Smallwood. Fanno parte di quei circoli preclusi alle donne con tutti i loro rituali tipo strette di mano segrete e robe simili».

«Abbiamo qualcosa che somigli a un piano per quando arriveremo lì?», chiese Stefan.

«Io ho una specie di piano A», ammise Elena. «Ma non so se funzionerà. Forse tu puoi saperlo meglio di me».

«Parla».

Elena gli illustrò il piano. Stefan ascoltò, trattenendosi dal ridere. Poi si fece serio e disse: «Credo che potrebbe funzionare».

Elena cominciò subito a pensare ai piani B e C, così avrebbero saputo che cosa fare se il piano A non avesse funzionato.

Dovevano attraversare Fell's Church per raggiungere Ridgemont. Elena guardò tra le lacrime le case bruciate e gli alberi anneriti. Era la sua città, la città che aveva sorvegliato e protetto quando era uno spirito. Come avevano potuto ridurla così?

E c'era qualche speranza che tornasse tutto come prima?

Elena cominciò a tremare senza riuscire a controllarsi.

***

Matt era seduto nella sala della giuria, perso nei suoi pensieri tetri. L'aveva esplorata già da un bel pezzo, e aveva scoperto che le finestre erano sbarrate dall'esterno con delle tavole. Non era sorpreso, perché a Fell's Church tutte le finestre erano sbarrate e, inoltre, aveva già avuto modo di saggiare la resistenza di quelle tavole e sapeva che avrebbe potuto romperle, se avesse voluto.

Ma non voleva.

Era il momento di affrontare i propri problemi. Avrebbe voluto affrontarli prima, ma Damon aveva portato le ragazze nella Dimensione Oscura e Meredith lo aveva convinto a non farlo.

Matt sapeva che il signor Forbes, il padre di Caroline, aveva parecchi amici nella polizia e nella magistratura lì a Ridgemont. E anche il signor Smallwood, il padre del vero colpevole. Era improbabile che gli concedessero un processo equo. Ma, in qualsiasi caso, a un certo punto avrebbero dovuto almeno *ascoltarlo*.

E non avrebbero sentito altro che la pura verità. Forse non gli avrebbero creduto subito. Ma più tardi, non appena i gemelli di Caroline avessero acquisito un minimo di controllo sulla propria forma, come succedeva a tutti i cuccioli di licantropo, be', allora la giuria avrebbe ripensato a Matt e alle sue parole.

Si rassicurò, dicendosi che stava facendo la cosa giusta. Anche se in quel momento aveva la sensazione che il suo stomaco fosse di piombo.

Qual è la cosa peggiore che possono farmi?, si chiese, e purtroppo sentì come risposta la triste eco della voce di Meredith. *"Possono metterti in prigione, Matt. Una vera prigione; sei maggiorenne. Forse questa sarà una bella notizia per certi vecchi criminali incalliti, depravati e muscolosi, con tatuaggi fatti in casa e bicipiti grossi come tronchi, ma non sarà una bella notizia per te"*. E poi, dopo una serie di ricerche in internet, *"Matt, in Virginia possono darti l'ergastolo. E il minimo è cinque anni. Matt, per favore, ti imploro, non permettergli di farti questo! Qualche volta è vero che mostrare coraggio significa essere ragionevoli. Loro hanno tutte le carte in mano, e noi invece brancoliamo nel buio..."*.

"Meredith si è agitata tantissimo, e si è lasciata prendere dalla situazione", pensò Matt, avvilito. "Ma non è che io sia finito qui perché mi sono offerto volontario. E scommetto che sanno benissimo che queste tavole sono piuttosto fragili. Se evado, mi daranno la caccia da qui a chissà dove. Se non mi muovo, almeno avrò l'opportunità di dire la verità".

Per molto, moltissimo tempo, non accadde nulla. Dalla luce del sole che filtrava attraverso le crepe fra le tavole, Matt intuì che era pomeriggio inoltrato. Un uomo entrò e gli offrì di accompagnarlo alla toilette e una Coca-Cola. Matt accettò entrambe le cose, ma chiese anche un avvocato e di fare la sua telefonata.

«Avrai un avvocato», borbottò l'uomo appena Matt uscì dal bagno. «Te ne sarà assegnato uno».

«Non lo voglio. Voglio un vero avvocato. Uno *scelto* da me».

L'uomo sembrava disgustato. «I ragazzi come te non hanno un soldo bucato. Prenderai l'avvocato d'ufficio».

«Mia madre ce li ha i soldi. Lei vorrebbe che io avessi un avvocato di nostra scelta, non qualche ragazzino appena uscito dalla facoltà di giurisprudenza».

«Uh», fece l'uomo, «che tenero. Vuoi che la mammina si prenda cura di te. Scommetto che avrà superato Clydesdale da un pezzo, con quella donna nera, la dottoressa».

Matt s'irrigidì.

Rinchiuso di nuovo nella sala della giuria, cercò freneticamente di riflettere. Come facevano a sapere dove stavano andando sua madre e la dottoressa Alpert? Ripensò alle parole dell'uomo: "*Quella donna nera, la dottoressa*". Avevano un suono sinistro, d'altri tempi e semplicemente brutto. Se si fosse trattato di un maschio bianco, avrebbe detto: "*...è andata con l'uomo bianco, il dottore*". Sembrava il dialogo di un vecchio film di Tarzan.

Matt sentiva crescere dentro di sé una gran rabbia. E insieme alla rabbia, una gran paura. Gli giravano in testa parole come: *sorveglianza, spie, cospirazione, insabbiamento*. Lo avevano fregato.

Dovevano essere passate le cinque, poiché tutti gli impiegati del tribunale se n'erano andati, quando lo portarono nella stanza degli interrogatori.

Capì che era tutta una messa in scena: due agenti cercavano di farlo parlare in una stanzetta angusta con una videocamera in un angolo del soffitto, perfettamente visibile anche se molto piccola.

Facevano a turno: uno gli urlava che gli conveniva confessare tutto, mentre l'altro si fingeva amichevole e diceva frasi tipo: «È solo che le cose ti sono sfuggite di mano, ho ragione? Abbiamo una foto del succhiotto che ti ha fatto. Era una gran figa, eh?». Gli fece l'occhiolino. «Io ti capisco. Ma poi lei ha cominciato a mandarti dei segnali ambigui...».

Matt perse le staffe. «*No*, non eravamo usciti insieme, *no*, non mi ha fatto un succhiotto, e quando dirò al signor Forbes che avete chiamato suo figlia "una gran figa", *facendomi l'occhiolino*, vi farà *licenziare*, signore. E ho sentito parlare di "segnali ambigui", ma non li ho mai visti. Mi sembra di aver detto "no". L'ho sentito come lo avete sentito voi, e presumo che "no" significhi "*no*"!».

Dopo lo pestarono un po'. Matt era sorpreso, ma non più di tanto, considerando che li aveva appena minacciati e trattati con insolenza.

Alla fine gli agenti rinunciarono a interrogarlo e lo lasciarono solo nella stanzetta, che, diversamente dalla sala della giuria, era priva di finestre. Matt continuò a dire senza posa, di fronte alla telecamera: «Sono innocente e mi stanno negando il mio avvocato e la mia telefonata. Sono innocente...».

Finalmente tornarono a prenderlo. Il poliziotto buono e quello cattivo lo portarono a spintoni in un'aula per le udienze completamente vuota. No, non proprio vuota, notò Matt. In prima fila c'erano dei giornalisti; alcuni avevano già il taccuino pronto.

Quando Matt li vide lì seduti, proprio come in un vero processo, e immaginò gli schizzi che avevano fatto sui taccuini, proprio come si vedeva in televisione, la palla di piombo nel suo stomaco si trasformò in un tremito di panico.

Ma era quello che voleva, no? Rendere pubblica quella storia.

Lo condussero a un banco vuoto. A un altro banco sedevano parecchi uomini, tutti ben vestiti, ognuno davanti alla propria pila di carte.

Ma qualcuno su quel banco attrasse l'attenzione di Matt: Caroline. In un primo momento non la riconobbe. Indossava un vestito di cotone grigio tortora. Grigio! Non indossava gioielli ed era truccata in modo leggero. L'unica nota di colore era nei suoi capelli, di un vivace castano dorato. Era il suo colore solito, non quel marrone chiazzato che aveva quando era cominciata la trasformazione in lupo mannaro. Alla fine quindi aveva imparato a controllare la sua forma? Quella era una brutta notizia. Davvero brutta.

E infine, tutta impettita, con l'aria di camminare sui gusci d'uovo, entrò la giuria. Tutti loro dovevano sapere quanto fosse irregolare quel processo, ma non si fermarono. Erano in dodici, un numero sufficiente a riempire i posti al banco dei giurati.

Matt all'improvviso si accorse che c'era un giudice seduto al banco sopra di lui. Era lì dall'inizio? No...

«In piedi; entra il giudice Thomas Holloway», tuonò un usciere. Matt si alzò e si chiese se il processo sarebbe cominciato davvero senza il suo avvocato. Ma prima che tutti tornassero a sedere, la porta si aprì con fracasso e si vide entrare di fretta nell'aula un'alta pila di fogli con le gambe, che divenne una donna di poco più di vent'anni e scaricò le carte sul tavolo accanto a lui. «Gwen Sawicki, presente», disse con l'affanno la giovane donna.

Il collo del giudice Holloway si protese di scatto come quello di una tartaruga, per includerla nel suo campo visivo. «Lei è stata nominata per conto della difesa?»

«Con il Vostro permesso, sì, Vostro Onore. Appena trenta minuti fa. Non avevo idea che ci fossero sessioni notturne, Vostro Onore».

«Non faccia l'impertinente con me!», sbraitò il giudice Holloway. Mentre si presentavano gli avvocati dell'accusa, Matt rifletté sulla parola "impertinente". Era un'altra di quelle parole, pensò, che difficilmente veniva associata a un uomo. Un uomo impertinente era un buffone. Mentre una ragazza o una donna impertinente era ok, non c'era nulla di strano. Ma perché?

«Chiamami Gwen», sussurrò una voce accanto a lui, e Matt si girò, vedendo una ragazza con gli occhi castani e i capelli bruni raccolti a coda di cavallo. Non era molto carina, ma aveva un'aria schietta e onesta che faceva di lei la cosa più carina in quella stanza.

«Io sono Matt… Be', è ovvio», rispose.

«Lei è la tua ragazza, Carolyn?», bisbigliò Gwen, mostrando una foto della vecchia Caroline, scattata a una serata di ballo, con tacco dodici e gambe abbronzate che salivano vertiginosamente fino a incontrare una minigonna nera di pizzo. Indossava una camicetta bianca così aderente che a stento riusciva a contenere le risorse di cui la natura l'aveva dotata. Il trucco era tutt'altro che leggero.

«Si chiama Caroline e non è mai stata la mia ragazza, ma sì, è lei… la vera Caroline», bisbigliò Matt. «Prima che arrivasse Klaus e mettesse nei guai il suo ragazzo, Tyler Smallwood. Ma devo raccontarle quello che è successo quando lei ha scoperto di essere incinta…».

Era impazzita, ecco che cosa era successo. Nessuno sapeva dove fosse Tyler. Forse era morto nello scontro finale contro Klaus, forse si era trasformato definitivamente in lupo e si era dato alla macchia, chissà. Così Caroline aveva cercato di dare la colpa a Matt, finché non era apparso Shinichi, che era diventato il suo ragazzo.

Ma Shinichi e Misao stavano facendo un gioco crudele con lei: lui diceva di volerla sposare ma non era vero. Quando aveva scoperto che a Shinichi non importava niente di lei, Caroline era andata su tutte le furie e aveva fatto di tutto per incastrare Matt, perché riempisse quel grosso buco nella sua vita. Matt fece del suo meglio per spiegare tutto a Gwen, così che lei potesse riferirlo alla giuria, finché la voce del giudice lo interruppe.

«Tralasceremo i discorsi di apertura», disse il giudice, «data l'ora tarda. L'accusa vuole chiamare il suo primo testimone?»

«Aspettate! Obiezione!», gridò Matt, ignorando Gwen, che gli diede una gomitata sul braccio e sibilò: «*Non puoi obiettare alle decisioni del giudice*!».

«E il giudice non può farmi questo», disse Matt, tirando il lembo della maglietta che aveva arrotolato fra le dita. «Non ho nemmeno avuto la possibilità di parlare con il mio difensore!».

«Forse avresti dovuto accettare un difensore per tempo», rispose il giudice, sorseggiando un bicchier d'acqua. Poi girò di scatto la testa verso Matt e sbraitò: «Giusto?»

«È ridicolo», gridò Matt. «Non mi avete concesso la telefonata a cui avevo diritto per chiamare un avvocato!».

«L'imputato ha mai chiesto di fare una telefonata?», domandò brusco il giudice Holloway, scrutando gli astanti.

I due agenti che avevano pestato Matt scossero solennemente la testa. Dopodiché l'usciere, che Matt all'improvviso identificò come il tipo che lo aveva rinchiuso per circa quattro ore nella sala della giuria, cominciò a scuotere la testa anche lui avanti e indietro in segno di diniego. Scuotevano tutti e tre la testa, quasi in sincrono.

«Allora hai rinunciato a questo diritto dal momento che non hai chiesto di esercitarlo», sbraitò il giudice. Sembrava che non sapesse parlare in altro modo. «Non puoi farne richiesta nel bel mezzo di un processo. Ora, come stavo dicendo…».

«*Obiezione*!», gridò Matt ancora più forte. «Stanno tutti mentendo! Guardate le registrazioni dell'interrogatorio. Ho ripetuto tutto il tempo…».

«Avvocato», ringhiò il giudice a Gwen, «faccia in modo che il suo cliente si controlli o sarete arrestati per oltraggio alla corte!».

«Devi stare *zitto*!», sibilò Gwen a Matt.

«Non potete farmi tacere! State infrangendo tutte le regole… Questo processo non è valido!».

«*Chiudi il becco*!». Il giudice urlò a un volume sorprendente. Poi aggiunse: «Il prossimo che fa un'osservazione senza il mio esplicito permesso, sarà arrestato per oltraggio alla corte e condannato a una bella notte in prigione e a una multa di cinquecento dollari».

Si fermò per guardarsi attorno e controllare che le sue parole avessero fatto effetto. «Ora», disse. «Accusa, chiamate il vostro primo testimone»

«Chiamiamo al banco Caroline Beulah Forbes».

L'aspetto di Caroline era cambiato. Con quella pancia somigliava a un avocado. Matt udì dei mormorii in sala.

«Caroline Beulah Forbes, giuri di non dare falsa testimonianza e di dire la verità, tutta la verità, nient'altro che la verità?».

Dentro di sé, Matt tremava. Non sapeva se più per la rabbia, la paura o per una combinazione di entrambe. Ma si sentiva come un geyser pronto a esplodere. Non perché lo volesse, ma perché delle forze incontrollabili stavano per impadronirsi di lui. Matt *il Ragazzo Gentile*, Matt *Sempre Quieto*, Matt *l'Obbediente* se li era lasciati tutti alle spalle. Matt *Furioso* e Matt *Scatenato* erano gli unici che potesse impersonare.

Voci provenienti dal confuso mondo esterno filtrarono nella sua fantasticheria. E ce n'era una che pungeva e bruciava come una foglia d'ortica.

«Il ragazzo con cui hai detto di aver avuto una relazione, Matt Jeffrey Honeycutt, è qui, in questa stanza?»

«Sì», mormorò la voce fastidiosa e urticante. «Indossa una maglietta grigia ed è seduto al banco della difesa».

Matt alzò la testa di scatto. Guardò Caroline dritto negli occhi.

«Sai che è una bugia», disse. «Noi non siamo mai usciti insieme. Mai».

Il giudice, che sembrava essersi appisolato, si svegliò di colpo. «Usciere!», sbraitò. «Blocchi subito l'imputato».

Matt s'irrigidì. Gwen Sawicki gemette, mentre due uomini lo tenevano fermo e gli avvolgevano del nastro adesivo intorno alla testa per tappargli la bocca.

Si dibatté. Cercò di alzarsi. Così gli avvolsero il nastro intorno alla vita, legandolo alla sedia. Quando finalmente lo lasciarono in pace, il giudice disse: «Se prova a scappare con quella sedia, la multa sarà detratta dalla sua parcella, *zignorina* Sawicki».

Matt si accorse che Gwen Sawicki stava tremando. Non di paura. Riconobbe l'espressione di chi sta per esplodere e capì che lei sarebbe stata la prossima. Allora il giudice non l'avrebbe più tenuta in considerazione, e chi avrebbe parlato in sua difesa?

La guardò negli occhi e scosse la testa con decisione. Ma scuoteva la testa anche a ogni bugia che Caroline inventava.

«Eravamo costretti a tenere segreta la nostra relazione», disse Caroline in tono falsamente pudico, raddrizzando le pieghe del suo vestito grigio. «Perché non volevamo che Tyler Smallwood, il mio ex ragazzo, ci scoprisse. Avrebbe potuto... Insomma, non volevo avere nessun problema con lui».

"Già", pensò amaramente Matt, "faresti meglio a stare attenta, perché anche il padre di Tyler ha molti buoni amici qui. Forse più del tuo". Matt si distrasse finché sentì l'avvocato dell'accusa che diceva: «E quella notte è successo qualcosa di insolito?»

«Be', siamo usciti con la sua macchina. Siamo tornati passando vicino alla pensione... Nessuno poteva vederci lì... Sì, io... temo di avergli dato un bacio un po'... focoso. Dopo volevo smettere, ma lui non si fermava. Ho provato a respingerlo. L'ho graffiato con le unghie...».

«L'accusa presenta la prova numero due: una foto di graffi profondi provocati da unghie sul braccio dell'imputato...».

Gwen fissò negli occhi Matt con uno sguardo stanco. Stremato. Gli mostrò una foto di quello che lui già ricordava: i segni profondi lasciati dai grossi denti del malach quando aveva estratto il braccio dalla sua bocca. «La difesa converrà su...».

«Prova accolta, dunque».

«Ma per quanto urlassi e mi dibattessi... be', lui era troppo forte e io… non riuscivo…». Caroline chinò il capo, sopraffatta dal dolore per il sentimento di vergogna che tornava vivido nella memoria. Le lacrime le sgorgavano copiose dagli occhi.

«Vostro Onore, forse la testimone ha bisogno di una pausa per rinfrescarsi il trucco», suggerì con amarezza Gwen.

«Signorina, lei mi sta dando sui *nervi.* L'accusa può prendersi cura da sola dei propri clienti… testimoni, intendevo dire».

«…Prosegua pure con la sua testimonianza», disse l'avvocato d'accusa.

Mentre la recita di Caroline andava avanti, Matt aveva descritto nel modo più dettagliato possibile la vera storia su un foglio di carta bianca. Adesso Gwen lo stava leggendo.

«Dunque», disse Gwen, «il suo ex, Tyler Smallwood, non è e non è mai stato un…», deglutì, «lupo mannaro».

Piangendo lacrime di vergogna, Caroline emise una risatina. «Certo che no. I lupi mannari non esistono».

«Come i vampiri».

«Certo, neppure i vampiri sono reali, se è quello che intende dire. Come potrebbero esserlo?». Mentre parlava, Caroline scrutava ogni ombra della stanza.

Gwen stava facendo un buon lavoro, pensò Matt. La patina di falso pudore di Caroline cominciava a rompersi.

«E la gente non torna mai a vivere dopo la morte… in questi tempi moderni, intendo», disse Gwen.

«Be', quanto a questo», la voce di Caroline si tinse di un velo di malizia, «se andate alla pensione di Fell's Church, vi troverete una ragazza di nome Elena Gilbert, che *pare* sia annegata lo scorso anno. Il giorno dei Fondatori, dopo la parata. Era Miss Fell's Church, naturalmente».

Fra i giornalisti corse un mormorio. Le storie sovrannaturali vendevano meglio di qualunque altra cosa, soprattutto se vi erano coinvolte delle ragazze carine. Matt vide che si scambiavano parecchi sorrisi compiaciuti.

«Ordine! *Zignorina* Sawicki, la prego di attenersi ai fatti riguardanti il caso!».

«Sì, Vostro Onore». Gwen sembrava contrariata. «D'accordo. Caroline, torniamo al giorno del presunto stupro. In seguito agli eventi narrati, ha chiamato subito la polizia?»

«Io mi... vergognavo troppo. Ma poi ho pensato che forse ero rimasta incinta o avevo preso qualche orribile malattia, e ho capito che dovevo dirlo a qualcuno».

«Ma l'orribile malattia di cui parla non era forse la licantropia? Lei non era diventata un lupo mannaro, giusto? Perché questo non può essere vero».

Gwen rivolse a Matt un'occhiata ansiosa e lui le restituì uno sguardo tetro. Aveva sperato che, se Caroline fosse stata costretta a parlare di lupi mannari, alla fine avrebbe cominciato ad avere degli spasmi, a trasformarsi. Ma pareva che lei avesse raggiunto il completo autocontrollo ormai.

Il giudice sembrava furioso. «Signorina, non le permetterò di prendersi ancora gioco della corte con altre sciocchezze sovrannaturali!».

Matt guardò il soffitto. Sarebbe finito in prigione. Per molto tempo. Per qualcosa che non aveva fatto. Per qualcosa che non avrebbe mai fatto. E per giunta i giornalisti sarebbero andati a infastidire Stefan ed Elena alla pensione. Dannazione! Caroline era riuscita a portare i riflettori su Elena, nonostante il giuramento di sangue con cui si era impegnata a non divulgare il segreto. Anche Damon aveva firmato quel giuramento. Per un attimo Matt desiderò che Damon tornasse per vendicarsi di lei. Poteva anche chiamarlo "Mutt", purché si facesse vivo. Ma Damon non arrivò.

Matt si accorse che il nastro adesivo intorno alla vita era abbastanza basso da permettergli di piegarsi. Così batté la testa sul banco della difesa, producendo un piccolo rimbombo.

«Se il suo cliente desidera essere completamente immobilizzato, *zignorina* Sawicki, non ha che da...».

Ma all'improvviso lo sentirono tutti. Sembrava un eco, ma ritardato. E molto più forte del suono di una testa che picchia su un tavolo.

Boom!

E ancora.

Boom!

Seguirono dei rumori distanti e terribili di porte spalancate con violenza, come colpite da un ariete.

A quel punto le persone presenti nella sala avrebbero già potuto disperdersi. Ma per andare dove?

Boom! Un'altra porta, più vicina, si aprì di scatto.

«Silenzio! Silenzio in aula!».

Dei passi risuonarono sul pavimento di legno del corridoio.

«Silenzio! Silenzio!».

Ma nessuno, nemmeno il giudice, poteva impedire alla gente di bisbigliare. E a tarda sera, in un tribunale chiuso a chiave, dopo tutte quelle storie di vampiri e lupi mannari…

I passi erano sempre più vicini. Si udì il cigolio e poi lo schianto di una porta piuttosto vicina.

Una strana corrente percorse l'aula. Caroline sussultò e si premette le mani sul pancione.

«Sbarrate quelle porte! Usciere! Le chiuda a chiave!».

«Sbarrarle adesso, Vostro Onore? Si chiudono solo dall'esterno!».

Qualunque cosa fosse, era molto vicina…

La porta dell'aula si aprì con un cigolio. Matt posò la mano sul polso di Gwen per calmarla, girando il collo per cercare di vedere alle proprie spalle.

In piedi sulla soglia c'era Saber, con la sua stazza da puledro. Dietro di lui avanzava la signora Flowers. Stefan ed Elena formavano la retroguardia.

Si sentì un diffuso ticchettio di passi quando Saber, da solo, si avvicinò a Caroline, che ansimava e tremava forte.

Nella sala calò il silenzio totale quando tutti si trovarono al cospetto dell'enorme bestia con il manto nero d'ebano, gli occhi umidi e scuri che setacciavano con calma l'aula giudiziaria.

Poi il cane emise un rantolo cupo, dal profondo del petto.

Attorno a Matt le persone ansavano e si agitavano, come se avessero prurito dappertutto. Matt rimase a guardare e incontrò lo sguardo di Gwen, mentre i respiri intorno a loro diventavano sempre più affannosi.

Poi Saber alzò il muso al soffitto e *ululò*.

Ciò che accade dopo non fu una scena molto piacevole. A Matt non piacque vedere il naso e la bocca di Caroline che si allungavano fino a formare un muso. Né i suoi occhi che s'infossavano in piccole orbite profonde e bordate di pelliccia.

E le sue mani, con le dita che si accorciavano e si ritraevano in zampe grosse, con artigli neri che lei agitava inutilmente nell'aria. Non era un bello spettacolo.

Ma l'animale che apparve alla fine era bellissimo. Matt non sapeva se lei avesse assorbito il suo vestito grigio, se l'avesse tolto o ci avesse fatto chissà cosa. Sapeva solo che uno splendido lupo grigio aveva fatto un salto dal banco dei testimoni per leccare le mascelle di Saber, rotolandosi sul pavimento dell'aula per spassarsela con il bestione, che ovviamente era un lupo alfa.

Saber emise un altro verso profondo e gutturale. La lupa che un tempo era stata Caroline gli strofinò affettuosamente il muso sul collo.

E stava succedendo qualcosa anche ad altre persone in quell'aula. A entrambi gli avvocati dell'accusa, a tre giurati... allo stesso giudice.

Si stavano trasformando, non per attaccare, ma per stringere amicizia con l'enorme lupo, senza dubbio un maschio alfa.

«Gli abbiamo parlato per tutto il viaggio», spiegò Elena fra le imprecazioni che le scappavano di bocca mentre cercava di togliere il nastro adesivo dai capelli di Matt. «Gli abbiamo chiesto di non essere aggressivo e di non staccare teste a morsi. Damon mi ha detto che una volta l'ha fatto».

«Non volevamo un bagno di sangue», continuò Stefan. «E sapevamo che non esistono animali altrettanto grossi. Quindi ci siamo concentrati per far emergere la sua natura di lupo... Un attimo, Elena... Ecco, ho preso il nastro dal mio lato. Tu? Scusa se ti facciamo male, Matt».

Appena strapparono il nastro, Matt sentì una fitta di dolore e si mise la mano sulla bocca. La signora Flowers stava tagliando con le forbici il nastro adesivo con cui era legato alla sedia. D'un tratto fu completamente libero ed ebbe voglia di urlare. Abbracciò Stefan, Elena e la signora Flowers, esclamando: «*Grazie*!».

La povera Gwen stava vomitando in un cestino dei rifiuti. In realtà, pensò Matt, era stata fortunata a trovarne uno. Uno della giuria vomitava piegato sulla ringhiera.

«Lei è la signorina Sawicki», disse con orgoglio Matt. «È arrivata quando il processo era già iniziato, ma si è impegnata davvero tanto per me».

«Quel ragazzo ha detto "Elena"», bisbigliò Gwen appena riuscì di nuovo a parlare. Stava fissando un piccolo lupo, un po' spelacchiato, che scendeva zoppicando dallo scranno del giudice per mettersi a saltellare intorno a Saber, che accettava con dignità tutte quelle dimostrazioni di riverenza.

«Sì, sono io», disse Elena, dando a Matt un caloroso abbraccio.

«La ragazza che… dovrebbe essere morta?».

Elena si fermò un attimo per abbracciare Gwen. «Ti sembro morta?»

«No… Non lo so. No. Ma…».

«Ma ho una graziosa lapide al cimitero di Fell's Church», la rassicurò Elena. Poi, cambiando di colpo espressione, chiese, «Te l'ha detto Caroline?»

«L'ha detto a tutti quelli che erano in aula. Soprattutto ai reporter».

Stefan guardò Matt e sorrise con amarezza. «Ora hai tutto il tempo per vendicarti di Caroline».

«Non mi interessa più la vendetta. Voglio solo tornare a casa. Cioè…». Guardò costernato la signora Flowers.

«Se pensi che la mia pensione possa essere casa tua, mentre la tua cara mamma è fuori città, io ne sono soltanto felice», disse la signora Flower.

«La ringrazio», disse Matt. «Lo penso davvero. Ma Stefan… cosa scriveranno quei giornalisti?»

«Se hanno un po' di sale in zucca, non scriveranno proprio niente».

2

Matt era seduto in macchina accanto a Meredith, che ancora dormiva, mentre Saber era accucciato nello spazio angusto ai loro piedi. Ascoltò scioccato e spaventato la storia di Meredith. Quando ebbero finito, toccò a Matt raccontare quello che gli era capitato.

«Per tutta la vita continuerò ad avere incubi su Cole Reece», dichiarò. «E anche se gli ho attaccato addosso un amuleto, e lui ha urlato, la dottoressa Alpert ha detto che era ancora infetto. Come possiamo combattere una cosa che è a tal punto fuori controllo?».

Elena sapeva che stava guardando lei. Affondò le unghie nel palmo della mano. «Credimi, ho già provato a usare le Ali della Purificazione sulla città. Ci ho provato tanto che ero sul punto di esplodere. Ma non funziona. Non riesco a controllare nessuna delle Ali dei Poteri! Presumo, dopo quello che ho appreso su Meredith, che potrei aver bisogno di un po' di allenamento. Ma come faccio a esercitarmi? Dove vado? Chi può insegnarmi a usarle?».

Seguì un lungo silenzio. Alla fine Matt disse: «Siamo all'oscuro di tante cose. Pensa a quell'aula giudiziaria! Com'è possibile che ci fossero tanti lupi mannari in una sola città?»

«I lupi sono animali sociali», disse con calma Stefan. «Sembra che ci sia un'intera comunità di lupi mannari a Ridgemont. Sparsi fra le varie confraternite degli Alci, degli Orsi e il Lions Club, ovviamente. Per spiare le uniche creature che temono: gli umani».

Arrivati alla pensione, Stefan accompagnò Meredith nella camera al primo piano ed Elena le rimboccò le coperte. Poi andarono in cucina, dove continuarono a chiacchierare.

«E le famiglie di quei lupi mannari? Le loro mogli?», chiese Elena mentre massaggiava le spalle di Matt. Aveva i muscoli molto indolenziti poiché era rimasto a lungo ammanettato dietro la schiena. Le dita delicate di Elena davano sollievo alla pelle illividita e le sue mani erano forti, così continuò a massaggiare finché i suoi stessi muscoli non cominciarono a protestare per il dolore.

Stefan la fermò. «Disponiamo anche della mia magia nera da vampiro, amore. È una cura medica necessaria», disse a Matt in tono severo. «Quindi devi prenderla, anche se può far male». Elena riusciva ancora a captare le sue sensazioni, anche se ovattate, attraverso la connessione mentale, così vide come Stefan anestetizzava la mente di Matt e poi conficcava le dita nelle sue spalle annodate, come se stesse lavorando un impasto particolarmente duro, mentre lo aiutava con i suoi Poteri di Guarigione.

La signora Flowers arrivò subito dopo con delle fumanti tazze di tè dolce alla cannella. Matt vuotò la tazza e reclinò leggermente la testa all'indietro. I suoi occhi erano chiusi, le labbra semiaperte. Elena percepì l'enorme ondata di tensione e dolore che fluiva via da lui. Poi abbracciò i suoi ragazzi e pianse.

«Mi hanno fatto salire in macchina sul vialetto di casa mia», raccontò Matt, mentre Elena tirava su con il naso. «Hanno fatto tutto secondo le regole, ma non hanno nemmeno guardato il... il *caos* che li circondava».

La signora Flowers si avvicinò di nuovo, con un'aria seria. «Caro Matt, hai passato una giornata tremenda. Hai bisogno solo di un lungo riposo». Diede uno sguardo a Stefan, come per controllare quanto avrebbe influito su di lui tutta questa operazione, considerato che i donatori di sangue erano pochi. Stefan le rivolse un sorriso rassicurante. Matt, che si lasciava ancora massaggiare docilmente, rispose con un breve cenno del capo. Dopo quel trattamento aveva ripreso colore e le sue labbra erano piegate in un lieve sorriso.

«Ehilà, compare», disse quando Saber, fattosi strada a testate nella mischia, andò ad alitargli direttamente sulla faccia. «Amico, mi piace il tuo alito di cane», dichiarò. «Mi hai salvato. Possiamo dargli un regalino, signora Flowers?», chiese, girandosi a guardarla con gli occhi azzurri leggermente appannati dalle lacrime.

«So cosa può piacere al nostro amico. Ho mezzo arrosto in frigo che ha bisogno solo di una piccola scaldata». Armeggiò con i bottoni dei fornelli e dopo qualche minuto disse, «Matt, vuoi fare gli onori di casa? Ricorda di togliere l'osso. Potrebbe strozzarsi».

Matt prese la grossa pentola di arrosto che, riscaldata, aveva un odore così buono che gli ricordò di essere affamato. Sentì che le forze gli stavano crollando. «Signora Flowers, pensa che potrei farmi un panino prima di darglielo?»

«Oh, povero, caro ragazzo!», gridò lei. «Non ci ho proprio pensato... Naturalmente non ti hanno dato né il pranzo né la cena».

La signora Flowers prese del pane e Matt fu soddisfatto di quel panino con la carne, il pasto più semplice che si possa immaginare, così buono che gli fece arricciare le dita dei piedi.

Elena piagnucolò ancora un po'. Era così facile rendere felici due creature con una cosa semplice. Anzi, più di due: tutti loro erano felici di vedere Matt al sicuro e Saber che riceveva la giusta ricompensa.

Il cane gigantesco aveva seguito con gli occhi ogni movimento di quell'arrosto, agitando la coda avanti e indietro sul pavimento. Ma quando Matt, continuando a masticare, gli offrì il grosso pezzo di carne che era rimasto, Saber si limitò a piegare la testa di lato, fissandolo come a dire: «Ma mi prendi in giro?»

«Sì, è per te. Dài, prendilo», disse con decisione la signora Flowers. Infine, Saber aprì la bocca enorme per impadronirsi degli avanzi dell'arrosto, con la coda che roteava come l'elica di un elicottero. Il suo linguaggio del corpo era così chiaro che Matt rise di gusto.

«Stavolta puoi mangiare sul pavimento con noi», disse con enfasi la signora Flowers, stendendo un ampio tappeto sul parquet della cucina.

In preda alla gioia, Saber dimenticò tutto tranne le buone maniere. Posò l'arrosto sul tappeto e trotterellò verso ciascuno di loro per strofinare il naso umido a chi nella mano, a chi sulla pancia e a chi sotto il mento; poi trotterellò indietro e attaccò la sua ricompensa.

«Chissà se gli manca Sage», mormorò Elena.

«A *me* sicuramente manca», borbottò Matt. «La sua magia ci sarebbe di grande aiuto».

Intanto la signora Flowers girellava affaccendata per la cucina per preparare dei panini al prosciutto e formaggio che poi insaccò come fossero cestini del pranzo per la scuola. «Se qualcuno si sveglia affamato stanotte, deve avere qualcosa da mangiare», disse. «Prosciutto e formaggio, insalata di pollo, qualche bella carota croccante e una grossa fetta di torta di mele». Elena andò ad aiutarla. Non sapeva perché, ma aveva ancora voglia di piangere. La signora Flowers le diede qualche pacca sulle spalle. «Siamo tutti, ehm, *stressati*», dichiarò in tono grave. «Chi non sente il bisogno di andare a dormire, probabilmente ha ancora in circolo troppa adrenalina. Ma le mie erbe vi aiuteranno a dormire. E possiamo stare tranquilli che i nostri amici animali e le difese magiche sul tetto ci terranno al sicuro stanotte».

Matt si stava addormentando in piedi. «Signora Flowers, un giorno la ripagherò... ma ora non riesco più a tenere gli occhi aperti».

«In altre parole, è ora di andare a letto, ragazzi», disse Stefan. Chiuse le dita di Matt sul cestino del pranzo e lo guidò verso le scale. Elena raccolse qualche sacchetto, diede alla signora Flowers il bacio della buonanotte e salì in camera di Stefan.

Dopo aver rassettato il letto nell'attico, era pronta ad aprire una delle buste di plastica, quando arrivò Stefan, che aveva appena messo a letto Matt.

«Sta bene?», chiese in tono apprensivo. «Cioè, starà bene domani?»

«Il suo corpo sta bene. Ho guarito la maggior parte delle ferite».

«E la sua *mente*?»

«È stato un duro colpo. Si è appena scontrato contro la Vita Reale. È stato arrestato, sapeva che avrebbero potuto linciarlo, e non era sicuro che avremmo capito cosa gli fosse successo. Pensava che, anche se fossimo riusciti a rintracciarlo, sarebbe finita con una lotta, e noi non avremmo potuto vincerla facilmente, giacché siamo così pochi e non ci è rimasto molto potere magico».

«Ma Saber li ha sistemati», disse Elena.

Guardò pensierosa i panini che aveva adagiato sul letto. «Stefan, lo vuoi all'insalata di pollo o al prosciutto?», chiese.

Seguirono alcuni istanti di silenzio. Poi Elena alzò stupita lo sguardo su di lui. «Oh, Stefan! Io… io me ne sono proprio dimenticata. Oggi è stata una giornata così strana e io l'ho proprio… *dimenticato*».

«Sono lusingato», disse Stefan. «E tu sei assonnata. Qualunque cosa la signora Flowers abbia messo nel tè…».

«Penso che il governo potrebbe esserne interessato», suggerì Elena, «per le spie, ad esempio. Ma per il momento…». Tese le braccia, piegò la testa all'indietro ed espose il collo.

«No, amore. Forse tu l'hai dimenticato, ma io ricordo quello che è successo oggi pomeriggio. E giuro che stavo per tornare a cacciare, anzi, è proprio quello che farò adesso», disse con fermezza Stefan.

«Vuoi lasciarmi da sola?», chiese Elena, spaventata e strappata da quel caldo senso di soddisfazione. Si guardarono negli occhi.

«*Non andare*», disse Elena, raccogliendosi i capelli e allontanandoli dal collo. «Avevo pianificato già tutto. Tu avresti bevuto e poi ci saremmo addormentati abbracciati. *Per favore*, non andartene, Stefan».

Sapeva che per lui era difficile lasciarla. Anche se era sudicia ed esausta, anche se indossava dei jeans strappati e aveva le unghie sporche. Ai suoi occhi lei era sempre infinitamente bella, potente e misteriosa. La desiderava con ardore. Elena lo sentiva attraverso il loro legame psichico, che cominciava a fremere, a riscaldarsi, a spingerlo più vicino a lei.

«Ma Elena...», disse lui. Stava cercando di essere ragionevole! Non sapeva che lei non voleva sentir parlare di cose sensate in momenti del genere?

«Qui». Elena si diede un colpetto sulla soffice pelle del collo.

Il loro legame psichico vibrava come un cavo elettrico. Ma Stefan era testardo. «Hai bisogno anche tu di mangiare. Devi mantenerti in forze».

Elena afferrò subito un panino all'insalata di pollo e ne prese un morso. Era proprio buono. Avrebbe dovuto raccogliere un mazzetto di fiori per la signora Flowers. Si stava prendendo così tanta cura di loro. Anche lei doveva pensare a un modo per rendersi utile.

Stefan la guardò mangiare. Gli fece venir fame, ma era perché si era abituato a esser nutrito giorno e notte e aveva smesso di fare esercizio. Elena poteva captare tutti i suoi pensieri attraverso la loro connessione mentale, così percepì la sua felicità nel vedere che si stava rimettendo in forze. Sentì che lui aveva imparato a controllarsi ormai; che non gli avrebbe fatto male andare a letto *un po' affamato* per una volta. Avrebbe tenuto fra le braccia per tutta la notte la sua sonnolenta, adorabile Elena.

No! Elena si spaventò. Da quando lo avevano imprigionato nella Dimensione Oscura, ogni accenno al digiuno di Stefan le procurava un enorme terrore. D'un tratto non riusciva più a inghiottire il boccone.

«Mordimi... Per favore», lo implorò. Non voleva ricorrere alla seduzione per convincerlo, ma non avrebbe esitato se lui l'avesse costretta. Si sarebbe lavata le mani fino a farle risplendere, avrebbe indossato una camicia da notte lunga e attillata, e baciandolo avrebbe strofinato i suoi canini testardi, li avrebbe sfiorati dolcemente con la punta della lingua, proprio alla base, così quando, rispondendo allo stimolo, si sarebbero ingrossati, non l'avrebbero tagliata. E allora lui sarebbe rimasto stordito, fuori controllo, completamente in suo potere.

D'accordo, d'accordo!, le disse Stefan con il pensiero. *Pietà!*

«Non avrò nessuna pietà e non voglio che mi lasci andare», disse lei, tendendo le braccia verso di lui, consapevole della dolcezza, della tenerezza e del desiderio ardente di cui era intrisa la propria voce. «Voglio che tu mi abbracci e mi tenga così per sempre, e voglio abbracciarti e tenerti così per sempre».

L'espressione di Stefan era cambiata. La guardava con gli stessi occhi che aveva in prigione quando lei era andata a fargli visita con un completino molto diverso dai vestiti sporchi e sgualciti che aveva ora indosso, e lui aveva detto, sconcertato: «Tutto questo... è per me?».

Allora a separarli c'era una rete di filo spinato. Ora non c'era niente fra loro, ed Elena percepiva con chiarezza il desiderio di Stefan di avvicinarsi a lei. Si protese un po' di più e finalmente Stefan entrò nel cerchio delle sue braccia e la strinse forte ma con un'infinita premura, per non farle male. Quando lui si rilassò e appoggiò la fronte alla sua, Elena capì che, finché fosse riuscita a ricordare quei sentimenti, non sarebbe mai stata stanca, triste o spaventata, e che l'avrebbero sostenuta per il resto della sua vita.

Infine si lasciarono cadere insieme fra le lenzuola, dandosi conforto con la stessa premura e scambiandosi baci dolci e ardenti. A ogni bacio Elena sentiva che il mondo esterno, con tutti i suoi orrori, scivolava via, sempre più lontano. Com'era possibile che andasse storto qualcosa quando poteva toccare il cielo con un dito? Anche Matt, Meredith, Bonnie e Damon sarebbero stati sicuramente felici e al sicuro. Intanto, ogni bacio la portava più vicino al paradiso, e sapeva che Stefan provava le stesse cose. Erano così felici insieme che Elena sentiva che presto l'intero universo avrebbe fatto eco alla loro gioia, che traboccava come la luce incontaminata e trasformava tutto ciò che toccava.

Bonnie si svegliò e si accorse di essere rimasta priva di sensi solo per pochi minuti. Cominciò a tremare, e le sembrava di non riuscire più a fermarsi. Si sentì avvolgere da un'ondata di calore, e capì che Damon stava cercando di riscaldarla, ma i brividi non accennavano ad andarsene.

«Cosa c'è che non va?», chiese Damon, con una voce diversa dal solito.

«Non lo so», rispose Bonnie. In effetti, non lo sapeva. «Forse è perché hanno fatto finta tante volte di buttarmi dalla finestra. Non avrei urlato, comunque», aggiunse in fretta, nel caso lui lo desse per scontato. «Ma poi, quando hanno detto che mi avrebbero torturata...».

Si accorse che Damon era stato colpito da una specie di spasmo. La stringeva troppo forte. «Torturarti! Ti hanno minacciata?»

«Sì. Perché, sai, la sfera stellata di Misao era perduta. Sapevano che era stata svuotata. Non gliel'ho detto io. Ma ho dovuto confessare che era stata colpa mia se era stata versata anche la metà rimasta, e così si sono arrabbiati con me. Oh, Damon, mi stai facendo male!».

«Quindi credi davvero che sia stata colpa tua?»

«Be', immagino di sì. Tu non avresti versato il liquido della sfera se io non mi fossi ubriacata e... Che succede, Damon? Sei arrabbiato anche tu?». La stringeva tanto che non riusciva più a respirare.

Poi sentì che, poco a poco, allentava la stretta. «Un piccolo consiglio, pettirosso. Quando qualcuno minaccia di torturarti e ucciderti, sarebbe più... opportuno dire che la colpa è di qualcun altro. Soprattutto quando, guarda caso, è la verità».

«Lo so!», disse Bonnie indignata. «Ma avevano intenzione di uccidermi lo stesso. Se ti avessi tirato dentro, avrebbero fatto del male anche a te».

Damon la allontanò bruscamente, così che lei potesse guardarlo in faccia. Bonnie percepì anche il tocco delicato della sua sonda mentale. Non gli resistette; era troppo occupata a chiedersi perché lui avesse delle ombre color prugna sotto gli occhi. Poi lui la scosse un pochino, e lei smise di farsi domande.

«Non capisci nemmeno le basi dell'autoconservazione?», disse, e Bonnie pensò che sembrava di nuovo arrabbiato. Di sicuro, le sembrava diverso da tutte le altre volte che l'aveva guardato... Tranne quella volta, pensò, in cui Elena era stata pubblicamente punita per aver salvato la vita di Lady Ulma, che all'epoca era una schiava. Allora Damon aveva avuto la stessa espressione, così minacciosa che persino Meredith aveva avuto paura di lui, e al tempo stesso così piena di rimorso che Bonnie aveva desiderato di poterlo consolare.

"Ma dev'esserci qualche altro motivo", rifletté Bonnie. "Perché tu non sei Elena e lui non ti tratterà mai come lei". Una visione della brutta stanza marrone le si parò davanti, e Bonnie sentì che di sicuro Damon non avrebbe mai portato Elena in un posto del genere. Tanto per cominciare, lei non gliel'avrebbe permesso.

«Devo proprio tornare?», chiese, rendendosi conto che si stava comportando in modo sciocco e meschino e che quella stanza marrone solo qualche ora prima le era sembrata il paradiso.

«Tornare?», disse Damon, un po' troppo in fretta. Bonnie aveva la sensazione che anche lui avesse pensato alla stanza marrone, vedendola attraverso i suoi occhi. «Perché? La proprietaria mi ha dato tutto quel che c'era nella stanza. Quindi ho i tuoi vestiti e un mucchio di sfere stellate, nel caso tu non abbia finito di vederne qualcuna. Ma perché pensi di dover tornare laggiù?»

«Be', so che stai cercando una signora di alto rango, e io non lo sono di certo», disse Bonnie.

«Ma ne avevo bisogno solo per trasformarmi di nuovo in vampiro», rispose Damon. «E chi credi che ti stia tenendo su per aria in questo momento?». Stavolta Bonnie sapeva che le sensazioni provate con le sfere stellate etichettate come "Mai Più" erano ancora vive nella sua mente e che Damon ne era consapevole. Era di nuovo un vampiro. E il contenuto di quelle sfere era così disgustoso che la maschera di pietra di Damon finalmente si spezzò.

Bonnie quasi indovinò cosa pensasse di quelle sfere, e di lei, lasciata lì a tremare di paura, ogni notte, sotto la sua unica coperta.

E poi, con suo enorme stupore, Damon, il vampiro nuovo di zecca, l'uomo che non si scomponeva mai, si lasciò sfuggire: «Mi dispiace. Non ho pensato a come ti saresti trovata in quel posto. Che posso fare per farti sentire meglio?».

Bonnie sbatté le palpebre. Si chiese, sul serio, se stesse sognando. Damon non si scusava mai. Damon aveva la fama di non scusarsi, di non dare spiegazioni, di non rivolgersi a nessuno con tanta gentilezza, a meno che non volesse qualcosa in cambio. Ma una cosa sembrava reale: non avrebbe dovuto più dormire in quella brutta stanza marrone.

Era così eccitante che Bonnie arrossì un poco, e osò dire: «Possiamo scendere a terra? Piano? Perché la verità è che soffro di vertigini».

Damon sbatté le palpebre, ma disse: «Sì, penso di sì. C'è qualcos'altro che ti piacerebbe fare?»

«Be', conosco un paio di ragazze che potrebbero essere... delle volenterose donatrici se... se, insomma, fossero rimasti un po' di soldi... Se tu potessi salvarle...».

Damon rispose in tono un po' brusco, «Certo, sono rimasti un po' di soldi. Ho anche costretto quella megera dell'affittacamere a restituirmi il denaro per il tuo alloggio».

«Bene, allora c'è quel segreto di cui ti ho parlato, ma non so se te ne ricordi».

«Quando pensi che ti sentirai abbastanza bene per cominciare?», chiese Damon.

3

Stefan si svegliò presto. Dall'alba fino all'ora di colazione rimase a guardare Elena, che anche nel sonno emanava un bagliore interno simile alla fiammella dorata di una candela tinta di rosa tenue.

A colazione, erano tutti ancora presi dai pensieri del giorno prima. Meredith mostrò a Matt la foto di suo fratello, Cristian il vampiro. Matt fece a Meredith un breve quadro dei meccanismi interni del sistema giudiziario di Ridgemont e le descrisse Caroline trasformata in lupo mannaro. Era evidente che entrambi si sentivano più sicuri alla pensione che in qualunque altro luogo.

Ed Elena, che si era svegliata con la mente piena di luce, circondata dalle immagini psichiche di Stefan che l'abbracciava con tenerezza, era completamente a corto di idee per un piano A o di qualsiasi altra lettera dell'alfabeto. Gli altri dovettero farle capire con gentilezza che c'era solo una cosa sensata da fare.

«Stefan», disse Matt, vuotando una tazza di caffè nero della signora Flowers. «È l'unico in grado di usare la mente anziché i post-it con i ragazzi».

«Stefan», concordò Meredith. «È l'unico di cui Shinichi potrebbe aver paura».

«Sono del tutto inutile», disse tristemente Elena. Non aveva appetito. Quella mattina, mentre si vestiva, aveva provato una sensazione di amore e compassione verso tutto il genere umano e il desiderio di contribuire a proteggere la sua città, ma, come tutti le avevano fatto notare, le sarebbe toccato passare l'intera giornata nella dispensa sotterranea. Era probabile che i giornalisti facessero una capatina alla pensione.

Hanno ragione, le disse Stefan con il pensiero. *Sono l'unico che possa scoprire cosa sta davvero succedendo a Fell's Church. È la scelta più logica.*

In realtà Stefan era già andato via mentre gli altri finivano di fare colazione. Solo Elena sapeva perché; solo lei riusciva a sentirlo debolmente, ai limiti della portata telepatica.

Stefan era a caccia. Si era recato al New Wood, era sceso dall'auto e aveva colto di sorpresa un coniglio fuori dalla boscaglia. L'aveva Influenzato perché stesse calmo e tranquillo. Con fare furtivo, in quel bosco rado privo di nascondigli, aveva preso un po' di sangue dalla bestiola… e si era quasi *strozzato*.

Era una specie di liquame disgustoso al gusto di roditore. Era un coniglio o un roditore? Un giorno, nella sua cella, aveva avuto la fortuna di trovare un ratto e il sapore era più o meno lo stesso.

Ma ora, per giorni, aveva bevuto sangue umano. E non solo, perché si trattava del sangue ricco e potente di persone forti, intraprendenti e in gran parte dotate di poteri paranormali. La crème de la crème. Come aveva potuto abituarsi tanto in fretta?

Lo imbarazzava il pensiero di ciò che aveva preso. Il sangue di Elena, ovviamente, bastava a inselvatichire qualsiasi vampiro. E quello di Meredith, dal cupo gusto cremisi di un oceano primordiale, e di Bonnie, che aveva il sapore di un dessert per telepatici. E infine Matt, il tipico ragazzo americano dal sangue caldo.

L'avevano nutrito per ore, dandogli molto più di quanto gli fosse necessario per sopravvivere. Gli avevano dato il loro sangue finché aveva cominciato a guarire e, vedendo che stava meglio, gliene avevano dato ancora di più. Era andata avanti a lungo, fino alla notte prima con Elena. Elena, i cui capelli stavano assumendo una sfumatura argentea e i cui occhi azzurri sembravano irradiare luce… Damon, nella Dimensione Oscura, non si era controllato per niente. E nemmeno Elena, da parte sua, aveva fatto nulla per fermarlo.

La sfumatura argentata… Gli si strinse lo stomaco quando ci pensò, ricordando l'ultima volta che aveva visto i suoi capelli assumere quella sfumatura. Era morta. In grado di camminare, ma comunque morta.

Stefan lasciò scappare il coniglio. Fece un altro giuramento. Non avrebbe *mai* permesso che Elena si trasformasse di nuovo in un vampiro. Questo significava che non avrebbero scambiato il sangue per almeno una settimana: sia darne che riceverne avrebbe potuto spingerla oltre il limite.

Doveva riabituarsi al sapore del sangue animale.

Stefan chiuse gli occhi per un istante, ricordando quanto fosse stata orribile la prima volta. I crampi. I tremori. L'agonia che sembrava dire al suo corpo che non si stava nutrendo per niente. La sensazione che le vene potessero esplodere da un momento all'altro e il dolore alle mascelle.

Si alzò. Era fortunato a essere ancora vivo. Ed era più fortunato di quanto avesse mai sognato ad avere Elena al suo fianco. Decise che si sarebbe impegnato a riabituarsi senza dirle nulla, per non farla preoccupare.

Appena due ore dopo, Stefan tornò alla pensione, zoppicando leggermente. Matt, che l'aveva incrociato davanti alla pesante porta d'ingresso, notò il passo claudicante. «Stai bene? Faresti meglio a entrare e a metterci un po' di ghiaccio».

«È solo un crampo», tagliò corto Stefan. «Non sono più abituato a fare esercizio fisico. Sai, non c'era tanto spazio per muoversi laggiù». Distolse lo sguardo, arrossendo. Matt fece altrettanto, furioso contro la gente che aveva ridotto così Stefan. I vampiri erano creature piuttosto forti, ma aveva la sensazione, anzi, la *certezza*, che Stefan fosse quasi morto in quella cella. Un giorno al fresco aveva convinto Matt che non avrebbe mai permesso che lo imprigionassero di nuovo.

Seguì Stefan in cucina, dove Elena, Meredith e la signora Flowers, come al solito, stavano bevendo una tazza di tè.

Matt sentì una fitta al cuore quando Elena notò che Stefan zoppicava, si alzò, gli andò incontro e lui la strinse, passandole le dita fra i capelli per tranquillizzarla. Non poté fare a meno di chiedersi, comunque, se quegli splendidi capelli dorati si fossero schiariti. E se non avessero per caso la stessa sfumatura argentata di quando Elena aveva cominciato a frequentare Stefan e aveva iniziato a trasformarsi in vampiro. Di sicuro Stefan li stava esaminando con cura, rigirando ogni ciocca mentre li setacciava con le dita.

«Hai trovato qualcosa?», gli chiese Elena con voce tesa.

Stefan scosse la testa, esausto. «Ho girato in lungo e in largo e ovunque andassi vedevo solo... ragazzine in posizioni contorte o che giravano su se stesse o che facevano le altre cose di cui parlano i giornali. Ho provato a Influenzarle. Be', forse avrei dovuto lasciar perdere quelle che piroettavano. Era impossibile guardarle negli occhi. Ma il risultato finale è zero».

Elena si voltò agitata verso Meredith. «Cosa facciamo?».

La signora Flowers prese a rovistare irrequieta fra i mazzetti di erbe appesi in cucina. «Hai bisogno di una bella tazza di tè».

«E di riposo», aggiunse Meredith, dando dei colpetti sulla mano di Stefan. «Posso fare qualcosa per te?»

«Be', mi è venuta un'idea. Riguarda la divinazione. Ma ho bisogno della sfera stellata di Misao per capire se funzionerà. Non preoccuparti», aggiunse. «Non userò il Potere contenuto all'interno; mi serve solo guardare la superficie».

«Te la porto io», si offrì Elena, alzandosi prontamente dal suo grembo. Matt trasalì leggermente e guardò la signora Flowers mentre Elena si dirigeva alla porta della dispensa sotterranea e cominciava a spingere per aprirla. Non si mosse per niente. Stefan si alzò per aiutarla, ancora zoppicante. Poi si alzarono Matt e Meredith. «Signora Flowers, è proprio sicura che dovremmo tenere la sfera stellata nella stessa cassaforte?», chiese Meredith.

«*Mama* dice che stiamo facendo la cosa giusta», rispose con calma la signora Flowers.

Poi tutto accadde molto in fretta.

Sembrava che si fossero esercitati. Meredith spinse nel punto giusto per aprire la porta della dispensa sotterranea. Elena cadde sulle mani e sulle ginocchia. Più veloce di quanto avesse mai immaginato di poter andare, Matt si precipitò verso Stefan, con una spalla abbassata. Intanto la signora Flowers tirava giù freneticamente grandi fasci di erbe secche appese sul tavolo della cucina.

E poi Matt colpì Stefan con tutta la forza che aveva in corpo e Stefan inciampò su Elena, cadendo a testa in giù senza incontrare alcuna resistenza. Meredith gli si avvicinò di lato e lo aiutò a fare un bel volo. Appena Stefan superò la soglia della dispensa e cominciò a ruzzolare per le scale, Elena si alzò e chiuse la porta, Meredith vi si appoggiò contro e Matt gridò: «*Come fai a tenere rinchiuso un kitsune*?»

«Queste potrebbero servire», disse ansante la signora Flowers, infilando le erbe profumate nella fessura sotto la porta.

«E... ferro!», strillò Elena, e corse nel salottino con Matt e Meredith per prendere un enorme parafuoco di ferro. Riuscirono a portarlo in cucina e lo sistemarono in verticale contro la porta della dispensa sotterranea. Proprio allora si sentì il primo schianto, ma il ferro era robusto e il secondo colpo contro la porta fu più debole.

«Che cosa fate? Siete impazziti?», gridò lamentoso Stefan. Ma quando il gruppo cominciò a ricoprire la porta di amuleti post-it, passò alle maledizioni e diventò in tutto e per tutto Shinichi. «*Ve ne pentirete, maledetti! Misao non sta bene. Continua a lamentarsi. La ripagherete con il vostro sangue, ma prima voglio presentarvi alcuni amici miei. Di quelli che sanno come infliggere vero dolore!*».

Elena alzò la testa, come se avesse sentito qualcosa. Matt notò la sua espressione accigliata. Poi lei gridò a Shinichi: «Non provare nemmeno a indagare su Damon. È andato via. E se cerchi di rintracciarlo, ti friggerò il cervello».

Dalla dispensa sotterranea giunse in risposta un silenzio ostile.

«Santo cielo, che succederà adesso?», mormorò la signora Flowers.

Elena fece cenno agli altri di seguirla. Salirono tutti fino alla parte più alta della casa, la stanza di Stefan, e cominciarono a parlare sottovoce.

«Come l'hai capito?»

«Hai usato la telepatia?»

«Io non l'ho capito subito», ammise Matt. «Ma Elena si comportava come se la sfera stellata fosse nella dispensa sotterranea. Stefan sapeva che non era lì. Temo di averlo invitato io a entrare», aggiunse con un sussulto colpevole.

«Io me ne sono accorta appena ha cominciato a *palparmi* i capelli», disse Elena, rabbrividendo. «Stefan e Da... Volevo dire, *Stefan* sa che mi piace solo che mi si sfiorino le punte. Non che me li *maltrattino* in quel modo. Ricordate tutte le canzoncine di Shinichi sui capelli dorati? È matto. Comunque, l'ho capito dalle sensazioni che mi dava la sua mente».

Matt si vergognò. Tutti quegli interrogativi su un'ipotetica trasformazione di Elena in vampiro... E quella era la risposta.

«Io ho notato il suo anello di lapislazzuli», disse Meredith. «Ho visto che prima, quando è uscito, lo portava alla mano destra. Quando è tornato, ce lo aveva alla sinistra».

Seguì un attimo di silenzio in cui tutti la fissarono increduli. Lei scrollò le spalle. «Fa parte dell'addestramento, notare i dettagli».

«Buona osservazione», disse infine Matt. «Davvero buona. Stefan non avrebbe potuto spostarlo alla luce del sole».

«E lei, signora Flowers, come l'ha capito?», chiese Elena. «Oppure se n'è accorta dal nostro comportamento?»

«Santo cielo, no, siete tutti molto bravi come attori. Ma appena ha superato la soglia, *Mama* mi ha aggredita strillando, "Che cosa combini, lasci entrare un kitsune in casa?", così ho capito in cosa ci eravamo cacciati».

«L'abbiamo battuto!», disse Elena, raggiante. «Abbiamo davvero preso alla sprovvista Shinichi! Non ci posso credere».

«Credici», disse Meredith con un sorriso ironico. «Ha abbassato la guardia per un breve attimo. Starà già pensando alla vendetta».

C'era qualcos'altro che preoccupava Matt. Si girò verso Elena. «Credevo che mi avessi detto che sia tu che Shinichi avete delle chiavi che possono portarvi ovunque, quando volete. Allora perché non ha detto semplicemente, "Portami nella pensione, dove si trova la sfera stellata"?

«Perché non si tratta delle due parti della doppia chiave-volpe», spiegò Elena, aggrottando le sopracciglia. «Sono più che altro delle chiavi passe-partout, e Shinichi e Misao le hanno ancora entrambe. Non so perché non le abbia usate. Anche se, usandole, sarebbe stato smascherato appena entrato».

«Non se fosse entrato nella dispensa sotterranea e ci fosse rimasto tutto il tempo», disse Meredith. «E forse una Chiave Universale può invalidare la "regola dell'invito"».

La signora Flowers disse: «Ma *Mama* me l'avrebbe detto. Inoltre nella dispensa non ci sono buchi della serratura. Nemmeno uno».

«Non credo che sia questo il punto», rispose Elena. «Penso che volesse solo mostrarci di essere furbo e di poterci raggirare facilmente, spingendoci a dargli noi stessi la sfera stellata di Misao».

Prima che qualcun altro potesse dire una parola, Meredith tese il palmo, mostrando una piccola chiave luccicante. Era una chiave dorata, incastonata di diamanti, e aveva una forma molto familiare.

«È una delle Chiavi Universali!», strillò Elena. «È così che credevamo dovesse essere fatta la doppia chiave-volpe!».

«Gli è scivolata fuori dalla tasca dei jeans quando ha fatto quel volo», disse Meredith con aria innocente.

«Vuoi dire quando l'hai spinto giù per le scale facendolo inciampare su di me», disse Elena. «Immagino che tu gli abbia anche rovistato nelle tasche».

«Quindi adesso Shinichi non ha una chiave e non può scappare!», disse eccitato Matt.

«Nessuna chiave per creare un buco della serratura», concordò Elena, sorridendo.

«Intanto può divertirsi trasformandosi in una talpa e scavando un cunicolo nella dispensa sotterranea», disse fredda Meredith. «Sempre che abbia portato con sé il suo kit per le trasformazioni», disse. Poi aggiunse, in tono preoccupato, «Mi chiedo se... Forse Matt dovrebbe dire a qualcuno di noi dove ha nascosto davvero la sfera stellata. Insomma... Non si sa mai».

Matt vide intorno a sé espressioni perplesse. Ma d'un tratto capì che *doveva* dire a qualcuno che aveva nascosto la sfera stellata nel suo armadietto. Il gruppo – incluso Stefan – l'aveva scelto perché aveva resistito fino alla fine quando, un mese prima, Shinichi aveva usato il corpo di Damon come un burattino per torturarlo. Matt allora aveva dimostrato che sarebbe morto fra atroci sofferenze piuttosto che mettere in pericolo i suoi amici. Ma se fosse morto davvero, gli altri avrebbero potuto perdere per sempre la sfera stellata di Misao. E solo lui sapeva quanto quel giorno fosse andato vicino a ruzzolare giù per le scale con Shinichi.

Tutt'a un tratto sentirono un grido dal pian terreno. «Ehilà! C'è qualcuno in casa? Elena!».

«Ecco il mio Stefan», disse Elena, e poi, senza un briciolo di dignità, si precipitò nell'atrio per lanciarsi tra le sue braccia. Lui sembrò preso alla sprovvista, ma riuscì a frenare il suo slancio prima che cadessero entrambi sui gradini del portico.

«Che sta succedendo?», chiese, con il corpo che vibrava in modo impercettibile, come per l'impulso di lottare. «Tutta la casa odora di kitsune!».

«Va tutto bene», disse Elena. «Vieni a vedere». Lo accompagnò di sopra, nella sua stanza. «Lo abbiamo rinchiuso nella dispensa sotterranea», aggiunse.

Stefan sembrava confuso. «Chi avete rinchiuso nella dispensa?»

«Abbiamo bloccato la porta con un pezzo di ferro», disse Matt trionfante. «E con erbe e amuleti. E comunque Meredith ha preso la sua chiave».

«La sua *chiave*? State parlando di... Shinichi?». Stefan si girò verso Meredith, spalancando gli occhi verdi. «Mentre ero via?»

«Più che altro è stato un incidente. Non so come, gli ho messo la mano in tasca quando stava cadendo a testa in giù dopo aver perso l'equilibrio. Ho avuto un colpo di fortuna e ho preso la Chiave Universale. Sempre che non sia una semplice chiave di casa».

Stefan la fissò. «È quella vera. Elena lo sa. Meredith, sei incredibile!».

«Sì, è quella giusta», confermò Elena. «Ricordo la forma. Piuttosto elaborata, vero?». La prese dalla mano di Meredith.

«Cosa vuoi f...».

«Potrei anche testarla», disse Elena con un sorriso malizioso. Si avvicinò alla porta, la chiuse, disse «Il salottino al piano di sotto», inserì la chiave alata nella serratura, aprì la porta, vi passò attraverso e la chiuse alle sue spalle. Prima che gli altri potessero aprir bocca, tornò tenendo in alto l'attizzatoio del salottino in segno di trionfo.

«Funziona!», gridò Stefan.

«Straordinario», disse Matt.

Stefan aveva quasi un'aria febbrile. «Ma non capite che significa? Vuol dire che possiamo *usare* questa chiave. Possiamo andare ovunque vogliamo senza usare Poteri. Anche nella Dimensione Oscura! Ma prima, visto che è ancora qui, dovremmo fare qualcosa riguardo a Shinichi».

«Non sei in condizioni di fare nulla adesso, caro Stefan», disse la signora Flowers, scuotendo la testa. «Mi dispiace, ma la verità è che siamo stati molto, molto fortunati. Prima quel kitsune malvagio era impreparato. Adesso non lo sarà più».

«Ci devo comunque provare», disse con calma Stefan. «Ognuno di voi è stato torturato o ha dovuto combattere, con i pugni o con la mente», aggiunse, rivolgendo un breve inchino alla signora Flowers. «Io ho sofferto, ma non ho mai avuto la possibilità di combatterlo. *Devo* provarci».

Matt disse, con lo stesso tono pacato, «Vengo con te».

Elena aggiunse: «Possiamo combatterlo tutti assieme. Giusto, Meredith?».

Meredith annuì lentamente, prendendo l'attizzatoio dal caminetto della stanza di Stefan. «Sì. Può essere un colpo basso, ma... insieme».

«Sempre meglio che lasciarlo in vita e permettere che vada in giro a far del male alla gente, secondo me. Comunque, ce ne occuperemo... insieme», disse con fermezza Elena. «*Adesso*!».

Matt fece per alzarsi, ma si fermò a guardare orripilato la scena che aveva davanti. Simultaneamente, con la grazia delle leonesse a caccia o delle ballerine, le due ragazze si avvicinarono a Stefan e sollevarono gli attizzatoi; Elena lo colpì alla testa e Meredith diritto all'inguine. Stefan indietreggiò barcollando per il colpo alla testa, ma disse semplicemente "Ahi!" per quello di Meredith. Matt si lanciò su Elena, allontanandola da Stefan e poi, girandosi con perfetta coordinazione motoria, come se si trovasse su un campo di football, fece lo stesso con Meredith.

Ma, a quanto pareva, il nuovo impostore aveva deciso di non contrattaccare. L'immagine di Stefan sfumò. Davanti a loro, con foglie verdi intrecciate fra i capelli neri dalle punte scarlatte, c'era Misao. Matt fu sconvolto nel vedere il suo viso pallido ed emaciato. Era chiaramente molto malata, anche se manteneva un atteggiamento spavaldo. Ma, quella sera, nella sua voce non c'era traccia di scherno.

«Cosa avete fatto alla mia sfera stellata? E a mio *fratello*?», domandò con voce fievole.

«Tuo fratello è sottochiave e al sicuro», riferì Matt, a stento consapevole di quello che stava dicendo. Malgrado tutti i crimini che Misao aveva commesso, provava pena per lei. Era chiaramente malata e disperata.

«Questo lo so già. Volevo dire che mio fratello vi ucciderà tutti. Non per gioco, sarà *furibondo*». Ora Misao sembrava infelice e spaventata. «Non l'avete mai visto davvero arrabbiato».

«Nemmeno voi avete visto Stefan arrabbiato», disse Elena. «Perlomeno non quando è al massimo del suo Potere».

Misao si limitò a scuotere la testa. Dai capelli le scivolò una foglia secca. «Non capite!».

«Infatti, dubito di capirci qualcosa. Meredith, l'abbiamo perquisita?»

«No, ma di certo non ha portato con sé l'altra...».

Elena disse in tono sbrigativo, «Matt, prendi un libro e leggilo. Ti dirò io quando abbiamo finito».

Matt era riluttante a dare le spalle a un kitsune, anche se malandato. Ma quando anche la signora Flowers annuì leggermente, obbedì. Tuttavia, anche se era di spalle, poteva sentire. E ciò che udiva suggeriva che le ragazze stavano tenendo ben stretta Misao mentre la perquisivano a fondo. All'inizio sentì solo dei mormorii di diniego.

«Uh uh... Umm... Uh uh... Uh *ops!*». Sentì uno sferragliare metallico sul pavimento di legno.

Matt si girò solo quando Elena disse, «Okay, puoi guardare. Era nella tasca sul davanti». Poi, rivolta a Misao, che sembrava sul punto di svenire, aggiunse, «Non *volevamo* immobilizzarti e perquisirti. Ma questa chiave... In nome del cielo, dove avete preso queste chiavi?».

Sulle guance di Misao apparvero due macchioline rosa. «Dici bene: in cielo. Sono le ultime due Chiavi Universali rimaste, e appartengono a me e a Shinichi. Sono stata io a capire come rubarle dalla Corte Celestiale. È successo... tanto tempo fa».

In quel momento sentirono una macchina sulla strada. La Porsche di Stefan. Nel silenzio mortale che seguì, dalla finestra della sua stanza videro la macchina che svoltava nel vialetto.

«Non scendete», disse brusca Elena. «Non invitatelo a entrare».

Meredith le lanciò uno sguardo penetrante. «Shinichi ormai potrebbe aver scavato un tunnel come una talpa. E lui è stato già invitato a entrare».

«Ho sbagliato a non avvisarvi tutti... Ma in ogni caso, se è davvero Shinichi e ha fatto del male a Stefan, vedrà cosa sono capace di fare quando sono arrabbiata. Le parole "Ali della Distruzione" mi sono appena venute in mente e qualcosa dentro di me non vede l'ora di pronunciarle».

Nella stanza corse un brivido di paura.

Nessuno andò incontro a Stefan, ma ben presto sentirono il rumore dei suoi passi frettolosi. Stefan apparve alla soglia della sua stanza, si precipitò dentro e si trovò davanti una schiera di persone che lo guardavano con sospetto.

«Che *diamine* sta succedendo?», chiese, fissando Misao, che era immobilizzata da Meredith e Matt. «Misao...».

Elena fece due passi verso di lui... e gli si avvinghiò, travolgendolo con un bacio appassionato. Per un attimo lui oppose resistenza, ma poi, poco a poco, si lasciò andare, nonostante la stanza fosse piena di osservatori.

Alla fine Elena mollò la presa e si limitò ad appoggiarsi a lui, ansimando. Gli altri erano rossi per l'imbarazzo. Anche Stefan era arrossito, ma continuò a tenerla stretta.

«Scusa», mormorò Elena. «Ma sei già tornato a casa due volte. Prima era Shinichi e l'abbiamo rinchiuso nella dispensa sotterranea. Poi era *lei*». Senza guardare, indicò Misao, che si era fatta piccola per la paura. «Non potevo essere certa che Shinichi non fosse scappato in qualche modo...».

«E ne sei sicura adesso?»

«Oh, sì. Ti riconosco. Con te riesco sempre a entrare in contatto telepaticamente».

Matt si accorse che Elena stava tremando e si alzò subito per farla sedere e riposare in pace almeno un paio di minuti.

La pace durò meno di un minuto.

«Voglio la mia sfera stellata!», strillò Misao. «Devo riempirla di potere o continuerò a indebolirmi... e allora sarete responsabili della mia morte».

«Indebolirti? Si tratta del liquido che è evaporato dalla sfera stellata?», chiese Meredith. Matt stava pensando a quello che aveva visto nel suo quartiere prima che i poliziotti di Ridgemont lo arrestassero.

«Hai già raccolto il Potere da metterci dentro?», chiese con gentilezza. «Hai cominciato ieri, magari?».

«Lo raccolgo da quando me lo avete tolto. Ma non è … dentro di me. Nella mia sfera stellata. È mio, ma *non ancora*».

«Forse un po' di quel Potere lo prendi costringendo Cole Reece a mangiar vivo il suo porcellino d'India? O spingendo i ragazzi a bruciare le proprie case?», chiese Matt con voce stridula.

«Che importa?», ribatté scontrosa Misao. «È mio. È stata una mia idea, non vostra. Non potete tenermi lontana…».

«Meredith, tieni*mi* lontano da *lei*. Conosco quel ragazzo, Cole, da quando è nato. Non smetterà mai di avere degli incubi…».

Misao si raddrizzò come una pianta appassita che riceve dell'acqua. «Incubi, incubi», mormorò.

Per un attimo calò il silenzio. Poi Meredith disse, in tono inespressivo e scegliendo con cura le parole, come se stesse pensando al suo bastone: «Sei proprio un personcina sgradevole, eh? È quello il tuo nutrimento? Brutti ricordi, incubi, paura del futuro?».

Misao era piuttosto perplessa. Non riusciva a capire dove fosse l'inghippo. Era come se Meredith avesse chiesto a un adolescente perennemente affamato: «Che ne dici di una pizza e una coca cola? È questo che vuoi?». Misao non riusciva nemmeno a capire che i suoi appetiti erano sbagliati, per questo non poteva mentire.

«Avevi ragione prima», disse brusco Stefan. «Abbiamo la tua sfera stellata. Forse, facendo qualcosa per noi, potresti convincerci a restituirtela. A ogni modo noi dovremmo essere in grado di tenerti sotto controllo perché abbiamo…».

«Un modo di pensare antiquato. Obsoleto», ringhiò Misao.

Calò un silenzio mortale. Matt si sentì stringere lo stomaco.

Avevano puntato su un "modo di pensare antiquato" sin dall'inizio. Ottenere la sfera stellata di Shinichi costringendo Misao a rivelare dove fosse. Il loro obiettivo finale era di controllare Shinichi tramite la *sua* sfera stellata.

«Non capite», disse Misao, con un tono allo stesso tempo infelice e rabbioso. «Mio fratello mi aiuterà a riempire di nuovo la mia sfera stellata. Ma quello che abbiamo fatto in questa città… era un *ordine*; non l'abbiamo fatto solo per divertirci».

«Ah sì? Stavo quasi per crederti!», mormorò Elena, ma Stefan alzò la testa di scatto e disse: «Un *ordine*? Da parte di *chi*?»

«*Io… non… lo so*!», gridò Misao. «Shinichi prende gli ordini. Poi mi dice cosa fare. Ma chiunque sia, ormai dovrebbe essere soddisfatto. La città è quasi distrutta. Potrebbe anche aiutarmi un po'a questo punto!». Lanciò uno sguardo truce al gruppo, che indietreggiò.

D'impulso, Matt disse: «Mettiamola nella dispensa sotterranea con Shinichi. Ho la sensazione che stanotte saremo costretti a dormire tutti nel magazzino».

4

«Dormiremo nel magazzino con i muri ricoperti di amuleti post-it», disse torva Meredith. «Se ne abbiamo abbastanza. Ho preso un altro blocchetto, ma non riusciremo a ricoprire un'intera stanza».

«D'accordo», disse Elena. «Chi ha la chiave di Shinichi?».

Matt alzò la mano. «Ce l'ho in...».

«Non dirmelo!», esclamò Elena. «Io ho quella di Misao. *Non possiamo perderle*. Stefan e io formiamo una squadra; voi tre ne formate un'altra».

Fecero uscire Misao dalla stanza di Stefan e la aiutarono a scendere le scale, sostenendola quando vacillava. Lei non cercò di scappare né di lottare e non rivolse loro la parola. Questo fece insospettire Matt ancora di più. Notò che Stefan ed Elena si guardavano e capì che anche loro la pensavano allo stesso modo.

Ma cos'altro avrebbero potuto fare con lei? Non c'era altro modo di imprigionarla per qualche giorno, sia che avessero agito con umanità, sia che fossero stati crudeli con lei. Avevano la sua sfera stellata, e stando ai libri questo avrebbe dovuto permettere loro di controllarla, ma Misao aveva ragione: sembrava che quello fosse un concetto obsoleto, perché non funzionava. Ci avevano provato. Stefan e Meredith l'avevano immobilizzata, mentre Matt andava a prendere la sfera stellata dalla scatola da scarpe in cui l'aveva nascosta, su un mucchio di vestiti nell'ultimo ripiano del suo armadietto.

Lui ed Elena avevano tentato di costringere Misao a fare delle cose, mentre tenevano in mano la sfera quasi vuota, e a farle dire dove fosse la sfera stellata di suo fratello e così via. Ma, semplicemente, non funzionava.

«Forse il Potere all'interno è così scarso che non si attiva», disse alla fine Elena. Nella migliore delle ipotesi, era una ben magra consolazione.

Quando portarono Misao in cucina, Matt pensò che imitare Stefan due volte era un piano troppo stupido per un kitsune. Farlo la seconda volta, quando gli umani erano all'erta, era davvero stupido. Misao non sembrava così ingenua.

Matt aveva un brutto presentimento.

Anche Elena aveva un brutto presentimento riguardo a ciò che stavano facendo. Mentre si guardava attorno e notava le espressioni degli altri, si accorse che anche loro erano preoccupati. Ma nessuno aveva trovato un piano migliore. Non potevano uccidere Misao. Non erano assassini, capaci di ammazzare a sangue freddo una ragazza inerme e malaticcia.

Immaginava che Shinichi dovesse avere un udito molto fine, e che li avesse già sentiti camminare sul pavimento scricchiolante della cucina. E supponeva che sapesse – grazie a un legame mentale o semplicemente per deduzione logica o in qualche altro modo – che Misao era proprio sopra di lui. Non avevano nulla da perdere a urlare, attraverso le porte chiuse: «Shinichi, abbiamo tua sorella! Se la rivuoi, devi stare tranquillo. Non costringerci a buttarla giù dalle scale».

Dalla dispensa sotterranea giunse il silenzio. Elena preferì interpretarlo come un silenzio di sottomissione. Perlomeno Shinichi non stava sbraitando minacce.

«D'accordo», bisbigliò Elena. Si mise alle spalle di Misao. «Al tre spingiamo più forte possibile».

«Aspetta!», disse Matt in un bisbiglio angosciato. «Avevi detto che non l'avremmo buttata giù dalle scale».

«La vita è ingiusta», disse torva Elena. «Pensi che loro non ci abbiano preparato qualche brutta sorpresa?»

«Ma...».

«Lascia perdere, Matt», disse con calma Meredith. Impugnava

il bastone con la mano sinistra e con la destra era pronta a spingere il pannello per aprire la porta. «Tutti pronti?».

Annuirono. A Elena dispiaceva per Matt e Stefan, che erano i più sinceri e sensibili del gruppo.

«Uno», bisbigliò piano, «due, *tre*».

Al tre Meredith premette l'interruttore nascosto nella parete. E poi le cose cominciarono ad accadere al rallentatore.

Dal "due" Elena aveva già cominciato a spingere Misao verso la porta. Al "tre" gli altri si erano uniti a lei.

Ma la porta sembrava metterci un'eternità ad aprirsi. E, prima che questa eternità terminasse, andò tutto storto.

La corona di foglie intorno alla testa di Misao cominciò a spargere virgulti dappertutto. Uno dei viticci si staccò e si attorcigliò intorno al polso di Elena. Lei sentì Matt che lanciava un grido indignato e capì che anche lui era stato preso.

«*Spingete!*», urlò Meredith, ed Elena vide che la stava attaccando con il bastone. Meredith, con un brusco movimento del bastone, strappò la corona di foglie dai capelli di Misao. I viticci che stringevano il polso di Elena caddero a terra.

Ogni remora riguardo al buttare Misao giù dalle scale svanì. Elena si unì agli altri, cercando di spingerla nel vano della porta. Ma c'era qualcosa di strano nel seminterrato. In primo luogo, stavano spingendo Misao verso un'oscurità totale... e in movimento.

Il seminterrato era pieno di... qualcosa. Anzi, di diverse *cose*.

Elena si guardò la caviglia e vide con orrore una gigantesca larva che sembrava essere strisciata fuori dalla dispensa sotterranea. O, perlomeno, una larva era la prima cosa cui aveva pensato di paragonarla. Forse era una lumaca senza testa. Era nera, traslucida, lunga circa trenta centimetri, ma troppo larga perché potesse prenderla in mano. Sembrava si muovesse in due modi. Uno era il solito modo in cui si muovono i vermi, curvandosi e raddrizzandosi, l'altro era attaccandosi alle altre larve, che stavano eruttando sulla testa di Elena come un'orribile fontana.

Elena alzò lo sguardo e desiderò non averlo fatto.

Sulle loro teste si muoveva sinuosamente un cobra. Era uscito dal seminterrato e si dirigeva verso la cucina. Era fatto dalle larve traslucide e nere incollate fra loro, che sarebbero potute cadere da un momento all'altro, facendoli urlare.

Se ci fosse stata Bonnie, avrebbe strillato fino a far esplodere i bicchieri da vino nella credenza, pensò con ansia Elena. Meredith stava cercando di attaccare il cobra con il bastone e allo stesso tempo si frugava nelle tasche in cerca di post-it.

«Ci penso io alle note», ansimò Elena, e si mise a rovistare nelle tasche di Meredith. Chiuse le dita su un blocchetto di carta e lo tirò fuori trionfante.

Proprio allora la prima larva lucida e grassa le cadde sulla pelle scoperta. Avrebbe voluto urlare di dolore mentre la larva la pungeva e le provocava ustioni con le sue zampette, denti, ventose o qualunque cosa fosse quella roba con cui si teneva incollata alla sua pelle. Staccò un foglio dal blocchetto – non si trattava di note post-it, ma era lo stesso amuleto impresso su fogli di carta piuttosto fragili e sottili – e lo attaccò sulla creatura simile a una larva.

Non accadde nulla.

Meredith conficcò il bastone al centro del cobra. Elena vide un'altra delle creature caderle quasi sulla faccia, ma riuscì a voltarsi in tempo e la larva le cadde sul colletto. Cercò di staccare un altro foglio dal blocchetto, ma quando questo le volò via – le larve sembravano appiccicose, ma non lo erano – lanciò un grido viscerale e si strappò di dosso quelle cose orrende a mani nude. Cedettero, lasciandole la pelle piena di segni rossi e la maglietta strappata sulle spalle.

«Gli amuleti non funzionano», gridò a Meredith.

Meredith stava proprio sotto l'ondeggiante larva-cobra con il cappuccio e continuava a colpirlo come per raggiungere il centro. La sua voce era soffocata. «Comunque non ci sono abbastanza amuleti! Ce ne sono troppi di questi vermi. Vi conviene scappare».

Un attimo dopo Stefan urlò: «Andate via da qui! C'è qualcosa di solido là dentro».

«È quello che sto cercando di colpire!», urlò in risposta Meredith.

Matt gridò freneticamente: «Dov'è Misao?».

L'ultima volta che Elena l'aveva vista, Misao stava per tuffarsi nell'oscura massa di segmenti che si contorcevano. «È andata», rispose. «Dov'è la signora Flowers?»

«In cucina», disse una voce alle sue spalle. Elena si girò e vide la vecchia signora che tirava giù mazzetti di erbe con entrambe le mani.

«Bene», gridò Stefan. «Fate qualche passo indietro. Lo colpirò con il Potere. Andate... Adesso!».

La sua voce fu come una frustata. Fecero tutti un passo indietro, anche Meredith, che stava pungolando il serpente con il suo bastone.

Stefan curvò la mano attorno al nulla, all'aria, trasformandola in una sfera luminosa di energia sfavillante e turbinante. La lanciò a bruciapelo contro il cobra fatto di larve.

Ci fu un'esplosione e poi, all'improvviso, cominciarono a piovere larve. Elena stringeva i denti per impedirsi di urlare. I corpi ovali e traslucidi delle larve si sparsero sul pavimento della cucina come prugne troppo mature. Alcune rimbalzarono. Quando Elena osò alzare di nuovo lo sguardo, vide una macchia nera sul soffitto.

Sotto di essa, sorridente, c'era Shinichi.

Meredith, veloce come un fulmine, cercò di trapassarlo con il bastone. Ma Shinichi era più svelto. Si piegò, schivando il primo colpo, poi il secondo e quelli che seguirono.

«Umani», disse. «Tutti uguali. Tutti stupidi. Quando alla fine arriverà la Mezzanotte capirete quanto siete stati stupidi». Disse "Mezzanotte" come se stesse parlando dell'Apocalisse.

«Siamo stati abbastanza intelligenti da scoprire che non eri Stefan», disse Matt, che si trovava dietro il kitsune.

Shinichi alzò gli occhi al cielo. «E da mettermi in una piccola stanza con un tetto di *legno*. Non ricordate nemmeno che i kitsune controllano le piante e gli alberi? I muri sono pieni di larve malach ormai, sapete. Completamente infestati».

Elena notò che il kitsune, con un guizzo negli occhi, si era girato a guardare verso la porta della dispensa sotterranea.

Il suo terrore crebbe e allo stesso tempo Stefan gridò: «Uscite! Andate fuori di qui, fuori dalla casa! Correte in un posto sicuro!».

Elena e Meredith si guardarono, paralizzate. Erano in due squadre diverse, ma sembrava che non riuscissero a separarsi. Poi Meredith si liberò da quella paralisi, si girò e corse nel retro della cucina ad aiutare la signora Flowers. Matt era già lì.

Infine Elena si sentì mancare la terra sotto i piedi e fece uno scatto. Stefan la raggiunse e cominciò a correre verso la porta d'ingresso. Da lontano, sentì Shinichi che gridava, «Portatemi le loro ossa!».

Una delle larve che Elena aveva colpito mentre correva esplose e qualcosa strisciò fuori dai brandelli di pelle bruciacchiata. Comprese che quelli erano davvero malach. Più piccoli di quello che aveva inghiottito il braccio di Matt, lasciandogli quei graffi lunghi e profondi.

Elena notò un malach attaccato alla schiena di Stefan. Resa temeraria dalla rabbia, lo afferrò da un capo e cercò di strapparlo via, tirando senza posa anche se Stefan rantolava per il dolore. Quando lo staccò, colse lo scintillio di quelle che sembravano dozzine di denti da bambino sul lato inferiore. Appena raggiunsero la porta, lo scagliò contro il muro.

Attraversando il salotto, si scontrarono quasi con Matt, Meredith e la signora Flowers. Stefan spalancò la porta e, appena uscirono tutti, Meredith la chiuse violentemente. Alcuni malach – vermi e umide larve volanti – uscirono con loro.

«C'è un posto sicuro?», chiese brusca Meredith. «Voglio dire, davvero sicuro, almeno per un paio di giorni?». Né lei né Matt avevano allentato la presa sulla signora Flowers, e dalla loro velocità Elena intuì che la vecchina doveva essere leggera come uno spaventapasseri. Continuava a dire: «Mio Dio! Oh, santo cielo!».

«Casa mia?», suggerì Matt. «Il quartiere è messo male, ma la casa sembrava a posto l'ultima volta che ci sono stato, e mia madre è andata via con la dottoressa Alpert».

«Vada per la casa di Matt... Useremo le Chiavi Universali. Ma partiamo dal magazzino. *Non* voglio aprire di nuovo quella porta, per nessun motivo», disse Elena.

Quando Stefan fece per prenderla in braccio, scosse la testa. «Sto bene. Corri più veloce che puoi e schiaccia tutti i malach che trovi».

Raggiunsero il magazzino, ma furono seguiti da un suono simile a un acuto ronzio, che poteva essere prodotto solo da un malach.

«E ora?», chiese Matt con il fiatone, aiutando la signora Flowers a sedersi sul letto.

Stefan esitò. «Credi che casa tua sia davvero sicura?»

«Esiste un posto sicuro? Ma è vuota, o dovrebbe esserlo».

Nel frattempo, Meredith aveva preso in disparte Elena e la signora Flowers. Con orrore Elena vide che la ragazza aveva in mano una delle larve più piccole, e la stringeva in modo da spingere verso l'alto la parte inferiore.

«Oddio...», protestò Elena, ma Meredith disse: «Sembrano i denti di un bambino piccolo, vero?».

La signora Flowers si rianimò all'improvviso. «È vero! E avete detto che il femore che avete trovato nel boschetto...».

«Sì. Era umano, ma forse non sono stati degli *umani* a masticarlo. Bambini umani, intendo», disse Meredith.

«E Shinichi ha urlato ai malach di portargli le nostre ossa», disse Elena, e deglutì. Poi guardò di nuovo la larva. «Meredith, vedi di liberarti di quella cosa! Sto per esplodere come un malach volante».

Meredith si guardò attorno perplessa.

«Va bene. Buttala per terra e schiacciala», disse Elena, trattenendo il respiro per calmare la nausea.

Meredith lasciò cadere la creatura grassa, traslucida e nera, che esplose nell'impatto. Elena la calpestò, ma non riuscì a schiacciare il malach all'interno. Appena alzò il piede, la creatura cercò di sgattaiolare sotto il letto. Il bastone di Meredith la tagliò nettamente in due.

«Ragazzi», disse secca Elena a Matt e Stefan, «dobbiamo andarcene, *subito*. Là fuori c'è uno sciame di malach volanti!».

Matt si girò verso di lei. «Come quello che...».

«Più piccoli, ma proprio come quello che ti ha aggredito, credo».

«Okay, ecco quello che dobbiamo capire», disse Stefan con un tono che mise subito a disagio Elena. «Qualcuno deve andare comunque nella Dimensione Oscura per cercare Bonnie. Immagino di essere l'unico che ci possa andare, dato che sono un vampiro. Non potete entrare...».

«Sì che possiamo», disse Meredith. «Con queste chiavi ci basta dire, "Portaci a casa di Lady Ulma nella Dimensione Oscura". Oppure, "Portami da Bonnie, ovunque sia". Perché non dovrebbe funzionare?».

Elena disse: «D'accordo, Meredith. Matt e la signora Flowers possono restare qui e cercare di capire cosa sia "Mezzanotte". Da come Shinichi ha pronunciato quella parola, sembra qualcosa di brutto. Nel frattempo, io e Stefan andremo nella Dimensione Oscura a cercare Bonnie».

«No!», esclamò Stefan. «Non voglio portarti di nuovo in quel posto orribile».

Elena lo guardò dritto negli occhi. «Lo avevi promesso», disse, indifferente alle altre persone nella stanza. «Lo avevi *promesso*. Non saresti più partito senza di me. Neanche per breve tempo, per nessun motivo. Lo avevi *promesso*».

Stefan la guardò con aria disperata. Elena sapeva che non voleva farle correre rischi, ma ormai quale mondo era davvero sicuro? Erano entrambi pieni di orrori e pericoli.

«Comunque», disse con un sorriso torvo, «la chiave ce l'ho io».

5

«Sai come funziona?», chiese Elena a Meredith. «Metti la chiave nel buco della serratura e dici dove vuoi andare. Poi apri la porta e attraversi la soglia. Tutto qui».

«Andate prima voi», aggiunse Stefan. «Svelti».

«Io giro la chiave», disse Meredith a Matt. «Tu bada alla signora Flowers».

D'un tratto Elena fu colta da una preoccupazione che non voleva esprimere ad alta voce, preferiva comunicarla solo a Stefan. Fisicamente erano così vicini che lui di certo l'avrebbe sentita. *Saber!*, gli disse con il pensiero. *Non possiamo lasciarlo con quei malach!*

Infatti, non lo lasceremo qui, rispose la voce di Stefan nella sua testa. *Gli ho mostrato la strada per la casa di Matt, poi gli ho detto di andarci portando con sé Talon e di proteggere le persone che arriveranno.*

Nello stesso momento Matt disse, «Oddio! Saber! Mi ha salvato la vita. Non possiamo lasciarlo qui».

«Me ne sono già occupato», lo rassicurò Stefan, mentre Elena gli dava delle pacche sulle spalle. «Sarà a casa tua fra poco e, se andate da qualche altra parte, vi rintraccerà».

Elena lo accarezzò con delicatezza. «Stai tranquillo!».

«La stanza di Matt Honeycutt a Fell's Church», disse Meredith, infilando la chiave nella maniglia e aprendo la porta. Passò dall'altra parte assieme a Matt e alla signora Flowers. La porta si chiuse.

Stefan si girò verso Elena. «Vado prima io», disse in tono categorico. «Ma ti terrò forte. Non intendo lasciarti andare».

«Non lasciarmi, non lasciarmi mai», mormorò Elena, con un tono che somigliava a quello di Misao mentre bisbigliava "Incubi, incubi". Poi le venne in mente una cosa.

«I braccialetti da schiava!».

«Cosa?», disse Stefan. Poi, «Oh, ricordo che me ne hai parlato. Ma come dovrebbero esser fatti?»

«Come normali braccialetti, il più possibile identici». Elena cominciò a cercare freneticamente nel retro della stanza, dov'erano impilati tutti i mobili, aprendo e chiudendo cassetti. «Su, braccialetti! Dove sono? In questa casa ci dovrebbe essere tutto!».

«Che ne dici di questi elastici per capelli?», chiese Stefan. Elena si voltò e lui le lanciò una scatola di morbidi fermacapelli di cotone.

«Sei un genio! Non mi faranno neanche male ai polsi. Eccone due bianchi, identici!», disse allegramente Elena.

Si misero in posizione davanti alla porta, con Stefan alla sinistra di Elena per controllare cosa ci fosse dall'altra parte prima di entrare. Le stringeva anche il braccio sinistro.

«Ovunque sia la nostra amica Bonnie McCullough», disse Stefan. Poi spinse la chiave nella maniglia della porta, che non aveva una serratura, e la girò. Dopo aver restituito la chiave a Elena, aprì con cautela la porta.

Elena non sapeva cosa aspettarsi. Una vampata di luce, magari, che li accompagnasse nel viaggio fra le dimensioni. Una specie di tunnel a spirale o delle stelle cadenti. Almeno la sensazione del movimento.

Invece la accolse una nube di vapore. Le inzuppò la maglietta e le inumidì i capelli.

E poi sentì delle grida.

«Elena! *Eleeena! Sei qui!*».

Riconobbe la voce ma non riuscì a localizzare da dove provenissero le urla in quella nebbia.

Poi vide un'immensa vasca da bagno di malachite e ragazze dall'aria impaurita che alimentavano a carbone il fuoco alla base della vasca, mentre due domestiche più giovani, che impugnavano spazzole per il corpo e pietra pomice, stavano rannicchiate contro il muro opposto.

E nella vasca c'era Bonnie! Evidentemente la vasca era molto profonda perché Bonnie, al centro, non riusciva a toccare il fondo e, per attirare l'attenzione, faceva dei saltelli fuori dall'acqua, come un delfino coperto di schiuma.

«Eccoti qui», esclamò Elena. Cadde in ginocchio sul soffice e spesso tappeto blu. Bonnie fece un salto spettacolare e per un attimo Elena si ritrovò fra le braccia il suo corpo minuto, ricoperto di schiuma e sapone.

Poi Bonnie si rituffò in acqua e riemerse ridendo.

«È Stefan quello? È proprio lui! Ciao, Stefan! *Ciaooo*!».

Stefan gettò un'occhiata alle proprie spalle, di sfuggita, come per valutare la consistenza della schiuma. Ne parve soddisfatto, si girò un poco e la salutò con la mano.

«Ehi, Bonnie», chiese, con la voce soffocata dal rumore dei continui schizzi d'acqua. «Dove siamo?»

«A casa di Lady Ulma! Siete al sicuro... tutti al sicuro!». Bonnie rivolse a Elena il visetto speranzoso. «Dov'è Meredith?».

Elena scosse la testa, pensando a tutte le cose su Meredith che Bonnie ancora non sapeva. Decise che non era ancora il momento di parlarne. «È dovuta rimanere, per proteggere Fell's Church».

«Oh». Bonnie abbassò lo sguardo, turbata. «Va ancora male, vero?»

«Non ci crederesti. Davvero, è... indescrivibile. E Matt, Meredith e la signora Flowers sono là in mezzo. Mi dispiace».

«Non preoccuparti, già vedere te mi rende tanto felice! Oddio, ma sei ferita». Stava guardando il piccolo morso sul braccio di Elena e il sangue che si era raggrumato sulla maglietta strappata. «Adesso esco e... Ehi, no, *entra tu*! C'è molto spazio, abbiamo acqua calda a volontà e... *tantissimi vestiti*! Li ha disegnati Lady Ulma apposta per noi, per quando saremmo tornate!».

Elena, sorridendo rassicurante alle assistenti, si stava già spogliando più in fretta possibile. La vasca, talmente grande che avrebbero potuto nuotarci dentro sei persone, era un lusso da non perdere e inoltre, meditò Elena, era più che sensato presentarsi puliti ai propri anfitrioni.

«Va' pure, divertiti», gridò a Stefan. «Damon è qui?», chiese sottovoce a Bonnie, che annuì. «C'è anche Damon», canticchiò felice. «Se vedi Lady Ulma, dille che sto arrivando, ma prima farò un bel bagno». Non si tuffò subito nell'acqua bollente, color rosa perla, ma scese fino al secondo gradino e da lì si lasciò scivolare.

La avvolse subito un calore delizioso, che filtrò nel suo corpo tirando certi fili magici che rilassarono all'istante tutti i muscoli. I profumi dei sali da bagno impregnavano l'aria. Si gettò indietro i capelli e vide Bonnie che rideva di lei.

«E così siete usciti dal vostro tunnel dimensionale e siete rimasti qui a sguazzare nel lusso mentre noi ci preoccupavamo a morte per voi?». Elena si accorse di aver assunto, suo malgrado, un tono inquisitorio.

«No, delle persone mi hanno presa e...». Bonnie s'interruppe. «Be'... i primi giorni sono stati duri, ma non importa. Grazie al cielo alla fine abbiamo raggiunto Lady Ulma. Vuoi una spazzola da bagno? Del sapone al profumo di rosa?».

Elena squadrava Bonnie con gli occhi socchiusi. Sapeva che l'amica avrebbe fatto qualsiasi cosa per Damon. L'avrebbe coperto, se necessario. Con delicatezza, mentre si godevano le spazzole morbide, gli unguenti e i tanti tipi di sapone esposti su uno scaffale lì accanto, cominciò a investigare.

Stefan uscì dalla stanza piena di vapore per evitare di inzupparsi del tutto. Bonnie era al sicuro ed Elena era felice. Si ritrovò in un'altra stanza, in cui c'erano diversi divani di un materiale soffice e spugnoso. Per asciugarsi? Per i massaggi? Chissà.

Nella stanza successiva c'erano delle lanterne a gas che emanavano un bagliore così intenso da competere con la luce elettrica. C'erano altri tre divani, di cui non riusciva a immaginare la funzione, un grande specchio a parete di vetro argentato e specchi più piccoli davanti alle poltrone. Era di certo un posto per truccarsi e farsi belle.

Quell'ultima stanza si apriva su un corridoio. Stefan uscì ed esitò, mentre diffondeva in varie direzioni delicate sonde di Potere, nella speranza di trovare suo fratello prima che questi notasse la sua presenza nella villa. Era ormai assodato che la Chiave Universale poteva dargli accesso a luoghi in cui non era stato invitato. Ciò significava che avrebbe potuto...

In quel momento ricevette un colpo e, sorpreso, ritirò subito la sonda. Scrutò il lungo corridoio. Nella stanza in fondo vide proprio Damon, che camminava avanti e indietro e parlava con qualcuno che, trovandosi dietro la porta, restava fuori dalla sua visuale.

Stefan si avvicinò in silenzio, percorrendo in punta di piedi il corridoio. Oltrepassò la soglia senza che suo fratello se ne accorgesse e finalmente vide che l'interlocutore di Damon era una donna con la pelle segnata dalle intemperie, vestita da cacciatrice, con blusa e pantaloni di camoscio, e l'aspetto di chi si sente molto più a suo agio fuori dal mondo civilizzato. Damon stava dicendo: «Assicurati che la ragazza abbia vestiti caldi a sufficienza. Non è molto robusta, capisci che...».

«Dove la vuoi portare... e perché?», chiese Stefan, appoggiandosi allo stipite della porta.

Per una volta – e solo per quella volta – aveva avuto la fortuna di prendere Damon alla sprovvista. Suo fratello alzò lo sguardo e sobbalzò come un gatto spaventato. Era impagabile osservare Damon che cercava frenetico una maschera da indossare finché si decideva per quella dell'amabilità distratta e un po' formale. Stefan immaginò che nessuno si fosse mai impegnato tanto per avvicinarsi a una sedia, sedersi e *sforzarsi* di mettersi comodo.

«Bene, bene! Fratellino! Sei passato a trovarci! Che... bello. È un peccato, comunque, che io sia in partenza per un lungo viaggio e che non ci sia posto per te».

A quel punto, la donna dal volto segnato dalle intemperie, che era rimasta in silenzio a prendere appunti e che si era alzata appena era entrato Stefan, prese la parola. «Oh, no, mio signore. Per i thurg non sarà di peso questo gentiluomo. Probabilmente non si accorgeranno nemmeno della sua presenza. Se può far preparare il suo bagaglio entro domani, riuscirete a partire di mattina presto come pianificato».

Damon le scoccò un'occhiata che sembrava dire "taci o t'ammazzo". Lei chiuse la bocca. Damon si dominò e a denti stretti disse: «Lei è Pelat. È la coordinatrice della nostra piccola spedizione. Ciao, Pelat, arrivederci. Puoi andare».

«Come desiderate, mio signore».

Pelat si congedò con un inchino e uscì.

«Non ti sembra di prendere un po' troppo sul serio il tuo nuovo ruolo da *milord*?», chiese Stefan. «E perché indossi quel costume?»

«È l'uniforme da capitano della guardia della principessa Jessalyn D'Aubigne», disse con freddezza Damon.

«Hai trovato un *lavoro*?»

«Si tratta di una *posizione*». Damon scoprì i denti. «E non sono affari tuoi».

«E hai di nuovo i tuoi canini, vedo».

«Neanche questi sono affari tuoi. Ma se proprio desideri che io ti mandi al tappeto e che calpesti per bene il tuo corpo da morto vivente, sarò felice di accontentarti».

Stefan pensò che c'era qualcosa di strano. Damon, normalmente, avrebbe già superato la fase delle provocazioni e sarebbe passato a quella in cui lo calpestava per bene. Aveva senso solo se...

«Ho già parlato con Bonnie», disse. E, infatti, le aveva parlato, per chiederle dove si trovassero. Ma si ottengono miracoli quando si finge di sapere già tutto con chi ha la coscienza sporca.

Infatti, Damon disse subito ciò che Stefan sperava che non dicesse. «Posso spiegare!».

«Oddio», fece Stefan.

«Se lei avesse fatto come le avevo detto...».

«Mentre ti davi da fare per diventare il capitano della guardia di una principessa? E lei dov'era?»

«In un posto sicuro, almeno! Ma no, doveva scendere in strada ed entrare in quel negozio...»

«Sconvolgente! Ha davvero attraversato la strada?»

Damon digrignò i denti. «Tu non sai com'è da queste parti... Né come funziona il commercio di schiavi. Ogni giorno...».

Stefan sbatté entrambe le mani sul tavolo; ora era davvero arrabbiato. «È stata presa dai *mercanti di schiavi*? Mentre tu facevi le tue zozzerie con una *principessa*?»

«La principessa Jessalyn non fa zozzerie», rispose gelido Damon. «E nemmeno io. Comunque alla fine ciò che è successo ha avuto un esito positivo, perché ora sappiamo dove si trovano i Sette Tesori Kitsune».

«Di che tesori parli? E chi se ne importa di un tesoro, quando i kitsune stanno distruggendo una città?».

Damon aprì la bocca, la richiuse, poi scrutò a occhi socchiusi Stefan. «Hai detto che avevi parlato con Bonnie».

«Infatti, le ho *parlato*», rispose Stefan in tono piatto. «L'ho salutata».

Negli occhi scuri di Damon si accese un lampo d'ira. Per un attimo, Stefan pensò che fosse sul punto di ringhiare e saltargli addosso. Invece, a denti stretti, disse: «È solo per quella dannata città, non lo capisci? Fra quei tesori c'è la più grande sfera stellata che sia mai esistita, piena fino all'orlo di Potere. Potrebbe bastare a salvare Fell's Church. O almeno a fermare la sua distruzione totale. Forse potrebbe anche far piazza pulita dei malach e distruggere in un colpo solo Shinichi e Misao. È uno scopo abbastanza nobile per te, fratellino? Ti basta come motivo?»

«Ma portare Bonnie...».

«Rimani qui con lei se vuoi! Passate qui le vostre vite! Potrei dire che senza di lei non sarei mai riuscito a metter su una spedizione, e che è determinata a farne parte. Inoltre, al ritorno non prenderemo la stessa strada. Deve esserci un modo più facile per raggiungere la Terra dalla Guardiola. Non sopravvivremmo al viaggio di ritorno, quindi faresti meglio a pregare che *ci sia* un'altra strada».

Stefan era sorpreso. Non aveva mai sentito suo fratello parlare con tanta passione di una questione che riguardava gli umani. Stava per rispondere, quando sentì alle proprie spalle un grido di assoluta, purissima collera. Era spaventoso – e anche preoccupante, perché Stefan avrebbe riconosciuto ovunque e in qualunque momento quella voce. Era la voce di Elena.

6

Stefan si girò di scatto e vide Bonnie, avvolta da un asciugamano, che cercava di trattenere Elena, abbigliata nello stesso modo e con i capelli bagnati e spettinati. Qualcosa l'aveva spinta a saltar fuori dalla vasca e a precipitarsi nel corridoio così com'era.

Stefan fu sorpreso dalla reazione di Damon. Era forse un guizzo di paura quello che era apparso nei suoi occhi scuri senza fondo, rimasti impassibili davanti a migliaia di calamità, disastri e atrocità?

No, non era possibile. Ma sembrava proprio paura.

Elena era sempre più vicina. La sua voce risuonava nitida nel corridoio, che era abbastanza spazioso da produrre una piccola eco. «Damon! *Ti ho visto*! *Aspettami: sto venendo a ucciderti*!».

Stavolta il guizzo nei suoi occhi era inequivocabile. Damon gettò un'occhiata alla finestra, parzialmente aperta.

Bonnie ormai si era arresa ed Elena correva come una gazzella verso lo studio. I suoi occhi, comunque, non sembravano affatto quelli di un cerbiatto. Stefan li vide lampeggiare pericolosamente quando Elena gli sfuggì dalle braccia, soprattutto perché non aveva osato afferrarla dall'asciugamano e la sua pelle era scivolosa. Elena si fermò di fronte a Damon, che si era alzato dalla sedia.

«Come hai *potuto*?», strillò. «*Usare* Bonnie in quel modo... Influenzarla, drogarla... Solo per ottenere ciò che non ti appartiene? Hai usato quasi tutto il Potere rimasto nella sfera stellata di Misao. Come pensavi che avrebbe reagito Shinichi? È venuto a cercarci, ecco che ha fatto. E chissà se la pensione è ancora in piedi».

Damon aprì la bocca, ma Elena non aveva ancora finito.

«E poi hai portato Bonnie con te nella Dimensione Oscura. Non m'interessa se non volevi sprecare l'apertura del Portale. *Sapevi* che non dovevi portarla qui».

Damon era arrabbiato. «Io...».

Ma Elena lo interruppe senza nessuna esitazione. «E dopo averla trascinata qui, l'hai pure abbandonata. L'hai lasciata, sola e spaventata, in una stanza in cui non le era permesso nemmeno di guardare fuori dalla finestra, con una collezione di sfere stellate che non ti sei nemmeno preso la briga di controllare. Infatti erano del tutto inadatte e le hanno procurato degli incubi! Tu...».

«Se quella sciocchina avesse avuto il buon senso di aspettare tranquilla...».

«Cosa? *Che cosa hai detto*?»

«*Ho detto*, se quella sciocchina avesse avuto il buon senso...».

Stefan, che stava per intervenire, chiuse brevemente gli occhi. Li riaprì in tempo per vedere lo schiaffo e per sentire che Elena ci aveva messo dentro tutto il suo Potere, facendo girare di scatto la testa di Damon.

Ciò che lo sorprese – anche se si era avvicinato proprio in previsione di quella reazione – fu vedere Damon che alzava la mano con la velocità di un cobra all'attacco. Rimase, però, con la mano alzata, anche se Stefan aveva già afferrato Elena e l'aveva tirata indietro, per metterla fuori portata.

«Lasciami!», strillò Elena, divincolandosi per liberarsi dalle sue braccia o, almeno, per posare i piedi a terra. «Lo voglio *uccidere*!».

Un altro fatto sorprendente – se si esclude la rabbia cieca che Stefan sentiva scorrere nell'aura di Elena – fu che lei stava effettivamente vincendo, anche se lui era decine di volte più forte. In parte fu a causa dell'asciugamano, che minacciava di cadere da un momento all'altro. E in parte per il singolare stile di combattimento che Elena aveva cominciato ad adottare contro avversari più forti di lei – almeno contro quelli che si facevano degli scrupoli. Si spingeva deliberatamente fino al punto in cui cercare di fermarla avrebbe significato farle del male, e non si dava per vinta. Alla fine fu costretto a scegliere se ferirla o lasciarla andare.

D'un tratto Elena smise di agitarsi. Aveva girato la testa e guardava qualcosa alle spalle di Stefan, raggelata.

Si girò anche lui e trasalì, come colpito da una scossa elettrica.

Bonnie era in piedi dietro di loro e guardava Damon, con le labbra tremanti per l'angoscia e abbondanti lacrime che le sgorgavano dai grandi occhi castani e le rigavano le guance.

Stefan liberò subito Elena, prima ancora che lei gli rivolgesse uno sguardo supplichevole. Aveva compreso che il suo umore era cambiato e le dinamiche della situazione si erano appena ribaltate.

Elena si risistemò l'asciugamano e si girò verso Bonnie, ma lei era già scappata nel corridoio. Ma Elena aveva le gambe più lunghe e non ci mise molto a raggiungere la piccola Bonnie e a stringerla, più con un magnetismo da sorella che con la forza. «Non preoccuparti di quel *serpente*». Damon sentì chiaramente la sua voce e, d'altronde, era proprio ciò che lei voleva. «È un...». E qui Elena si lasciò andare a una sequela d'insulti molto creativi.

Stefan li udì distintamente e notò che si spegnevano in una serie di mormorii tranquillizzanti mentre le ragazze rientravano nella sala da bagno.

Lanciò un'occhiata in tralice al fratello. Non avrebbe esitato a battersi con lui, perché era molto arrabbiato a causa di Bonnie. Ma Damon lo ignorò, come se fosse parte della tappezzeria, e continuò a fissare il vuoto con un'espressione di gelida collera.

In quel momento Stefan sentì un flebile suono dall'altra parte del corridoio, che era piuttosto distante. I suoi sensi da vampiro lo informarono che a produrlo era stata una donna importante, probabilmente la padrona di casa. Le andò incontro, perché almeno fosse accolta da qualcuno con dei vestiti indosso.

Comunque, all'ultimo momento, gli apparvero davanti Elena e Bonnie, vestite con degli abiti che erano allo stesso tempo semplici e raffinati. Quello di Elena era un vestito lungo informale, dello stesso azzurro scuro dei lapislazzuli. I suoi capelli si stavano asciugando in una soffice massa dorata che le ricadeva sulle spalle. Bonnie indossava un abito più corto e chiaro: viola pallido, striato da fili d'argento che non seguivano un disegno particolare. Stefan comprese subito che entrambi gli abiti sarebbero apparsi belli sia alla luce dell'interminabile tramonto, sia in una stanza senza finestre, illuminata da lampade a gas.

Si ricordò che Elena gli aveva raccontato degli abiti che Lady Ulma aveva disegnato per lei e capì che, quali che fossero le qualità o i difetti della padrona di casa, era di sicuro una sarta geniale.

Elena cominciò a correre, anzi a volare con i suoi sandali dorati, seguita da Bonnie, che indossava scarpette argentate, e da Stefan, che temeva qualche pericolo sconosciuto. Arrivarono tutti e tre assieme dall'altra parte del corridoio e Stefan notò che l'abito della donna che aveva di fronte era ancora più splendido di quello delle ragazze. Era di seta grezza, color porpora, abbinato a una pesante collana di diamanti e rubini. Non indossava braccialetti.

Un minuto dopo, le ragazze si prodigarono in profonde e graziose riverenze. Stefan sfoggiò il miglior inchino di cui fosse capace.

Lady Ulma tese le mani a Elena, che sembrava quasi angosciata per qualcosa che Stefan non riusciva a capire. Elena le prese le mani, respirando in maniera concitata. «Lady Ulma, siete così magra...».

Proprio allora si udì il balbettio di un bambino. Elena alzò lo sguardo e sorrise a Lady Ulma, con un breve sospiro. Una domestica, che dall'aspetto sembrava ancora più giovane di Bonnie, posò fra le braccia di Lady Ulma un fagottino di trine e batista purissimo. Elena e Bonnie batterono le palpebre per ricacciare indietro le lacrime, sorridendo radiose al bambino ed emettendo piccoli versi insensati. Stefan poteva capirle: conoscevano Lady Ulma da quando era una schiava sottoposta alla frusta e cercava di salvare il bambino che portava in grembo.

«Ma *come*...?», cominciò Elena, balbettando. «Ci siamo lasciate solo qualche giorno fa, ma questo bambino ha già diversi mesi...».

«Qualche giorno? Vi sembra sia trascorso così poco tempo?», chiese Lady Ulma. «Per noi sono passati mesi. Ma la magia funziona ancora, Elena! Hai ancora il tuo potere magico! Ho avuto un parto facile! E il dottor Meggar dice che mi hai salvata prima che la piccola subisse delle lesioni per i maltrattamenti che ricevevo. Sta già imparando a parlare! È merito tuo, Elena, della tua magia!».

Detto ciò, la donna fece per inginocchiarsi ai piedi di Elena. Ma si piegò solo di pochi centimetri, perché Elena le prese subito le mani, gridando: «Lady Ulma, *no*!», mentre Stefan, scivolando rapidamente accanto alla giovane domestica, sorreggeva la donna per i gomiti.

«Non ho nessun potere magico», aggiunse Elena. «Stefan, dille che non sono magica».

Obbediente, Stefan si chinò verso la donna alta e le sussurrò nell'orecchio, «Elena è la ragazza più magica che abbia mai incontrato. Ha dei Poteri che vanno al di là della mia comprensione».

«Non è vero!», esclamò sconfortata Elena.

«Sai come l'ho chiamata?», continuò Lady Ulma. Aveva un volto singolare, anche se non convenzionalmente bello, con una combinazione aristocratica di naso romano e zigomi alti.

«No». Elena sorrise e poi ripeté, «No!», urlando. «Vi prego! Non condannatela a una vita di attesa e dolore. Potreste indurre la gente a farle del male, è solo una bambina. Oh, Lady Ulma!».

«Ma mia cara salvatrice...».

Elena cominciò a prendere in mano la situazione. Una volta che si decideva a farlo, non v'era modo di opporsi. «Lady Ulma», disse decisa, «perdonatemi per aver interferito nelle vostre faccende. Ma Bonnie mi ha detto...». Si fermò, esitante.

«Delle difficoltà che stanno attraversando alcune donne giovani e piene di speranza, per lo più povere e schiavizzate, che hanno preso i nomi delle tre ragazze più coraggiose che abbiano mai abbellito il nostro mondo», concluse al posto suo Lady Ulma.

«Qualcosa del genere», disse Elena, arrossendo.

«Nessuno si fa chiamare Damon», puntualizzò allegramente e con la massima benevolenza la giovane balia. «Né i ragazzi né le *ragazze*».

Stefan avrebbe potuto baciarla.

«Oh, Lakshmi!». Elena abbracciò la vivace adolescente. «Non ti avevo nemmeno notata. Fatti guardare». Tese le braccia e le mise sulle spalle della ragazza. «Sai che sei cresciuta di almeno due centimetri dall'ultima volta che ti ho vista?».

Lakshmi sorrise radiosa.

Elena si girò di nuovo verso Lady Ulma. «Sì, ho paura per la bambina. Perché non la chiamate Ulma?».

La donna dai nobili lineamenti socchiuse gli occhi. «Perché, mia cara Elena, Helena, Aliena, Alianna, Layne, Ella... non augurerei il mio nome a nessuno, tantomeno alla mia amata figliola».

«Perché non la chiamate Adara?», intervenne Lakshmi. «Mi è sempre piaciuto questo nome, fin da piccola».

Seguì un silenzio quasi stupefatto. Poi Elena disse: «Adara è un nome davvero adorabile».

«E non è pericoloso», aggiunse Bonnie.

Stefan disse: «Non le impedirà di dare inizio a una rivoluzione, se vuole».

Ci fu una pausa. Tutti si voltarono verso Damon, che stava guardando fuori dalla finestra con sguardo vacuo. Aspettarono.

Finalmente si girò. «Oh, magnifico», disse in tono inespressivo. Era evidente che non aveva idea di cosa stessero parlando, e nemmeno gli interessava.

«Suvvia, Damon». Bonnie aveva ancora gli occhi gonfi, ma parlava con tono allegro. «Cerchiamo di essere tutti d'accordo! Così Lady Ulma non avrà dubbi». "Buon Dio", pensò Stefan, "dev'essere la ragazza più clemente dell'universo".

«Sono d'accordo, allora», disse Damon con indifferenza.

«Scusate», disse svelta Elena, senza rivolgersi a nessuno in particolare. «Siamo *tutti* molto provati».

Lady Ulma lesse fra le righe. «Ma certo», disse con il sorriso di chi ha conosciuto atroci sofferenze. «Bonnie ci ha detto della distruzione della vostra città. Sono profondamente desolata. Ora avete bisogno di mangiare e riposare. Vi farò accompagnare nelle vostre stanze».

«Avrei dovuto presentarvi Stefan all'inizio, ma ero così preoccupata che me ne sono dimenticata», disse Elena. «Stefan, lei è Lady Ulma, la donna che in passato ci ha aiutato tanto. Lady Ulma, sapete chi è questo ragazzo». Si alzò in punta di piedi per baciare Stefan. Indugiò tanto che lui fu costretto ad allontanarla con delicatezza. Quella mancanza di tatto lo spaventava. Elena era davvero *furiosa* con Damon. Se non l'avesse perdonato, la situazione si sarebbe aggravata e, se il suo presentimento era giusto, Elena avrebbe potuto ben presto lanciare un attacco con le Ali della Distruzione, che ormai padroneggiava piuttosto bene.

Quanto a Demon, Stefan non prese nemmeno in considerazione l'idea di chiedergli di perdonare qualcuno.

Le ragazze si chinarono di nuovo sulla bimba, bisbigliando estasiate; poi furono accompagnati tutti in delle lussuose camere da letto, ammobiliate con ottimo gusto, fin nei minimi dettagli. Come sempre, comunque, si radunarono tutti in una stanza, che, casualmente, era quella di Stefan.

Sul letto c'era abbastanza spazio perché tutti e tre potessero sedersi o riposare. Damon non era presente, ma Stefan avrebbe scommesso la sua vita da non morto che suo fratello fosse in ascolto.

«Bene», disse subito Elena, e cominciò a raccontare. Spiegò a Bonnie tutto quello che era successo da quando avevano sottratto a Shinichi e Misao le Chiavi Universali a quando erano volati nella stanza da bagno di Lady Ulma.

«Essere privati di tutto quel potere in un batter d'occhio...».

Bonnie stava a capo chino, ma non era difficile capire a chi stesse pensando. «Per favore, Elena. Non prendertela tanto con Damon. So che ha fatto delle scelte sbagliate, ma era così infelice...».

«Non ci sono scuse», esordì Elena. «E, francamente, sono...».

Elena, no! Non dirle che ti vergogni di lei per la sua rassegnazione! Si vergogna già di se stessa!

«Sono sorpresa di lui», disse esitando un poco. «So per certo che ci tiene a te. Ti ha anche assegnato un nomignolo: il suo piccolo pettirosso».

Bonnie tirò su con il naso. «Dici sempre che i nomignoli sono stupidi».

«Be', ma io intendo quelli... mmm, tipo "Bonbon" e simili».

Bonnie alzò la testa. «Anche questo sarebbe adatto alla bimba», disse con un sorriso improvviso come un arcobaleno dopo il temporale.

«Oh, sì, non è adorabile? Non ho mai visto una bimba così allegra. Margaret ti guardava solo con gli occhioni spalancati. Adara invece... Se si chiama Adara avrà una vita molto felice...».

Stefan si appoggiò alla testiera del letto. Elena aveva la situazione in pugno.

Ora poteva preoccuparsi di dove stesse andando Damon. Dopo un po', si risintonizzò sulla conversazione delle ragazze, sentendo Bonnie che parlava di tesori.

«E continuavano a interrogarmi e non riuscivo a capire perché, dato che la sfera stellata con la storia era proprio lì. Ma adesso la storia non c'è più. Damon ha controllato. Shinichi stava per lanciarmi dalla finestra, ed è stato allora che Damon mi ha salvata. Poi anche le Guardiane mi hanno chiesto della storia».

«Strano», disse Stefan, alzandosi a sedere, attento. «Bonnie, dimmi della prima volta che hai sentito questo racconto; dove ti trovavi e tutto il resto».

Bonnie disse: «Be', prima ho visto la scena di una ragazzina di nome Marit che andava a comprare una prugna candita. Per questo, il giorno dopo, ho cercato di fare la stessa cosa. E poi sono andata a letto, ma non riuscivo a dormire. Allora ho preso di nuovo la sfera stellata, che mi ha mostrato la storia dei tesori kitsune. I racconti sono riprodotti in ordine, quindi doveva essere per forza quella successiva alla storia del negozio di dolci. E poi, all'improvviso, mi sono ritrovata fuori dal mio corpo e stavo volando con Elena sulla macchina di Alaric».

«Hai fatto qualcosa dopo aver vissuto la storia e prima di andare a letto?», chiese Stefan.

Bonnie ci pensò su e le sue labbra a forma di bocciolo si contrassero. «Credo di aver abbassato la luce della lampada a gas. Lo facevo tutte le notti, perché restasse solo un tenue bagliore».

«E hai aumentato di nuovo la luce quando, non riuscendo a prender sonno, hai cercato di nuovo la sfera stellata?»

«Uhm... no. Ma non si tratta di libri! Non hai bisogno di vedere per vivere una storia».

«Non intendevo questo. Come hai trovato la sfera stellata al buio? Era l'unica sfera sul pavimento vicino al letto?».

Bonnie aggrottò le sopracciglia. «Be'...no. Ce n'erano ventisei. Altre due erano orribili; le ho calciate in un angolo. Venticinque erano soap opera. Molto noiose. Non è che avessi degli scaffali dove riporle...».

«Bonnie, vuoi sapere cosa penso che sia successo?».

Bonnie batté le palpebre e annuì.

«Penso che tu abbia letto quel racconto per bambini e poi sia andata a letto. E che tu ti sia addormentata subito, anche se sognavi di essere sveglia. Poi hai avuto un sogno premonitore...».

Bonnie gemette. «Un altro? Ma non c'era nessuno a cui raccontarlo!».

«Esatto. Ma volevi dirlo a qualcuno, e quel desiderio ha portato te – il tuo spirito – da Elena. Ma Elena era così ansiosa di mettersi in contatto con Alaric che ha avuto un'esperienza extra-corporea. Anche lei dormiva, ne sono sicuro». Stefan guardò Elena. «Che cosa ne pensi?».

7

Elena annuì lentamente. «Potresti avere ragione considerando quello che è successo a me. All'inizio ero da sola, fuori dal mio corpo, ma poi ho visto Bonnie al mio fianco».

Bonnie si morse un labbro. «Be'... la prima cosa che ho visto io era Elena, e subito dopo stavamo volando entrambe. Ma Stefan, perché pensi che io mi sia addormentata e abbia sognato tutto? Perché non può essere valida la mia versione?»

«Perché credo che la prima cosa che avresti fatto sarebbe stata accendere la luce... Se fossi stata davvero sveglia nel letto. Altrimenti, avresti preso una di quelle noiose soap opera».

Alla fine, la fronte di Bonnie si appianò. «Questo potrebbe spiegare perché nessuno mi credeva, neppure quando ho riferito il punto esatto in cui si trovava il racconto! Ma per quale motivo non ho detto a Elena del tesoro?»

«Non lo so. Ma a volte capita che quando ti svegli – e penso che fossi sveglia, o non avresti avuto la tua esperienza extra-corporea – dimentichi il sogno che hai fatto se succede qualcosa di interessante. Ma potresti ricordarlo più tardi se qualcosa te lo riporta alla mente».

Bonnie rifletté con lo sguardo fisso in un punto. Stefan rimase in silenzio, consapevole che solo lei poteva risolvere l'enigma.

Alla fine Bonnie annuì. «Forse è andata così! Mi sono svegliata e ho pensato subito al negozio di dolci. In seguito non ho più ripensato al sogno sul tesoro finché qualcuno non ha chiesto di raccontare una storia. Mi è tornato in mente all'improvviso».

Elena girò il copriletto di velluto bicolore verso il lato verde, poi lo rigirò verso quello blu.

«Volevo proibire a Bonnie di unirsi alla spedizione», disse. Lì nella Dimensione Oscura era una schiava, e non portava gioielli oltre al ciondolo di Stefan, che pendeva da una fine catenella intorno al collo, e indosso aveva ancora un semplice accappatoio. «Ma se è necessario che venga anche lei, sarà meglio parlare con Lady Ulma. Il tempo è prezioso, a quanto pare».

«Ricorda: il tempo qui scorre in modo diverso rispetto alla Terra. Comunque la partenza è fissata per domattina», disse Bonnie.

«Allora devo proprio parlarle. Adesso».

Bonnie saltò su, eccitata. «Ti do una mano!».

«Aspetta». Stefan le posò dolcemente la mano sul braccio. «Devo proprio dirlo. Sei un miracolo, Bonnie!». Stefan sapeva di avere gli occhi lucidi e che questo denunciava la sua difficoltà a trattenere l'eccitazione. Nonostante il pericolo, nonostante le Guardiane, nonostante tutto… si trattava della più grande sfera stellata mai esistita – piena di Potere!

All'improvviso diede a Bonnie un abbraccio impetuoso, sollevandola dal letto e facendola volteggiare per la stanza. Poi la posò di nuovo sul letto ed esclamò: «Tu e le tue precognizioni!».

«Oooh…», fece Bonnie stordita, alzando lo sguardo su di lui. «Anche Damon era eccitato quando gli ho raccontato della Guardiola dei Sette Tesori».

«Sai perché, Bonnie? Perché *tutti* hanno sentito parlare di quei sette tesori, ma nessuno sapeva dove fossero… finché tu non lo hai sognato. Sai esattamente dove si trovano?»

«Sì, se la precognizione era esatta». Bonnie arrossì di piacere. «E credi anche tu che quella gigantesca sfera stellata salverà Fell's Church?»

«Ci scommetto la vita!».

«Yuppi!», gridò Bonnie alzando un pugno. «Andiamo!».

«Come potete vedere», disse Elena, «significa che bisogna

preparare il doppio di ogni cosa. Non capisco come possiamo partire domani».

«Calma, Elena. Come abbiamo scoperto, ehm, undici mesi fa, quando siete partite, qualsiasi lavoro può essere svolto in fretta se si radunano abbastanza mani. Ho assunto regolarmente tutte le donne che chiamavamo per cucire i vostri vestiti da ballo». Mentre parlava, Lady Ulma prendeva le misure di Elena con movimenti rapidi e aggraziati. Perché fare solo una cosa quando puoi farne due contemporaneamente? Guardò il suo metro da sarta. «Esattamente le stesse misure dell'ultima volta. Probabilmente fai una vita molto salutare, Elena».

Lei scoppiò a ridere. «Ricorda, per noi sono passati solo pochi giorni».

«Oh, è vero». Anche Lady Ulma rise e Lakshmi, che giocava con la bimba, seduta su una seggiola, fece quello che Elena sapeva essere l'ultimo tentativo.

«Potrei venire con voi», disse schietta, guardando Elena. «Posso rendermi utile in tanti modi. E sono forte...».

«Lakshmi», disse Lady Ulma con dolcezza, ma con una voce segnata dal timbro dell'autorità. «Dobbiamo già lavorare al doppio guardaroba necessario per il viaggio di Elena e Stefan. Non vorrai prendere il posto di Elena, vero?»

«Oh, no, no», si affrettò a dire la ragazza. «D'accordo», disse, «Mi prenderò cura così bene della piccola Adara che non ti darà alcun fastidio mentre supervisioni i vestiti di Elena e Stefan».

«Grazie, Lakshmi», disse di cuore Elena, notando che Adara sembrava essere diventato il nome ufficiale della bimba.

«Be', non possiamo allargare per voi i vestiti di Bonnie, ma possiamo chiamare rinforzi ed entro domattina sarà pronto un set completo di abiti per te e Stefan. Servono solo pelli e pellicce per tenervi al caldo. Useremo il pellame non conciato degli animali del Nord».

«Non si tratta di cuccioli teneri e carini», disse Bonnie. «Sono bestiacce selvatiche usate per l'addestramento, che a volte emergono dalla dimensione inferiore e fanno strage degli abitanti delle regioni settentrionali. E alla fine, dopo averle uccise, i cacciatori di taglie vendono le pellicce a Lady Ulma».

«Oh, bene... d'accordo», disse Elena, decidendo che non era il momento di mettersi a discutere dei diritti degli animali. La verità era che si sentiva ancora molto scossa per le proprie azioni – o meglio, reazioni – nei confronti di Damon. Perché si era comportata in quel modo? Solo per sfogare lo stress? Aveva ancora voglia di dargli uno schiaffone per aver portato via la povera Bonnie e per averla lasciata sola. E... e... per aver preso la povera Bonnie... *e non lei*!

Pensò che Damon dovesse odiarla ormai, e all'improvviso si sentì come se cercasse di tenersi in equilibrio su un'altalena, mentre tutto le vorticava attorno con movimenti convulsi e vertiginosi. E Stefan, cos'altro avrebbe potuto pensare di lei se non che era una donna che si sentiva respinta, più furiosa dei demoni all'inferno? Come poteva essere così gentile e premuroso quando chiunque, sano di mente, avrebbe capito che era impazzita per la gelosia?

Neppure Bonnie aveva capito. Era una bambina, non una donna. Anche se, in qualche modo, era cresciuta. Era diventata più buona, più perspicace. Teneva volontariamente gli occhi chiusi, come Stefan. Ma non era forse un segno di maturità?

E se Bonnie fosse stata più donna di lei?

«Vi farò portare la cena nelle vostre stanze», stava dicendo Lady Ulma, mentre con destrezza e rapidità prendeva le misure di Stefan. «Godetevi una bella notte di sonno; domani troverete i thurg e il vostro guardaroba pronti per il viaggio». Rivolse un sorriso raggiante a ognuno di loro.

«Potrei avere... cioè, avete del vino Black Magic in casa?», balbettò Elena. «È per l'ansia... Vorrei dormire nella mia stanza da sola. Ho bisogno di riposare bene stanotte. Stiamo per partire per una missione, capite?». Tutto vero. Tutto falso.

«Certo, ti farò mandare una bottiglia...». Lady Ulma esitò, poi riprese, «... nella tua stanza. Ma perché non ci facciamo tutti un bicchierino prima di andare al letto? Fuori il cielo è sempre uguale», aggiunse rivolta a Stefan, il nuovo arrivato, «ma in realtà è piuttosto tardi».

Elena vuotò in un sorso il primo bicchiere. Il servitore dovette riempirlo subito. E di nuovo, un minuto dopo. Al terzo bicchiere i suoi nervi sembravano essersi calmati un poco. Ma continuava ad avere la sensazione di trovarsi su un'altalena, e anche se dormiva da sola nella sua stanza, Damon non andò a trovarla per litigare, per prenderla in giro, per ucciderla... né, tanto meno, per baciarla.

***

Elena scoprì che i thurg erano qualcosa di simile a due elefanti incollati assieme. Avevano due proboscidi affiancate e quattro zanne spaventose. Erano dotati anche di una coda striata lunga, larga e alta, come i rettili. Occhi piccoli e gialli erano disposti attorno alla testa a cupola, dando loro una visuale di 360 gradi, per difendersi dai predatori. Predatori in grado di abbattere un thurg!

Elena immaginò una specie di gatto enorme con i denti a sciabola e la pelliccia bianco-latte, grande quanto bastava per foderare i suoi numerosi indumenti e quelli di Stefan. Era soddisfatta dei suoi nuovi completi da viaggio. Si trattava essenzialmente di tuniche e pantaloni morbidi, elastici, di pelle impermeabile all'esterno e di pelliccia calda e sontuosa all'interno. Ma se fosse stato tutto lì, non sarebbero state autentiche creazioni di Lady Ulma. La casacca interna di pelliccia si poteva indossare all'esterno o rimuovere, cosicché era possibile cambiarsi a seconda del clima. Il bavero antivento era a tre strati; si poteva lasciare sciolto sulle spalle o sollevare per formare una sciarpa che copriva fin sotto gli occhi. Dai polsi fuoriusciva della pelliccia bianca, che formava dei manicotti impossibili da perdere. Per i ragazzi c'erano delle giacche dritte di pelle, lunghe fino alla cintola e chiuse con dei bottoni. Le giacche delle ragazze erano più lunghe e svasate. Ornate da frange rifinite con cura, non erano state né tinte né trattate, eccetto quelle di Damon che, ovviamente, erano nere e con pelliccia di zibellino.

Un thurg avrebbe trasportato i viaggiatori e i loro bagagli. Un altro, più grosso e dall'aspetto più selvaggio, avrebbe portato le pietre da scaldare per la cottura del cibo, i viveri per gli umani e quelli necessari ai thurg per affrontare il viaggio verso il Mondo Sotterraneo, che somigliavano a balle di fieno rosso.

Pelat mostrò loro come condurre le gigantesche creature, dando leggerissimi colpi con un bastone molto lungo, grattando appena dietro le loro orecchie da ippopotamo, oppure sferzando con violenza i punti più sensibili, per spingerli ad accelerare il passo.

«È sicuro far trasportare a Biratz tutto il cibo dei thurg? Credevo avessi detto che era imprevedibile», chiese Bonnie a Pelat.

«Signorina, non ve l'avrei data se non fosse stata innocua. Sarà legata a Dazar, quindi non dovrà far altro che seguire», rispose Pelat.

«Viaggeremo su queste bestie?», chiese Stefan, allungando il collo per dare un'occhiata al piccolo palanchino chiuso sul dorso degli enormi animali.

«Non abbiamo altra scelta», rispose secco Damon. «Non possiamo andare a piedi. E non ci è permesso adoperare oggetti magici come quella fantastica Chiave Universale che avete usato per venire qui. Nel punto più alto della Dimensione Oscura, l'unica magia che funziona è la telepatia. Queste dimensioni sono piatte come una tavola, e Bonnie ritiene ci sia una frattura all'estremo nord di questo mondo. Non molto lontano da qui, in altre parole. La crepa è piccola per gli standard di questi mondi, ma grande quanto basta per passarci attraverso. Se vogliamo raggiungere la Guardiola dei Sette Tesori dobbiamo cominciare il viaggio a dorso dei thurg».

Stefan scrollò le spalle. «D'accordo. Faremo a modo tuo».

Pelat stava sistemando una scala per il palanchino. Lady Ulma, Bonnie ed Elena piangevano e ridevano, chine sulla bimba.

Quando partirono, ridevano ancora.

La prima settimana fu molto noiosa. Sedevano nel palanchino sulla schiena del thurg di nome Dazar, con la bussola presa dallo zaino di Elena che dondolava dal tetto. Di solito tenevano tutte le tende alzate, tranne quella che dava a est, dove il gonfio sole rosso sangue – accecante nell'aria pulita e rarefatta delle terre fuori città – incombeva costantemente all'orizzonte. Il paesaggio era terribilmente monotono, quasi allucinogeno, con pochi alberi e parecchi chilometri di dune chiazzate di erba secca. Non apparve nulla di interessante per chiunque non fosse un cacciatore. L'unico cambiamento fu che, man mano che si avvicinavano al Nord, faceva sempre più freddo.

Era difficile vivere tutti assieme in un alloggio così ristretto. Elena e Damon avevano raggiunto un equilibrio – almeno in apparenza – ignorandosi a vicenda, cosa che lei non avrebbe mai ritenuto possibile. Damon rendeva le cose più semplici mantenendo un ritmo sonno-veglia diverso dagli altri, il che serviva anche a proteggerli mentre i thurg arrancavano senza sosta, giorno e notte, verso le regioni settentrionali. Se era ancora in piedi quando Elena si svegliava, usciva dal palanchino e viaggiava a cavalcioni dell'enorme collo del thurg. Erano entrambi così orgogliosi, pensò Elena. Nessuno dei due voleva essere il primo a piegarsi.

Nel frattempo gli altri cominciarono a inventarsi dei giochi per passare il tempo nel palanchino; ad esempio raccoglievano l'erba secca ai lati del sentiero e cercavano di intrecciarla per creare bambole, scacciamosche, cappelli, fruste. Stefan si rivelò il più abile a intrecciare la paglia, e rifornì tutti di pennacchi scacciamosche e di ampi ventagli.

Giocarono anche a carte, usando dei piccoli segnaposto (Lady

Ulma aveva forse pensato che avrebbero dato una cena durante il viaggio?) come carte da gioco, dopo averli contrassegnati con i quattro semi. E, ovviamente, i vampiri andavano a caccia. Talvolta ci mettevano un po' perché la cacciagione scarseggiava. Il Black Magic fornito da Lady Ulma li aiutava a tirare avanti tra una battuta e l'altra.

Damon, quando entrava nel palanchino, si comportava come chi s'imbuca a una festa e se ne frega dei padroni di casa.

Alla fine Elena non riuscì più a sopportare quella situazione e, dopo essersi accertata che la magia del volo funzionasse ancora, poiché non intendeva prendere in considerazione l'idea di arrampicarsi, rischiando di guardare in basso, chiese a Stefan di sollevarla in volo al fianco del thurg. Si sedette sulla sella accanto a Damon e prese il coraggio a due mani.

«Damon, so che hai tutte le ragioni per essere arrabbiato con me, ma non sfogarti con gli altri. Soprattutto non con Bonnie».

«Un'altra lezione?», chiese Damon, lanciandole un'occhiata che avrebbe raggelato un incendio.

«No, è solo una... richiesta». Non se la sentì di dire "una supplica".

Quando lui non rispose e il silenzio divenne insopportabile, disse: «Damon, noi... Non andiamo alla ricerca di un tesoro per avidità, per gusto dell'avventura o per qualsiasi altro motivo normale. Ci andiamo per salvare la nostra città».

«Da Mezzanotte», disse una voce alle sue spalle. «Dall'Ultima Mezzanotte».

Elena si girò di scatto. Si aspettava di vedere Stefan che teneva stretta Bonnie. Ma, a livello degli occhi, c'era solo Bonnie, aggrappata alla scaletta del thurg.

Elena dimenticò di avere paura delle altezze. Si alzò in piedi sul thurg traballante, pronta a scendere dalla parte esposta al sole se non ci fosse stato abbastanza spazio per Bonnie sulla sella del conducente.

Ma Bonnie aveva i fianchi molto sottili e c'era posto per tutti e tre.

«L'Ultima Mezzanotte sta arrivando», ripeté Bonnie. Elena sapeva cosa significassero quella voce monocorde, le gote pallide come il gesso, gli occhi inespressivi. Bonnie era in trance… e si stava muovendo. Aveva un messaggio impellente da comunicare.

«Damon», bisbigliò Elena. «Se le parlo, uscirà dalla trance. Puoi chiederle con la telepatia cosa vuol dire?».

Un attimo dopo udì la proiezione mentale di Damon. *Cos'è l'Ultima Mezzanotte? Che cosa accadrà?*

«È quando tutto avrà inizio. E, in meno di un'ora, sarà tutto finito. Così… non ci sarà più la mezzanotte».

Come hai detto? Non ci sarà più la mezzanotte?

«Non a Fell's Church. Non rimarrà nessuno che possa vederla».

E quando succederà?

«Stanotte. I bambini sono pronti».

I bambini?

Bonnie si limitò ad annuire, con lo sguardo perso in lontananza.

Sta per succedere qualcosa a tutti i bambini?

Di colpo Bonnie socchiuse le palpebre. Sembrava non aver sentito la domanda.

Elena sentì il bisogno di aggrapparsi a qualcosa. Si strinse a Damon, che allungò il braccio sul grembo di Bonnie e le prese la mano.

Bonnie, i bambini faranno *qualcosa stanotte?,* chiese.

Con gli occhi che si riempivano di lacrime, Bonnie chinò la testa.

«Dobbiamo tornare indietro. Dobbiamo andare a Fell's Church», disse Elena e, a malapena consapevole di quello che stava facendo, lasciò la mano di Damon e cominciò a scendere dalla scaletta. Il sole gonfio e rosso sembrava diverso. Più piccolo. Diede uno strattone ai drappi del palanchino e quasi sbatté la testa contro quella di Stefan, che stava sollevando la tenda per farla entrare.

«Stefan, Bonnie è in trance e ha detto…».

«Lo so, stavo origliando. Non sono nemmeno riuscito a prenderla prima che uscisse. È saltata sulla scaletta e si è arrampicata come uno scoiattolo. Cosa pensi che voglia dire?»

«Ricordi la nostra esperienza extra-corporea? Quando abbiamo spiato un po' Alaric? Ecco cosa succederà a Fell's Church. Tutti i bambini, all'improvviso, a mezzanotte in punto... Ecco perché dobbiamo tornare!».

«Calma, amore, calma. Ricordi le parole di Lady Ulma? Quasi un anno qui equivale a pochi giorni nella nostra dimensione».

Elena esitò. Era vero; non poteva negarlo. Tuttavia, sentiva tanto freddo...

Di colpo si accorse di provare freddo in senso fisico, mentre una raffica di vento gelido la investiva, tagliando la sua giacca di pelle come un machete.

«Dobbiamo metterci le imbottiture di pelliccia», disse ansimando. «Dovremmo esserci avvicinati alla frattura».

Tirò giù i drappi del palanchino, li assicurò con delle corde e prese a rovistare nel lindo mobiletto posto sulla groppa del thurg. Le pellicce erano così lisce che Elena riuscì facilmente a infilarne un paio sotto la giacca di pelle.

Furono disturbati da Damon, che entrò portando Bonnie in braccio.

«Ha smesso di parlare», disse. Poi aggiunse: «Quando siete abbastanza coperti, vi suggerisco di venire fuori».

Elena adagiò Bonnie su una delle due panche all'interno del palanchino e la coprì con una pila di coperte, rimboccandole per bene. Poi si fece forza e salì di nuovo la scaletta.

Per un attimo fu accecata. Non dall'arcigno sole rosso – lo avevano lasciato dietro alcune montagne, che si erano tinte di rosa zaffiro – ma dal paesaggio imbiancato. Davanti a lei si stendeva una pianura bianca e informe, che pareva senza fine, finché un banco di nebbia oscurò l'orizzonte, nascondendo qualsiasi cosa si trovasse al di là del ghiacciaio.

«Secondo la leggenda, dovremmo essere diretti al Lago Argentato della Morte», disse alle sue spalle la voce di Damon.

Stranamente, in tutto quel freddo, la sua voce era calda, quasi cordiale. «Conosciuto anche come Lago Specchio. Ma non posso trasformarmi in corvo per andare in avanscoperta. C'è qualcosa che ostacola i miei poteri. E quella nebbia davanti a noi è impenetrabile alle sonde psichiche».

Elena si guardò istintivamente attorno. Stefan era ancora dentro il palanchino e di certo si stava prendendo cura di Bonnie.

«Stai cercando il lago? Com'è? Cioè, capisco perché possano chiamarlo Argentato o Lago Specchio», disse. «Ma cosa c'entra la Morte?»

«Draghi acquatici. Almeno è quel che dice la gente. Ma chi è mai tornato a raccontarlo?». Damon la guardò.

"Si è preso cura di Bonnie mentre era in trance", pensò Elena. "E finalmente mi sta parlando".

«Draghi... acquatici?», gli chiese, assumendo un tono altrettanto amichevole. Come se si fossero appena incontrati. Stavano cominciando da capo.

«Da parte mia, ho sempre sospettato che fossero cronosauri», disse Damon. Era proprio dietro di lei e faceva da scudo al vento gelido. No, di più. Stava generando per lei un involucro di calore. Elena smise di tremare. Per la prima volta da quando erano entrati in quelle terre di ghiaccio sentì di potersi rilassare e smettere di sfregarsi le braccia.

Poi si sentì avvolgere da due braccia vigorose e il calore di colpo si fece più intenso. Damon era dietro di lei, la stringeva e tutt'a un tratto Elena sentì davvero caldo.

«Damon», esordì con voce non molto ferma, «non possiamo semplicemente...».

«Vedi quel masso che affiora laggiù? Nessuno può vederci», disse il vampiro con voce suadente. Elena era scioccata: non le aveva rivolto la parola per una settimana o ora si rivolgeva a lei in *quel* modo.

«Damon, il ragazzo nel palanchino proprio sotto di noi è il mio...».

«Principe? Allora non hai bisogno di un cavaliere?», le sussurrò Damon all'orecchio. Elena rimase ferma come una statua. Ma ciò che lui disse in seguito fece vacillare il suo intero universo. «Ti piace la storia di Camelot, vero? Qui sei *tu* la regina, mia principessa. Hai sposato il tuo principe, ben poco azzurro, ma con lui è arrivato un cavaliere che conosceva meglio i tuoi segreti, e ha attirato la tua attenzione…».

«Mi ha costretta», disse Elena, girandosi per guardare Damon dritto nei suoi occhi scuri, anche se la voce della ragione le gridava di lasciar perdere. «Non ha aspettato di esser notato. Lui… ha preso ciò che voleva. Come fanno i commercianti di schiavi. Non sapevo come combatterlo… allora».

«Oh, no. Tu hai lottato senza sosta. Non ho mai visto un umano combattere con tanto impegno. Ma anche mentre lottavi, sentivi il richiamo del mio cuore. Prova a negarlo».

«Damon… Perché, adesso, tutt'a un tratto?».

Damon accennò ad andarsene, poi si girò di nuovo verso di lei. «Perché domani potremmo essere morti», disse in tono inespressivo. «Voglio che tu sappia quello che provo per te prima che uno di noi due muoia».

«Ma tu non hai detto una parola sui tuoi sentimenti per me. Solo su quelli che credi siano i *miei* sentimenti per *te*. E mi dispiace di averti schiaffeggiato quando sono arrivata qui, ma…».

«Eri splendida», disse Damon con enfasi. «Non pensarci più. Riguardo a ciò che provo per te… forse un giorno o l'altro avrò la possibilità di mostrartelo».

Qualcosa si accese dentro di lei. Si stavano scambiando schermaglie di parole, come il primo giorno che si erano incontrati. «Un giorno o l'altro? Sembra comodo. E perché non subito?»

«Sei convinta di quello che dici?»

«Di solito dico cose di cui non sono convinta?».

Si aspettava che le porgesse delle scuse, che le parlasse con la stessa schiettezza e semplicità con cui lei si rivolgeva a lui. Invece, con la massima gentilezza e senza controllare che qualcuno li stesse guardando, Damon chiuse a coppa le mani nude sul suo viso, con i pollici le abbassò la sciarpa appena sotto le labbra e la baciò dolcemente. Fu un bacio dolce, ma non fugace, e una voce dentro di lei continuava a sussurrare che era *vero* che era stata attratta da lui dal primo momento che l'aveva visto e che aveva percepito il richiamo della sua aura. Allora non sapeva cosa fosse un'aura; non credeva in queste cose. Non credeva nei vampiri. Allora era una piccola, sciocca ignorante...

Stefan! Disse in tono di rimprovero una voce cristallina nella sua testa, e di colpo riuscì a liberarsi dall'abbraccio di Damon e a guardare il palanchino. Non c'erano segni di movimento.

«Devo tornare là dentro», disse brusca a Damon. «Devo sapere che cosa sta facendo Bonnie».

«Vorresti dire che vuoi andare a controllare che cosa sta combinando Stefan», disse lui. «Non devi preoccuparti. Si è addormentato subito, e così la nostra cara ragazza».

Elena s'irrigidì. «Li hai Influenzati? Senza guardarli negli occhi?». Era un'ipotesi azzardata, ma Damon sollevò un angolo della bocca, come per congratularsi con lei. «Come hai *osato*?», disse.

«A dire la verità, non lo so». Damon si chinò di nuovo su di lei, ma Elena girò la testa, pensando: *Stefan*!

Non può sentirti. Ma ti sta sognando.

Elena fu sorpresa della propria reazione a quelle parole. Damon l'aveva presa e la fissava di nuovo negli occhi con uno sguardo ipnotico. Qualcosa dentro di lei si sciolse per l'intensità dei suoi occhi scuri e determinati.

«Non ti sto Influenzando; ti do la mia parola», sussurrò. «Ma non puoi negare ciò che c'è stato fra noi l'ultima volta che siamo venuti in questa dimensione». Sentiva il suo respiro sulle labbra, ma non si voltò. Fremette.

«Per favore, Damon. Mostrami rispetto. Sono... *Oddio*!».

«Elena? *Elena! Elena! Cosa c'è che non va?*»

Fa male. Fu l'unica cosa che riuscì a pensare. Un dolore terribile le trafisse il petto, sulla sinistra. Come se l'avessero pugnalata al cuore. Soffocò un urlo.

Elena, parlami! Se non riesci a mandarmi i tuoi pensieri, parla!

Elena mosse le labbra intorpidite e disse: «Dolore. Infarto».

«Sei troppo giovane e in salute per quello. Fammi controllare». Damon le slacciò la giacca. Elena glielo lasciò fare. Non riusciva a fare nient'altro che ansimare: «*Oddio! Fa male!*».

Damon infilò la mano sotto la giacca di pelle e il rivestimento interno di pelliccia. Gliela posò con delicatezza sul petto, a sinistra, e fra le dita indagatrici di lui e la sua pelle c'era solo la canottiera. *Elena, ti farò smettere di soffrire. Fidati di me.*

Non aveva ancora finito di parlare, che il dolore lancinante defluì dal petto di Elena. Damon socchiuse gli occhi e lei capì che stava prendendo il dolore dentro di sé, per analizzarlo.

«Non è un attacco di cuore», disse un attimo dopo. «Ne sono piuttosto sicuro. Somiglia più a quello che si prova quando ti trafiggono con un paletto. Ma non ha senso. Uhm... è passato».

Per Elena era già passato quando lui l'aveva assorbito dentro di sé, proteggendola. «Grazie», sussurrò, rendendosi conto all'improvviso di essere avvinghiata a lui, folle di terrore perché credeva di essere in punto di morte. O che lui stesse morendo.

Damon le rivolse un sorriso insolito, debole e sincero. «Stiamo entrambi bene. Dev'essere stato un crampo». Lo sguardo gli cadde sulle sue labbra. «Non merito un bacio?»

«Io...». Lui l'aveva consolata. Le aveva fatto passare quel terribile dolore. Come poteva dire di no? «Solo uno», mormorò.

Lui le mise una mano sotto il mento. Lei avrebbe voluto chiudere gli occhi, ma si costrinse a tenerli aperti.

Quando le loro labbra si toccarono e lui la cinse con le braccia... qualcosa cambiò. Lui non cercava più di dominarla. Sembrava volesse darle conforto. E quando le carezzò le punte dei capelli con l'altra mano, dolcemente, stropicciando i boccoli con delicatezza, Elena sentì un'ondata di fremente calore.

Damon non stava cercando deliberatamente di colpirla con la

forza della sua aura, che al momento era piena di sentimenti per lei. La verità, comunque, era che Damon, pur essendo stato trasformato da poco, aveva una forza eccezionale e conosceva tutti i trucchi di un vampiro con secoli di esperienza. Elena si sentì come se si fosse appena immersa in acque limpide e tranquille, solo per trovarsi risucchiata da una violenta risacca cui non c'era modo di resistere; non poteva scendere a patti né toccarla con la ragione. Non aveva altra scelta che arrendersi a essa e sperare che alla fine la portasse in un luogo in cui avrebbe potuto vivere e respirare. Altrimenti, sarebbe annegata... Ma neppure quell'eventualità sembrava così tremenda, ora che poteva vedere che la marea era fatta di una serie di piccoli istanti legati assieme come una collana di perle. In ognuno di essi c'era una scintilla dell'ammirazione che Damon provava per lei: perle per il suo coraggio, per la sua intelligenza, per la sua bellezza. Sembrava che non ci fosse un singolo gesto da lei fatto né una parola da lei pronunciata che lui non avesse notato e racchiuso nel cuore come un tesoro.

Ma quella volta stavamo litigando, gli disse Elena con il pensiero, scorgendo nella risacca un momento scintillante in cui lei l'aveva maledetto.

Sì. Te l'ho detto che sei splendida quando ti arrabbi. Come una dea discesa in terra per fare ordine nel mondo.

Voglio davvero fare ordine nel mondo. Anzi, vorrei sistemarne un paio: il mio e la Dimensione Oscura. Ma non sono una dea.

D'un tratto, ebbe un istante di lucidità. Era una studentessa che non aveva nemmeno finito il liceo, in parte a causa del ragazzo che la stava baciando con tanto ardore.

Oh, pensa alle cose che hai imparato in questo viaggio! Cose che nessun altro nell'universo sa, disse Damon nella sua mente. *Ora concentrati su quello che stai facendo!*

Elena si concentrò, non perché gliel'avesse detto Damon, ma perché non poteva farne a meno. Chiuse gli occhi lentamente.

Capì che l'unico modo per calmare quel *maelström* era diventarne parte, senza cedere né costringere Damon ad arrendersi, ma unendo la passione presente nella risacca a ciò che sentiva nel proprio cuore.

Appena lo fece, la risacca si trasformò in vento ed Elena non si sentì più sul punto di annegare, ma cominciò a volare. No, era meglio del volo, meglio della danza, era ciò che il suo cuore aveva sempre desiderato. Un luogo elevato, tranquillo, dove nulla poteva ferirli né disturbarli.

E poi, quando lei era più vulnerabile, il dolore tornò, trapassandole il petto, un po' a sinistra. Stavolta la connessione mentale fra loro era talmente forte che Damon lo avvertì dall'inizio. E lei udì con chiarezza una frase nella sua mente: *essere trafitti da un paletto è letale per gli umani quanto lo è per i vampiri*. Poi percepì il suo improvviso timore che si trattasse di una precognizione.

Nella piccola stanza ondeggiante, Stefan dormiva accanto a Bonnie, con le scintille di Potere che li avvolgevano entrambi. Elena, tenendosi stretta alla scaletta del palanchino, entrò con un salto. Posò una mano sulla spalla di Stefan, svegliandolo.

«Che succede? Bonnie sta bene?», chiese, mentre una terza domanda le ronzava nella testa: "Lo sai?".

Ma quando Stefan alzò gli occhi verdi su di lei, vi lesse solo preoccupazione. Era evidente che non voleva invadere i suoi pensieri. Era completamente concentrato su Bonnie. "Grazie al cielo, è un vero gentiluomo", pensò Elena per la millesima volta.

«Sto cercando di riscaldarla», disse Stefan. «Quando è uscita dalla trance, tremava. Poi ha smesso, ma quando le ho preso la mano, l'ho trovata più fredda che mai. Ora l'ho coperta con un involucro di calore. In seguito, credo di essermi appisolato per qualche minuto». Aggiunse: «Hai trovato qualcosa?».

"Ho trovato le labbra di Damon", pensò con ansia Elena, ma si sforzò di svuotare la memoria. «Stiamo cercando il Lago

Specchio Argentato della Morte», disse. «Ma io vedo solo bianco. La neve e la nebbia sembrano estendersi all'infinito».

Stefan annuì. Poi, con cautela, si concentrò sull'operazione di separare i due veli d'aria dell'involucro e infilarvi una mano per toccare la guancia di Bonnie. «Si sta riscaldando», disse, e sorrise.

Ci volle un po' prima che Stefan fosse soddisfatto della temperatura corporea di Bonnie. Quando lo fu, la liberò dall'involucro d'aria riscaldata che aveva creato e la adagiò su una panca. Poi andò a sedersi con Elena sull'altra.

Alla fine Bonnie sbadigliò, sbatté le palpebre e aprì gli occhi.

«Ho fatto un pisolino», disse, consapevole di aver perso tempo.

«Non esattamente», disse Elena, mantenendo un tono di voce gentile e rassicurante. "Vediamo... Come fa Meredith a calmarla?". "Sei andata in trance, Bonnie. Ricordi qualcosa?».

E Bonnie: «Del tesoro?»

«Dello scopo del tesoro», disse con calma Stefan.

«No... No...».

«Hai detto che questa sarebbe stata l'Ultima Mezzanotte», disse Elena. Per quel che poteva ricordare, Meredith era piuttosto diretta. «Ma crediamo che tu stessi parlando del nostro mondo», aggiunse subito, scorgendo un guizzo di terrore negli occhi di Bonnie.

«L'Ultima Mezzanotte. E non seguirà il mattino», disse Bonnie. «Penso... di aver sentito qualcuno che diceva queste parole. Non ricordo altro».

Era inquieta come un puledro selvaggio. Elena le ricordò che il tempo scorreva diversamente nei due mondi, ma questo non bastò a consolarla. Alla fine, Elena si sedette accanto a lei e la abbracciò.

Le girava la testa e riusciva a pensare solo a Damon. Lui l'aveva perdonata. Era un bene, anche se ci aveva messo un po' di tempo. Ma il succo della questione era che Damon era disposto a *condividerla*. Perlomeno era disposto a *dichiarare* che sarebbe entrato nelle sue grazie. Se lo conosceva almeno un poco e se avesse acconsentito... Oddio, lui avrebbe potuto *assassinare* Stefan. Di nuovo. Dopotutto, era ciò che aveva fatto quando Katherine aveva espresso gli stessi sentimenti.

Elena non sarebbe mai riuscita a pensare a lui senza desiderarlo. E non sarebbe mai riuscita a pensare a lui senza che le venisse in mente Stefan. Non sapeva proprio che fare.

Era nei guai.

8

«Ehilà», gridò Damon dall'esterno del palanchino. «Lo vedete anche voi?».

Solo Elena stava guardando. Bonnie e Stefan avevano gli occhi chiusi. Bonnie era avvolta in un viluppo di coperte e dormiva raggomitolata contro di lei. Avevano abbassato tutte le tende del palanchino eccetto una.

Da quella finestrella Elena aveva osservato le sottili volute di nebbia che avevano iniziato ad accumularsi intorno a loro: all'inizio solo qualche diafano brandello di foschia, poi veli più larghi e densi e infine coltri bianche che li avevano sommersi del tutto.

Aveva la sensazione che fossero stati estromessi persino dalla pericolosa Dimensione Oscura, e che stessero varcando il confine di un terra che non avrebbero dovuto conoscere, tantomeno invadere.

«Come facciamo a sapere che stiamo andando nella direzione giusta?», gridò a Damon dopo che Stefan e Bonnie si furono svegliati. Era felice di potergli parlare di nuovo.

«I thurg lo sanno», rispose Damon. «Quando li metti su una traiettoria la percorrono finché qualcuno non li ferma o…».

«O cosa?», gridò Elena, sporgendosi dalla finestrella del palanchino.

«O si arriva in posti come questo».

Era chiaramente un'esca, ma né Elena né Stefan riuscirono a resisterle, anche perché i thurg si erano fermati.

«Resta qui», disse Elena a Bonnie. Scostò bruscamente uno dei drappi del palanchino e si trovò a fissare il terreno imbiancato da una vertiginosa altezza. Accidenti se erano grandi quei thurg. In un batter d'occhio Stefan era sceso a terra e la guardava con le mani alzate.

«Salta!».

«Non potresti venire a prendermi e portarmi giù in volo?»

«Scusa. C'è qualcosa in questo posto che inibisce i Poteri».

Elena non si concesse il tempo di pensare. Si lanciò nel vuoto e Stefan la prese con destrezza. D'istinto si aggrappò a lui, sentendo il familiare e rassicurante calore delle sue braccia.

Poi Stefan disse: «Vieni a vedere».

Avevano raggiunto un luogo in cui la terra finiva e la nebbia si divideva, come le tende di un sipario. Davanti a loro c'era un lago ghiacciato. Uno specchio di ghiaccio argentato, dalla forma quasi perfettamente sferica.

«Il Lago Specchio?», disse Damon, reclinando la testa da un lato.

«Ho sempre pensato che fosse una fiaba», disse Stefan.

«Benvenuti nel libro di fiabe di Bonnie».

Il Lago Specchio formava una vasta massa d'acqua che si estendeva fino al lenzuolo di ghiaccio sotto i loro piedi, o almeno così sembrava. Somigliava a uno specchio. Uno specchio da borsetta su cui qualcuno avesse appena soffiato.

«Ma i thurg?», disse, anzi, bisbigliò Elena. Non riusciva a parlare ad alta voce. Il silenzio del lago la costringeva a bisbigliare, così come la mancanza di ogni altro suono della natura: non si sentivano i cinguettii degli uccelli, né i fruscii fra i cespugli... Non c'erano cespugli! Né alberi! Solo la nebbia che circondava il lago ghiacciato.

«I thurg», ripeté Elena a voce leggermente più alta. «Non possono camminare là sopra!».

«Dipende da quanto è spesso lo strato di ghiaccio», disse Damon, rivolgendole il suo vecchio sorriso fugace e abbagliante. «Se è abbastanza spesso, per loro sarà come camminare sul terreno solido».

«E se non lo è?»

«Uhm... I thurg sanno nuotare?».

Elena gli lanciò un'occhiata esasperata e guardò Stefan. «Cosa ne pensi?»

«Non saprei», rispose dubbioso. «Sono animali piuttosto grossi. Vediamo cosa sa Bonnie sui ragazzi della fiaba».

Bonnie, ancora avvolta nelle coperte di pelliccia che, trascinate sulla neve, cominciavano a ricoprirsi di pezzi di ghiaccio, fissò il lago con sguardo torvo. «La storia non scendeva nei particolari», disse. «Diceva solo che continuarono ad andare giù e che dovettero superare diverse prove di coraggio e... e di arguzia, prima di arrivare».

«Per fortuna», disse Damon, sorridendo, «io sono dotato in abbondanza di entrambe e posso compensare mio fratello che difetta sia di...».

«Smettila, Damon!», sbottò Elena. Appena l'aveva visto sorridere, si era girata verso Stefan, lo aveva fatto abbassare alla sua altezza e aveva cominciato a baciarlo. Sapeva che Damon, quando si sarebbe voltato di nuovo, avrebbe visto lei e Stefan avvinti in un abbraccio. Stefan era a malapena consapevole di ciò di cui si stava parlando. Almeno erano ancora in contatto telepatico. Era affascinante, pensò Elena, che la bocca di Stefan fosse calda quando tutto il resto era freddo. Guardò di sfuggita Bonnie, per assicurarsi che non se la fosse presa, ma la sua amica sembrava piuttosto di buon umore.

"Più allontano Damon da me, più lei sembra felice. Oddio... questo *potrebbe essere* un problema".

Stefan parlò in tono pacato. «Bonnie, alla fine tutto si riduce al fatto che dev'essere una tua scelta. Lascia perdere il coraggio, l'arguzia e il resto. Fidati solo del tuo istinto. Dove dobbiamo andare?».

Bonnie si girò a guardare i thurg, poi guardò il lago.

«Da quella parte», disse, senza esitare, e indicò il lago.

«Ci conviene portare degli zaini con qualche pietra per cucinare, combustibile e cibo in scatola», disse Stefan. «Così, se succede il peggio, non perderemo le provviste di base».

«Inoltre», disse Elena, «alleggeriremo il carico dei thurg, anche se di poco».

Sembrava un crimine far portare uno zaino a Bonnie, ma lei insisté. Alla fine, Elena gliene diede uno che aveva riempito solo di vestiti di pelliccia, caldi e stranamente leggeri. Tutti gli altri trasportavano pellicce, cibo e concime – lo sterco secco che d'ora in avanti sarebbe stato l'unico combustibile a loro disposizione.

Fu difficile fin dall'inizio. Elena aveva avuto solo un paio di esperienze sul ghiaccio, insufficienti quindi a motivare la sua diffidenza. Ma una delle due era stata quasi letale per Matt. Era pronta a saltare e correr via al minimo scricchiolio, al primo segnale che il ghiaccio si stesse rompendo. Ma non sentì nessuno scricchiolio; né l'acqua risalì a bagnarle gli stivali.

I thurg, invece, sembravano fatti proprio per camminare sull'acqua ghiacciata. I loro piedi erano pneumatici e permettevano di distribuire il peso su una superficie larga più del doppio delle loro dimensioni originali, in modo da evitare una pressione eccessiva su un solo punto della lastra di ghiaccio.

La traversata del lago fu lenta, ma Elena non notò alcun pericolo particolare. Era solo il ghiaccio più liscio e uniforme che avesse mai visto. Avrebbe potuto pattinare con gli stivali.

«Ehilà!». Bonnie stava proprio pattinando: si muoveva leggera intorno a loro come se fosse su una pista di pattinaggio. «È divertente!».

«Non siamo qui per divertirci», gridò Elena. Moriva dalla voglia di provarci, ma aveva paura di provocare delle crepe nel ghiaccio, persino di rigarlo. E inoltre, Bonnie stava usando più del doppio dell'energia necessaria.

Stava per chiamarla e dirglielo, quando Damon, in tono esasperato, espresse tutte le cose alle quali aveva pensato, e anche qualcosina in più.

«Non siamo in crociera», disse brusco. «Da questo viaggio dipende il destino della tua città».

«Come se te ne importasse», mormorò Elena, dandogli le spalle e sfiorando la mano dell'infelice Bonnie, sia per consolarla che per prendere di nuovo le distanze da Damon. «Bonnie, percepisci qualcosa di magico nel lago?»

«No». Poi sembrò che l'immaginazione di Bonnie partisse a razzo. «Ma forse è qui che i mistici di entrambe le dimensioni si riuniscono per scambiare incantesimi. Oppure usano il lago ghiacciato come uno specchio magico per vedere posti e cose lontane».

«Forse sono vere entrambe le ipotesi», disse Elena, segretamente divertita, ma Bonnie annuì con aria solenne.

Proprio allora si udì il rumore che Elena stava aspettando.

Non fu un rimbombo lontano che potessero ignorare o mettere in discussione. Avevano camminato a distanza l'uno dall'altro per evitare di esercitare pressione sul ghiaccio, mentre i thurg arrancavano dietro di loro, uno a destra, l'altro a sinistra, come uno stormo di oche senza un leader.

Quel rumore somigliava terribilmente a uno scoppio o alla detonazione di una pistola. Seguì un rumore più secco, come una frustata, e poi il suono di qualcosa che si sgretolava.

Era a sinistra di Elena, dove si trovava Bonnie.

«Pattina, Bonnie», urlò. «Pattina più veloce che puoi. Grida se vedi la terra».

Bonnie non fece una sola domanda. Partì come un'atleta olimpionica di pattinaggio su ghiaccio e le passò davanti. Elena si girò di scatto.

Era Biratz, il thurg di cui Bonnie aveva chiesto a Pelat. Una delle sue mostruose zampe posteriori era affondata, e più la bestia si dibatteva più il ghiaccio si spezzava.

Stefan! Puoi sentirmi?

A malapena. Vengo ad aiutarti.

Sì, ma avvicinati solo quanto basta per Influenzare il thurg.

Influenzare il...?

Tranquillizzalo, fallo dormire, quello che vuoi. Sta spaccando il ghiaccio e così sarà sempre più difficile tirarlo fuori!

Passò qualche secondo prima che arrivasse la risposta di Stefan. Elena capì, udendo qualche debole eco, che stava comunicando telepaticamente con qualcun altro. *D'accordo, amore, lo farò. Mi occuperò io del thurg. Tu segui Bonnie.*

Stava mentendo. O meglio, le nascondeva qualcosa. Doveva aver scambiato messaggi telepatici con Damon. La stavano assecondando. Non avevano nessuna intenzione di aiutare il thurg.

Proprio in quel momento sentì uno strillo acuto... non troppo lontano. Bonnie era in difficoltà. No! Aveva trovato la terra!

Elena non perse un altro secondo. Buttò lo zaino sul ghiaccio e tornò pattinando dal thurg.

Era lì, così enorme, patetico e impotente. Proprio ciò che l'aveva tenuto al sicuro dagli altri terribili, abominevoli mostri della Dimensione Oscura, la sua enorme mole gli si stava ritorcendo contro. Elena si sentì stringere il petto, come se stesse indossando un corsetto.

Tuttavia, al solo guardarla, la bestia si calmò. Non tentò più di estrarre la zampa posteriore sinistra, e di conseguenza smise di rimestare il ghiaccio che la circondava.

Ora Biratz aveva assunto una specie di posizione accovacciata e cercava solo di evitare che affondassero anche le altre zampe. Il problema era che ci metteva troppo impegno, ma aveva solo una fragile lastra di ghiaccio su cui puntellare le zampe.

«Elena!». Stefan era a portata d'orecchio. «Fermati, non ti avvicinare!».

Mentre Stefan parlava, Elena vide un segno. Sul ghiaccio, solo pochi metri più in là, c'era lo sprone che Pelat aveva usato per far partire i thurg. Lo raccolse mentre vi passava accanto e poi vide un altro segno. Dietro il thurg si trovavano la paglia rossiccia e la gigantesca sacca di tela incerata che avevano usato per trasportarla. Insieme formavano un vasto punto d'appoggio che non era né bagnato né scivoloso.

«Elena!».

«È facile, ce la posso fare, Stefan!».

Tirò fuori dalla borsa un paio di calzettoni asciutti e li infilò sopra gli stivali. Si assicurò il bastone alla cintura. Poi cominciò a correre come se ne andasse della sua vita.

Gli stivali erano di pelliccia, con una suola di un materiale simile al feltro, e, grazie anche ai calzettoni, avevano una buona presa sulla tela incerata e le permisero di avanzare senza difficoltà. Si sporse verso l'interno del telone, desiderando che Meredith fosse lì, così avrebbe potuto farlo lei al suo posto, eppure pian piano si stava avvicinando. E poi vide la sua meta: il segno che indicava la fine del telo d'incerata, oltre il quale galleggiavano pezzi di ghiaccio.

Ma il thurg non sembrava difficile da scalare. Dietro era molto basso, come un dinosauro intrappolato in una fossa di catrame, poi si ergeva sempre più in alto, lungo la curva spina dorsale. Se solo fosse riuscita ad atterrarci sopra...

Due passi al salto. Un passo al salto.

Salta!

Elena si diede la spinta con il piede destro, volò per un istante senza fine e... cadde in acqua.

Si inzuppò di colpo dalla testa ai piedi, e lo shock provocato dall'acqua ghiacciata era incredibile. S'impossessò di lei come un mostro dotato di una dozzina di gelide elitre dentellate. L'accecò servendosi dei suoi stessi capelli, e spremette fuori dall'universo ogni suono.

Artigliandosi la faccia, Elena liberò gli occhi e la bocca dai capelli. Capì di trovarsi solo pochi centimetri sotto la superficie e di avere tutto il necessario per *darsi una spinta* verso l'alto. Così fece ed emerse, infrangendo lo specchio d'acqua con la bocca e aspirando lunghe boccate d'aria deliziosa, dopo le quali ebbe un attacco di tosse.

"La prima volta", pensò, ricordando la vecchia superstizione secondo la quale una persona che sta per annegare riemerge tre volte prima di affondare per sempre.

Ma la cosa strana era che non stava affondando. Sentiva un dolore sordo alle gambe, ma non stava andando sotto.

Con estrema lentezza comprese ciò che era successo. Aveva mancato il posteriore del thurg, ma era atterrata sulla sua grossa coda da rettile. Era stata ferita da una delle pinne dentellate che sporgevano dalla coda, ma era stabile.

"Dunque... ora... devo soltanto arrampicarmi sul thurg", rifletté lentamente. Ogni cosa sembrava lenta perché c'erano degli iceberg che sciabordavano intorno alle sue spalle.

Sollevò la mano protetta dal guanto foderato di pelliccia e afferrò un'altra pinna. L'acqua, anche se le appesantiva i vestiti, sosteneva parte del suo peso. Riuscì a spingersi fino alla pinna successiva. E alla successiva ancora. E finalmente raggiunse la groppa. Doveva fare attenzione perché non c'erano più punti d'appoggio. Agitò le mani in cerca di un appiglio e trovò qualcosa con la destra. Una cinghia strappata, che era servita a trainare il telone con la paglia.

Non fu una buona idea, con il senno di poi.

Per una decina di minuti, che annoverò fra i peggiori della sua vita, fu ricoperta di paglia, bombardata di pietre e soffocata dalla polvere di sterco vecchio.

Quando, infine, arrivò in cima, si guardò attorno, starnutendo e tossendo, e scoprì di trovarsi ancora sul thurg. Il bastone si era rotto, ma era ancora utilizzabile. Stefan le stava ansiosamente chiedendo, sia a voce sia con la telepatia, se stesse bene. Bonnie pattinava sul ghiaccio avanti e indietro. Sembrava Trilli di Peter Pan. E Damon imprecava contro Bonnie perché tornasse sulla terraferma e ci rimanesse.

Intanto Elena risaliva a poco a poco la groppa del thurg, arrampicandosi fra i cestini schiacciati dei viveri. Finalmente raggiunse la sommità del thurg e si sistemò proprio dietro la testa a cupola, sulla sella del conducente.

E poi solleticò il thurg dietro le orecchie.

«Elena!», gridò Stefan. E poi, *Elena, cosa stai cercando di fare?*

«Non lo so!», rispose. «Cerco di salvare il thurg!».

«*Non puoi*», disse Damon, interrompendo Stefan, con una voce fredda e calma come il luogo in cui si trovavano.

«Ce la può fare!», disse con veemenza Elena, proprio perché lei stessa cominciava a dubitare delle capacità dell'animale. «Potreste darle una mano tirando le briglie».

«Non ne vale la pena», gridò Damon, e fece dietrofront, allontanandosi svelto nella nebbia.

«Farò un tentativo. Lanciale davanti al thurg», disse Stefan.

Elena lanciò le briglie nodose con tutta la sua forza. Stefan dovette correre quasi fino al limite della superficie ghiacciata per afferrarle prima che cadessero in acqua. Poi le levò in alto trionfante. «Prese!»

«Bene, tira! Dalle una direzione per iniziare».

«D'accordo!».

Elena picchettò di nuovo il bastone dietro l'orecchio destro di Biratz. L'animale emise un debole mugolio, poi nulla. Elena vide Stefan che tirava con forza le briglie.

«*Su, dài*», disse, colpendo più forte con il bastone.

Il thurg sollevò un piede gigantesco, lo posò più avanti, sul ghiaccio, e si sforzò di alzarsi. Subito Elena fece schioccare lo sprone sull'orecchio sinistro.

Fu un momento cruciale. Se Elena fosse riuscita a impedire a Biratz di frantumare tutto il ghiaccio che si trovava fra le sue zampe posteriori, ce l'avrebbero fatta.

Il thurg alzò cautamente la zampa posteriore sinistra e la stirò fino a toccare il ghiaccio.

«Brava, Biratz! *Ora!*», gridò Elena. Se solo Biratz si fosse alzata, dandosi una spinta in avanti...

Elena sentì un forte sommovimento sotto i piedi. Per diversi minuti pensò che forse Biratz avrebbe cominciato a rompere il ghiaccio con tutte e quattro le zampe. I movimenti convulsi diventarono oscillatori e d'un tratto, stordita, Elena capì che avevano vinto.

«Calma, adesso, stai buona», gridò all'animale, dandogli un colpetto gentile con il bastone. E con passo lento e pesante Biratz partì. Man mano che proseguiva chinava sempre di più la testa. S'impantanò ai margini di un banco di nebbia, rompendo di nuovo il ghiaccio. Ma affondò solo di pochi centimetri, prima di incontrare il fango.

Dopo pochi altri passi arrivarono sul terreno solido. Elena dovette trattenere il fiato per soffocare un urlo quando il thurg abbassò di colpo la testa a cupola, facendole fare un breve e spaventoso volo verso le zanne ricurve. In qualche modo Elena ci passò in mezzo e dovette sgattaiolare via in fretta per schivare la proboscide di Biratz.

«È stato del tutto inutile, lo sai?», disse Damon da un punto imprecisato nella nebbia alle sue spalle. «Hai rischiato la vita per niente».

«In c-che s-senso inutile?», chiese Elena. Non aveva paura; stava congelando.

«Quelle bestie moriranno comunque. Non riusciranno a superare la prossima prova e, anche se ci riuscissero, in questo posto non cresce nulla. Invece di annegare, guadagnandosi una morte rapida, pulita, moriranno di fame, lentamente».

Elena non rispose; l'unica risposta che le venne in mente fu, "Perché non me l'hai detto prima?". Aveva smesso di tremare: era una cosa positiva poiché, qualche momento prima, le era sembrato che i brividi stessero per disintegrare ogni cellula del suo corpo.

I vestiti, pensò stordita. Ecco il problema. Là fuori di certo non poteva fare così freddo come in acqua. Erano i vestiti bagnati che le facevano sentire tanto freddo.

Incominciò a spogliarsi con le dita intorpidite. Prima si slacciò la giacca di pelle. Non c'erano cerniere ma bottoni. Ecco il vero problema. Le sue dita sembravano salsicce congelate e solo in teoria erano sotto il suo controllo. Ma in qualche modo riuscì a sbottonarsi e la giacca cadde a terra con un tonfo sordo, poiché vi era rimasto attaccato uno dei rivestimenti interni di pelliccia. Che schifo. L'odore della pelliccia bagnata. Ora, doveva solo...

Ma non poteva. Non riusciva a muoversi perché qualcuno le stringeva le braccia. Bruciandole. Quelle mani erano fastidiose, ma almeno sapeva a chi appartenevano. Erano salde, gentili e molto forti. Non poteva che essere Stefan.

Alzò lentamente la testa gocciolante per chiedergli di smettere di ustionarle le braccia.

Ma non riuscì ad aprir bocca. Perché sul corpo di Stefan c'era la testa di Damon. Era proprio *buffo*. Sapeva per esperienza che i vampiri potevano fare tante cose, ma non aveva mai visto uno scambio di teste.

«Stefan-Damon, smettila, per favore», ansimò fra scoppi di risa isteriche. «Fa male. Fa troppo caldo!».

«Caldo? Stai congelando, piuttosto». Le mani abili e roventi presero a strofinarle le braccia, poi le fecero reclinare indietro la testa per massaggiarle il viso. Non si oppose, perché l'unica cosa sensata era che quelle fossero le mani di Stefan, nonostante la testa fosse di Damon. «Sei fredda ma non tremi?», giunse da qualche parte la cupa voce di Damon.

«Sì, quindi, come vedi, mi sto riscaldando». In fondo non le sembrava di riscaldarsi tanto. Si accorse di avere ancora indosso uno dei rivestimenti interni di pelliccia, che le arrivava fino alle ginocchia, sotto i pantaloni di pelle. Cercò goffamente di slacciarsi la cintura.

«Non ti stai scaldando. Stai entrando nello stadio successivo dell'ipotermia. E se non ti asciughi e non ti scaldi *subito*, morirai». Le sollevò il mento per guardarla negli occhi, deciso ma non rude. «Stai delirando. Riesci a capirmi, Elena? Dobbiamo trovare il modo di scaldarti, *sul serio*».

Il calore era un concetto vago e lontano come la sua vita prima d'incontrare Stefan. Ma il delirio lo capiva. Non era una buona cosa. Che fare se non riderci sopra?

«D'accordo. Elena, aspetta solo un minuto. Fammi trovare...».

Tornò un minuto dopo. Non fece in tempo a impedirle di sbottonarsi la pelliccia fino alla cintola, ma riuscì a bloccarla prima che si togliesse la canottiera.

«Ecco». Le tolse la pelliccia bagnata e la coprì con una calda e asciutta, lasciandole la canottiera.

Dopo un paio di minuti lei cominciò a tremare.

«Brava, così», disse Damon. Continuò: «Non mi respingere, Elena. Sto cercando di salvarti la vita. Tutto qui. Non ho intenzione di fare altro. Ti do la mia parola».

Elena era confusa. Perché mai doveva pensare che Damon – decise che era lui, senza dubbio – avesse intenzione di farle del male?

Anche se a volte si comportava proprio da stronzo...

E le stava togliendo i vestiti.

No. *Non* doveva succedere. Assolutamente no. Soprattutto perché Stefan era nei paraggi.

Ma ormai Elena tremava troppo forte per parlare.

Dopo averla spogliata, lasciandole la biancheria intima, Damon la fece distendere su un letto di pellicce, coprendola per bene. Elena non capiva niente di ciò che stava succedendo, ma ogni cosa cominciava a diventarle indifferente. Fluttuava fuori dal proprio corpo, osservando senza molto interesse.

Poi un altro corpo scivolò sotto le pellicce. Elena tornò di colpo dal luogo in cui stava fluttuando. Guardò fugacemente il petto nudo. E poi un corpo sodo e atletico s'infilò con lei nel sacco a pelo improvvisato. La strinse a sé con le braccia calde e forti, facendo aderire ogni centimetro di pelle alla sua.

Attraverso la nebbia sentì indistintamente la voce di Stefan.

«*Che diamine state facendo?*».

9

«Spogliati ed entra dall'altra parte», disse Damon. Il suo tono non era né irritato né frivolo. Aggiunse subito: «Elena sta morendo».

Le ultime tre parole sembrarono avere un effetto particolare su Stefan, anche se Elena non si soffermò ad analizzarle. Stefan non si mosse e continuò a respirare come un mantice, con gli occhi spalancati. «Bonnie e io abbiamo raccolto della legna da ardere e stiamo bene».

«Avete fatto esercizio, vi siete mossi parecchio, con dei vestiti a tenervi caldi. Lei era inzuppata di acqua gelida ed è rimasta seduta, immobile, esposta al vento freddo. Ho mandato l'altro thurg a spaccare la legna raccolta dagli alberi morti qua attorno per provare ad accendere un fuoco. Ora vedi di entrare, Stefan, e dalle un po' di calore corporeo o giuro che la trasformerò in vampiro».

«Nnn», provò a dire Elena, ma Stefan non sembrò capire.

Damon, comunque, disse: «Non preoccuparti. Ti riscalderà dall'altra parte. Non sei costretta a diventare un vampiro, per adesso. Accidenti», aggiunse di colpo in tono irato, «che principe ti sei scelta!».

La voce di Stefan era tranquilla ma tesa. «Hai provato a metterla in una bolla termica?»

«Ovvio che ci ho provato, idiota! *Nessun* potere magico funziona aldilà dello Specchio, eccetto la telepatia».

Elena aveva perso il senso del tempo, ma d'un tratto sentì un corpo familiare premuto contro di lei dall'altra parte.

E una voce nella testa: *Elena? Elena? Stai bene, non è vero, Elena? Non m'interessa se ti stai prendendo gioco di me. Voglio solo sapere se stai* davvero *bene. Dimmi solo questo, amore.*

Elena non riusciva proprio a rispondere.

Alle sue orecchie giunsero in modo confuso frammenti di una conversazione: «Bonnie... su di lei e... stringiamoci su entrambi i lati».

Delle lievi sensazioni risvegliarono il suo senso del tatto: un corpo minuto, quasi senza peso, premeva su di lei come una spessa coperta. Udì qualcuno che singhiozzava e delle lacrime le caddero sul collo. Sentiva calore da ogni lato.

"Vado a dormire con gli altri gattini", pensò, assopendosi. "Forse faremo tutti un bel sogno".

«Mi piacerebbe sapere come se la stanno cavando», disse Meredith, smettendo per un attimo di camminare avanti e indietro per la stanza.

«Io vorrei che loro sapessero come ce la stiamo cavando noi», disse Matt esausto, mentre attaccava con il nastro adesivo un altro amuleto di carta alla finestra. E poi un altro.

«Sapete, miei cari, l'altra notte, in sogno, ho sentito di nuovo piangere un bambino», disse la signora Flowers, scandendo le parole.

Meredith si girò, spaventata. «Anch'io! Sembrava venisse proprio dal portico d'ingresso. Ma ero troppo stanca per alzarmi».

«Può voler dire qualcosa... o niente». La signora Flowers aggrottò la fronte. Stava facendo bollire l'acqua per il tè. L'elettricità andava e veniva. Matt e Saber erano tornati alla pensione quella mattina presto, per recuperare gli arnesi più importanti della vecchia signora: erbe per il tè, garze e impiastri. Matt non aveva avuto il coraggio di dirle dello stato in cui si trovava la sua pensione, né di parlarle di quel che avevano fatto i malach. Aveva dovuto prendere un'asse divelta dal pavimento del garage per raggiungere la cucina dal corridoio. Il terzo piano non c'era più e del secondo era rimasto molto poco.

Almeno non si era imbattuto in Shinichi.

«Voglio dire che forse c'è un vero bambino là fuori», disse Meredith.

«Di notte, da solo? Sembra uno degli zombi di Shinichi», disse Matt.

«Forse. Ma forse no. Signora Flowers, riesce a ricordare che ora fosse quando ha udito il pianto? L'ha sentito a tarda notte o in serata?»

«Lasciami pensare, cara. Mi sembra di averlo sentito *ogni volta* che mi svegliavo. E le persone anziane si svegliano abbastanza spesso».

«Io lo sento verso l'alba, ma di solito cado in un sonno senza sogni nelle prime ore della notte e mi sveglio presto».

La signora Flowers si girò verso Matt. «E tu, Matt caro? Hai mai sentito un suono che somigliava al pianto di un bambino?».

Matt, che in quei giorni aveva lavorato come un matto per cercare di farsi sei ore di sonno pesante a notte, disse: «Ho sentito lamenti e gemiti che sembravano portati dal vento, mi pare intorno alla mezzanotte».

«Sembra che abbiamo un fantasma che sta in piedi tutta la notte, miei cari», disse con calma la signora Flowers, e versò loro il tè nelle tazze.

Matt notò che Meredith lo guardava a disagio, ma lei non conosceva altrettanto bene la signora Flowers.

«Non penserà davvero che si tratti di un fantasma», disse.

«No, non lo penso. *Mama* non ha detto una parola a riguardo, e poi è casa *tua*, Matt caro. Suppongo che non vi siano stati commessi macabri omicidi né che nasconda orribili segreti. Fammi controllare...». Chiuse gli occhi e lasciò che Matt e Meredith continuassero a bere il loro tè. Poi li riaprì e rivolse loro un sorriso perplesso.

«Mama dice: "Perquisite la casa in cerca del vostro fantasma. Poi ascoltate con attenzione quello che ha da dire"».

«Ok», disse Matt impassibile. «Giacché è casa mia, farei meglio a cercarlo. Ma quando? Dovrei installare un allarme?»

«Penso che la soluzione migliore sia organizzare dei turni di sorveglianza», propose la signora Flowers.

«Va bene», acconsentì subito Meredith. «Io prendo il turno mediano, da mezzanotte alle quattro; Matt può fare il primo; e lei, signora Flowers, può prendere quello della mattina presto e fare un pisolino nel pomeriggio, se vuole».

Matt si sentiva a disagio. «Perché non facciamo solo due turni di guardia? Così potete dividerne uno fra voi. Io prenderò l'altro».

«Perché, caro Matt», disse Meredith, «non vogliamo essere trattate da "signore". E non discutere», sollevò il bastone da combattimento, «perché ce l'ho io l'artiglieria».

Qualcosa stava facendo tremare la stanza. E Matt con essa. Ancora mezzo addormentato, infilò la mano sotto il cuscino e tirò fuori il revolver. Una mano afferrò la canna e Matt sentì una voce.

«Matt! Sono io, Meredith! Dài, ti *svegli*?».

Intontito, Matt allungò la mano verso l'interruttore della luce. Ancora una volta, quelle dita forti, sottili e fredde gli impedirono di fare ciò che voleva.

«Non accendere», bisbigliò Meredith. «È molto debole, ma se vieni con me, in silenzio, lo puoi sentire. Il pianto».

Questo svegliò del tutto Matt. «Adesso?»

«Adesso».

Facendo del suo meglio per camminare in silenzio lungo il corridoio, al buio, Matt seguì Meredith nella sala da pranzo al piano di sotto.

«Sh!», l'ammonì Meredith. «Ascolta».

Matt si mise in ascolto. Riuscì a distinguere bene dei singhiozzi, e forse un paio di parole, ma non gli sembravano per niente fantasmagoriche. Appoggiò l'orecchio al muro e ascoltò. Il pianto era più forte.

«Abbiamo una torcia?», chiese Matt.

«Ne ho due, miei cari. Ma quest'ora della notte è molto pericolosa». La signora Flowers era un'ombra nell'oscurità.

«Ci dia le torce, per favore», disse Matt. «Non penso che il nostro fantasma sia tanto soprannaturale. Che ora è, comunque?»

«L'una meno venti», rispose Meredith. «Ma perché pensi che non sia sovrannaturale?»

«Perché credo che viva nel nostro scantinato», disse Matt. «Penso che sia Cole Reece. Il ragazzo che ha mangiato il suo porcellino d'India».

Due minuti dopo, con il bastone, due torce e Saber, avevano preso il loro fantasma.

«Non volevo fare niente di male», piagnucolò Cole, dopo che l'ebbero attirato di sopra con la promessa di un pacchetto di caramelle e di una tazza di tè "magico" che lo avrebbe aiutato a dormire.

«Non ho fatto niente, giuro», disse con voce strozzata, divorando una barretta di cioccolata dopo l'altra dalla scatola delle razioni d'emergenza. «Avevo paura che lui ce l'avesse con me. Perché dopo che mi hai colpito con il foglietto adesivo, non sono più riuscito a sentirlo nella mia testa. E poi siete venuti qui», disse indicando le pareti della casa di Matt. «Avevate gli amuleti e ho pensato che mi conveniva rimanere qui. O potrebbe essere anche la *mia* Ultima Mezzanotte».

Parlava a vanvera. Ma qualcosa nelle ultime parole mise in allerta Matt. «Cosa vuoi dire con… "anche la tua Ultima Mezzanotte"?».

Cole lo guardò terrorizzato. Le sue labbra sporche di cioccolato gli fecero venire in mente l'ultima volta che aveva visto il ragazzo.

«Lo sapete, vero?», balbettò Cole. «Delle mezzanotti? Il conto alla rovescia? Dodici giorni all'Ultima Mezzanotte? Undici giorni all'Ultima Mezzanotte? E ora… stanotte manca un giorno all'Ultima Mezzanotte…». Ricominciò a piangere, anche se continuava a riempirsi la bocca di cioccolato. Era evidente che stava morendo di fame.

«Ma che succede con l'Ultima Mezzanotte?», chiese Meredith.

«Lo sapete, vero? Che è il momento in cui... voi lo *sapete*». Sembrava che Cole credesse che volessero metterlo alla prova. Era esasperante.

Matt gli mise le mani sulle spalle e con orrore sentì le ossa sotto le dita. "Questo ragazzo stava davvero morendo di fame", pensò, perdonandogli di aver mangiato tutte le tavolette di cioccolato. Incrociò lo sguardo della signora Flowers, la quale si diresse subito in cucina.

Ma Cole non rispondeva ancora alla domanda: borbottava frasi incoerenti. Matt dovette stringerlo per le spalle ossute.

«Cole, alza la voce! Di che si tratta? Cos'è l'Ultima Mezzanotte?»

«Tu lo sai. È quando... tutti i ragazzi... tu lo *sai*, restano svegli ad aspettare e a mezzanotte... prendono coltelli o pistole. Tu lo *sai*. Entriamo nelle stanze dei nostri genitori mentre dormono e...». Cole scoppiò di nuovo a piangere, ma Matt notò che alla fine era passato alla prima persona plurale.

Meredith parlò con la sua voce ferma e pacata. «I bambini uccideranno i loro genitori, giusto?»

«Lui ci ha mostrato dove tagliare e trafiggere con il coltello. Oppure, se c'è una pistola...».

Matt aveva sentito abbastanza. «Puoi rimanere... in cantina», disse. «Qui ci sono un po' di amuleti. Mettiteli addosso se ti senti in pericolo». Diede a Cole un intero blocchetto di post-it.

«Non aver paura», aggiunse Meredith, mentre la signora Flowers entrava con un piatto di salsicce e patatine fritte per Cole. Matt pensò che in qualsiasi altro momento l'odore gli avrebbe fatto venire fame.

«È proprio come su quell'isola in Giappone», disse. «Shinichi e Misao lo hanno fatto succedere lì, e ora stanno per farlo di nuovo».

«Direi che il tempo sta per scadere. In realtà è già il giorno dell'Ultima Mezzanotte... È quasi l'una del mattino», disse Meredith. «Abbiamo meno di ventiquattr'ore. O scappiamo da Fell's Church o ci prepariamo a combattere».

«Combattere? Senza Elena, Damon e Stefan?», disse Matt. «Ci uccideranno tutti. Non dimenticare lo sceriffo Mossberg».

«Lui non aveva questo». Meredith lanciò in aria il bastone da combattimento, lo riafferrò con destrezza e lo appoggiò accanto a sé.

Matt scosse la testa. «Shinichi ti ucciderà lo stesso. Oppure lo farà qualche ragazzino, con la semiautomatica presa dall'armadietto di papà».

«Dobbiamo fare *qualcosa*».

Matt rifletté. Gli martellava la testa. Col capo chino, disse: «Quando ho preso le erbe, ho preso anche la sfera stellata di Misao».

«Stai scherzando? Shinichi non l'ha *ancora* trovata?».

Matt guardò Meredith, che guardò la signora Flowers. La vecchia signora disse: «Che ne dite di versare il liquido in diversi punti della città? Solo una goccia qui, una goccia là? Possiamo chiedere al Potere contenuto all'interno di proteggere Fell's Church. Forse ci darà ascolto».

Meredith disse: «Questo era proprio il motivo per cui volevamo le sfere stellate di Shinichi e Misao all'inizio. Le sfere stellate controllano i loro proprietari, secondo la leggenda».

Matt disse: «Sarà pure un modo di pensare antiquato, ma io sono d'accordo».

Meredith disse: «Allora facciamolo *subito*».

Mentre le due donne aspettavano, Matt prese la sfera stellata di Misao. Era rimasto pochissimo liquido sul fondo.

«Dopo l'Ultima Mezzanotte Misao intende riempirla fino all'orlo con l'energia delle nuove vite che avrà preso», disse Meredith.

«Be', non ne avrà la possibilità», disse Matt con decisione. «Quando avremo finito, distruggeremo la sfera».

«Ma dovremmo sbrigarci», aggiunse Meredith. «Dobbiamo procurarci qualche arma: qualcosa d'argento, qualcosa di lungo e pesante, come un attizzatoio. I piccoli zombi di Shinichi non ne saranno felici... e chissà chi è dalla sua parte».

10

Elena si svegliò indolenzita e irrigidita. Ma c'era da aspettarselo. A quanto pareva, c'erano tre persone su di lei.

Elena? Puoi sentirmi?

Stefan?

Sì! Sei sveglia?

Sono tutta irrigidita... e ho caldo.

Un'altra voce li interruppe. *Dacci solo un minuto e non sarai più irrigidita.* Elena sentì che Damon si spostava. Bonnie rotolò giù, occupando il suo posto.

Ma Stefan si aggrappò a lei per qualche secondo. *Elena, mi dispiace. Non ho nemmeno capito in che condizioni fossi. Grazie al cielo l'ha capito Damon. Puoi perdonarmi?*

Nonostante il calore, Elena gli si strinse più vicino. *Se tu puoi perdonare* me *per aver messo in pericolo tutto il gruppo. L'ho fatto, non è vero?*

Non lo so. Non m'interessa. So solo che ti amo.

Diversi minuti dopo, si svegliò anche Bonnie. Subito disse, con voce flebile: «Ehi! Che ci fate nel mio letto?»

«Ce ne stiamo andando», disse Elena, e cercò di rigirarsi e alzarsi. Tutto intorno a lei era traballante e incerto. Era lei che barcollava... ed era piena di lividi. Ma Stefan le rimase sempre vicino, la sostenne e la rimise in piedi quando inciampò. L'aiutò a vestirsi senza farla sentire come una bambina. Esaminò il suo zaino, che per fortuna non era caduto in acqua, e tolse tutte le cose pesanti. Le mise nel proprio zaino.

Elena si sentì molto meglio dopo che le ebbero dato qualcosa da mangiare e dopo aver visto che anche i thurg stavano mangiando; entrambi allungavano le loro grandi doppie proboscidi per staccare dei rami dagli alberi spogli o scavavano nella neve per cercare qualche ciuffo di erba secca. Era evidente che non sarebbero morti di fame, dopotutto.

Elena sapeva che tutti la stavano osservando per valutare se fosse in grado di proseguire. Si affrettò a finire di bere il tè scaldato su un fuoco di sterco, cercando di nascondere il tremito delle mani. Dopo aver cercato di soffocare gli spasmi, disse con la voce più allegra che poteva: «Allora, che facciamo adesso?»

Come ti senti?, le chiese Stefan.

«Un po' dolorante, ma bene. Immagino che tutti vi aspettiate che mi sia presa una polmonite, ma non ho nemmeno la tosse».

Damon, dopo aver scambiato uno sguardo cupo con Stefan, le prese le mani e la scrutò. Lei non poteva – non osava – guardarlo negli occhi, così si concentrò su Stefan, che le rivolse uno sguardo confortante.

Alla fine, Damon le lasciò di colpo le mani. «Ho fatto quel che potevo», aggiunse, rivolto a Stefan. «La tua cucciola è robusta».

Stefan lo guardò come se stesse per dargli uno schiaffo, ma Elena gli prese la mano, cercando di calmarlo. «Sto bene, non sono malata», disse. «Allora, abbiamo due voti a favore della mia partecipazione al viaggio per salvare Fell's Church».

«Mi sono sempre fidato di te», disse Stefan. «Se pensi di poter camminare, vuol dire che puoi camminare».

Bonnie tirò su con il naso. «Ma non fare più cose rischiose, ok?», disse. «Mi hai spaventata».

«Mi dispiace davvero», disse con dolcezza Elena, sentendo il vuoto dell'assenza di Meredith. Sarebbe stata di grande aiuto sia a lei che a Bonnie in quel momento. «Dunque, proseguiamo? E dove siamo diretti? Mi sono persa».

Damon si alzò. «Penso che dobbiamo solo continuare a camminare in linea retta. Superate queste pianure, il sentiero si restringe... E chissà qual è la prossima prova».

Il sentiero era stretto... e nebbioso. Come nei giorni precedenti, la nebbia cominciò con una foschia leggerissima che s'infittì fino ad accecarli del tutto. Elena lasciò che Stefan, con i suoi riflessi felini, andasse per primo, e si aggrappò al suo zaino. Seguiva Bonnie, attaccata a lei come una lappola. Proprio mentre Elena pensava che avrebbe cominciato a urlare se avesse dovuto continuare a viaggiare su quel manto bianco, la nebbia si dissolse e il cielo schiarì.

Erano vicini alla cima di una montagna.

Elena prese la rincorsa, seguendo Bonnie, che aveva affrettato il passo alla vista dell'aria tersa. Raggiunse un punto in cui la terra finiva e fece appena in tempo ad afferrare lo zaino di Bonnie e a tirarla indietro.

«Assolutamente *no*!», gridò Bonnie, provocando un'eco interminabile. «Non passerò *mai* e poi mai da lì!».

Davanti a loro c'era un baratro attraversato da un ponte molto sottile.

Le pareti del baratro, in cima, erano interamente ricoperte di ghiaccio bianco, ma quando Elena afferrò la gelida ringhiera di metallo del ponte e si sporse un po' avanti, vide sul fondo delle chiazze verdi e azzurro-ghiaccio. Un vento gelido la colpì in pieno viso.

L'abisso fra quel pezzetto di mondo e il successivo, di fronte a loro, era lungo circa novanta metri.

Elena spostò lo sguardo dalle indistinte profondità al fragile ponte, che era fatto di assicelle di legno, larghe quanto bastava per passarci uno alla volta. Era sostenuto da corde che correvano da un lato all'altro del baratro, e fissato con pali di metallo nella sterile, gelida roccia.

Inoltre, si abbassava vertiginosamente al centro e poi risaliva. Solo a guardarlo, gli occhi facevano una specie di mini-corsa sull'ottovolante. Il problema era che non c'erano una cintura di sicurezza, un sedile, due corrimano e una guida in uniforme che diceva: «Le mani e i piedi devono essere tenuti sempre all'interno!». Come sostegno, a sinistra, c'era solo una sottile corda di liane.

«Sentite», disse Stefan, con il tono più calmo e assorto che Elena gli avesse mai sentito usare, «possiamo appoggiarci l'uno all'altro. Cammineremo in fila indiana, molto lentamente...».

«*Nooo*!», Bonnie mise in quella parola un urlo psichico che quasi assordò Elena. «*No, no, no, no, no! Non capite! Non ce la faccio!*». Gettò a terra lo zaino.

Poi cominciò a ridere e a piangere allo stesso tempo, in pieno attacco isterico. Elena ebbe l'impulso di gettarle dell'acqua in faccia. Ebbe anche l'impulso, più forte, di buttarsi per terra accanto a Bonnie e strillare: «Non ce la faccio neanch'io! È da pazzi!». Ma a che cosa sarebbe servito?

Pochi minuti dopo, Damon parlava a Bonnie, senza lasciarsi influenzare dai suoi scatti isterici. Stefan camminava in cerchio. Elena cercava di escogitare un piano A, mentre una vocina cantilenava nella sua testa: *Non ce la fai, non ce la fai, nemmeno tu ce la fai.*

Era solo una fobia. Probabilmente avrebbero potuto insegnare a Bonnie come superarla... se avessero avuto un paio d'anni di tempo.

Stefan, passandole accanto mentre girava in tondo, disse, «E *tu* come farai con la tua paura delle altezze, amore?».

Elena decise di mostrarsi coraggiosa. «Non lo so. Penso di potercela fare».

Stefan sembrava soddisfatto. «Per salvare la tua città».

«Sì... ma è terribile, non funziona niente qui. Potrei provare a usare le mie Ali per volare, ma non riesco a controllarle...».

Quel tipo di magia qui non è disponibile, disse la voce di Stefan nella sua mente.

Ma la telepatia funziona. Tu puoi sentirmi, non è vero?

Ebbero la stessa idea simultaneamente, ed Elena vide il volto di Stefan che s'illuminava mentre lei cominciava a esprimerla a parole.

«*Influenza* Bonnie! Falle credere di essere una funambola... un'artista del circo da quando ha imparato a camminare. Ma non renderla troppo giocosa e sicura di sé, altrimenti rischia di farci saltare tutti giù dal ponte!».

Con quella luce sul viso Stefan aveva un aspetto… magnifico. Prese Elena per le mani, la fece volteggiare, come se non pesasse nulla, la sollevò e la baciò.

E la baciò.

E la baciò finché Elena si sentì l'anima che grondava dai polpastrelli.

Non avrebbero dovuto farlo davanti a Damon. Ma Elena non riusciva a controllarsi, perché l'euforia aveva annebbiato il suo buonsenso.

Nessuno dei due aveva tentato di fare una profonda sonda mentale. Ma la telepatia era l'unica cosa a cui avessero rinunciato, poiché il bacio era caldo, meraviglioso e li spinse a indugiare per un istante nel cerchio formato dalle loro braccia, ridenti e ansanti, con una corrente elettrica che saettava dall'uno all'altro. Elena si sentiva come se avesse preso una scossa di notevole intensità.

Poi si spinse fuori dalle braccia di Stefan, ma era troppo tardi. Si erano guardati negli occhi troppo a lungo ed Elena si sentiva il cuore martellare nel petto per la paura. Avvertiva su di sé lo sguardo di Damon. Riuscì a sussurrare, con un filo di voce: «Lo dirai anche a loro?»

«Sì», mormorò Stefan. «Lo dirò anche a loro». Ma in realtà non si mosse finché lei non diede le spalle a Bonnie e a Damon.

Poi Elena si limitò ad ascoltare, sbirciando di tanto in tanto da sopra la spalla.

Stefan si sedette accanto alla ragazza in lacrime e disse: «Bonnie, guardami, per favore. Ti chiedo solo questo. Ti prometto che non dovrai attraversare il ponte se non vorrai. Non sei nemmeno costretta a smettere di piangere, ma cerca di guardarmi negli occhi? Puoi farlo? Bene. Ora…». La sua voce e l'espressione del viso cambiarono in maniera impercettibile, diventando più intense e ipnotiche. «Non hai paura delle altezze, vero? Sei un'acrobata che può camminare su una corda tesa da un capo all'altro del Grand Canyon senza battere ciglio. Sei la migliore della tua famiglia, i McCullough volanti, e *loro* sono i migliori al mondo. E adesso dovrai decidere se attraversare il ponte di legno. Se sceglierai di attraversarlo, sarai tu a guidarci».

L'espressione di Bonnie era cambiata lentamente mentre ascoltava Stefan. Anche se lo fissava con gli occhi gonfi, sembrava intenta ad ascoltare una voce nella sua testa. E alla fine, appena Stefan disse l'ultima frase, Bonnie saltò in piedi e guardò il ponte.

«D'accordo, andiamo!», gridò, prendendo lo zaino mentre Elena, seduta, la seguiva con lo sguardo.

«Pensi di farcela?», chiese Stefan, guardando Elena. «Lasceremo che Bonnie vada per prima. Sul serio, non c'è alcun rischio che cada. Io andrò dopo di lei. Elena può seguire me e tenersi alla mia cintura e confido che tu, Damon, la sorregga. Soprattutto se dà segni di svenimento».

«La terrò io», disse tranquillo Damon. Elena avrebbe voluto chiedere a Stefan di Influenzare anche lei, ma stava succedendo tutto troppo in fretta. Bonnie era già sul ponte e si fermò solo quando Stefan la richiamò. Stefan si voltò a guardare Elena, dicendo: «Ci sei? Pensi di avere una buona presa?». Damon era dietro di lei e, posandole la mano ferma sulla spalla, le disse: «Guarda dritto davanti, non in basso. Non preoccuparti di svenire; ti prendo io».

Ma era un ponte di legno molto fragile ed Elena si trovò a guardare sempre in basso, con lo stomaco che ondeggiava come un mare in tempesta e sembrava volesse uscirle dal corpo e salirle fin sopra la testa. Con una mano stringeva la cintura di Stefan e con l'altra la corda di liane intrecciate.

A un certo punto trovarono un'asse mancante e le due adiacenti sembrava stessero per staccarsi da un momento all'altro.

«State attenti qui!», disse Bonnie, ridendo e superandole tutte e tre con un salto. Stefan scavalcò la prima assicella malsicura e quella mancante e posò il piede sulla successiva.

Crac!

Elena non urlò: tanto era lo spavento che non sentiva più nemmeno l'impulso di urlare. Non osava guardare. A quello scricchiolio aveva chiuso gli occhi.

E non osava muovere neppure un dito. Di certo non poteva muovere un piede.

Sentì le braccia di Damon intorno alla vita. Avrebbe voluto permettergli di sostenere il suo peso, come aveva fatto tante volte in passato.

Ma Damon le stava mormorando parole simili a incantesimi, che permisero alle sue gambe di smettere di tremare e irrigidirsi e riuscirono persino a farla smettere di respirare tanto in fretta da rischiare di svenire. Poi lui la sollevò, Stefan la cinse con un braccio e, per un attimo, la sorressero entrambi con fermezza. Infine la prese Stefan e, adagio, le fece posare il piede sull'assicella salda.

Elena avrebbe voluto aggrapparsi a lui come un koala, ma sapeva di non doverlo fare. Avrebbe fatto cadere entrambi. Così, scavando a fondo dentro di sé e scoprendo risorse che non sapeva di possedere, trovò il coraggio di stare in piedi da sola e cercare a tentoni la corda di liane.

Poi alzò la testa e bisbigliò nel modo più chiaro possibile, «Andiamo. Dobbiamo fare spazio a Damon»

«Sì», rispose Stefan a bassa voce. Ma, prima di girarsi e seguire l'impaziente Bonnie, le diede un bacio sulla fronte, un rapido bacio protettivo.

Dietro di sé Elena sentì – e avvertì – Damon che saltava sulla breccia con grazia felina.

Alzò gli occhi e fissò di nuovo la nuca di Stefan. Non poteva circoscrivere tutte le emozioni che provava in quel momento: amore, terrore, soggezione, eccitazione e, ovviamente, gratitudine.

Non osava voltarsi a guardare Damon, ma per *lui* provava esattamente le stesse cose.

«Ancora pochi passi», continuava a dire. «Ancora pochi passi».

Una breve eternità dopo, si trovarono sul terreno stabile, di fronte a una caverna di medie dimensioni. Elena cadde in ginocchio. Aveva la nausea e si sentiva sul punto di svenire, ma cercò di ringraziare Damon quando lui le passò accanto sul nevoso sentiero di montagna.

«Mi stavi tra i piedi», disse brusco lui, freddo come il vento. «Se fossi caduta avresti potuto far capovolgere il ponte. E oggi non avevo nessuna voglia di morire».

«Che cosa le stai dicendo? Che cosa le hai appena detto?». Stefan, che era rimasto a portata d'orecchie, tornò indietro di corsa. «Che cosa ti ha detto?».

Damon, esaminandosi i palmi in cerca di spine delle liane rampicanti, disse, senza alzare gli occhi: «Le ho detto la verità, tutto qui. Finora ha fallito entrambe le prove in questa missione. Speriamo che ti facciano entrare nella Guardiola, sempre che tu riesca ad arrivarci, perché se la selezione si basa sul rendimento siamo bocciati. Oppure dovrei dire che uno di noi è bocciato?»

«*Stai zitto o ti farò stare zitto io*», disse Stefan con una voce che Elena non gli aveva mai sentito prima. Lo fissò. Era come se fosse invecchiato di dieci anni in un secondo. «Non parlare mai più di lei o con lei in quel modo, Damon!».

Damon lo fissò per un istante, con le pupille ristrette. Poi disse: «Fa lo stesso» e se ne andò con le mani in tasca.

Stefan si chinò per sostenere Elena finché lei smise di tremare.

Elena pensò che fra loro era finita. Fu presa da una rabbia gelida. Damon non aveva proprio nessun rispetto per lei: non rispettava altri che se stesso. Non poteva proteggere Bonnie dai sentimenti che provava per lui, né impedire che lui la insultasse. Non poteva proibirle di perdonarlo. Ma lei, Elena, aveva chiuso con Damon. Quell'offesa era l'ultima goccia.

La nebbia si alzò di nuovo mentre si inoltravano nella caverna.

11

«Damon non voleva essere così... stronzo», disse Bonnie in tono concitato. «È solo che molto spesso sente che siamo tutti e tre contro di lui e... e...».

«Be', chi ha cominciato? Anche quando viaggiavamo sui thurg», disse Stefan.

«Lo so, ma c'è qualcos'altro», disse Bonnie con voce sommessa. «Da quando ci sono solo neve, rocce e ghiaccio, lui è... non so. È molto teso. C'è qualcosa che non va».

«È affamato», disse Elena, folgorata da quell'improvvisa intuizione. Da quando avevano lasciato i thurg, i vampiri non avevano trovato più niente da cacciare. Non potevano vivere di topolini e insetti, come le volpi. Naturalmente Lady Ulma li aveva riforniti in abbondanza di Black Magic, l'unica bevanda che potesse sostituire il sangue. Ma le provviste stavano diminuendo e, ovviamente, dovevano pensare anche al viaggio di ritorno.

D'un tratto Elena capì cosa avrebbe potuto fare di buono.

«Stefan», mormorò, spingendolo in un recesso della roccia scoscesa all'ingresso della caverna. Si abbassò il cappuccio e srotolò la sciarpa quanto bastava per esporre la gola. «Non farmi ripetere troppe volte "per favore"», bisbigliò. «Non posso aspettare tanto a lungo».

Stefan la guardò negli occhi, vide che era seria e determinata e le baciò la mano guantata.

«È passato abbastanza tempo, penso. Anzi, ne sono sicuro, o non ci avrei nemmeno provato», sussurrò. Elena reclinò indietro la testa. Aveva quasi caldo, perché Stefan la riparava dal vento.

Sentì la piccola fitta di dolore iniziale, e poi lui cominciò a bere e le loro menti presero a scorrere insieme, come due gocce di pioggia sul vetro di una finestra.

Stefan prese pochissimo sangue. Quanto bastava a trasformare gli stagni verdi e tranquilli dei suoi occhi in vivaci ruscelli spumeggianti.

Poi il suo sguardo si fece di nuovo serio e calmo. «Damon...», disse, e si fermò, imbarazzato.

Cosa poteva dire Elena? "Ho appena tagliato tutti i legami con lui"? Avrebbero dovuto aiutarsi a vicenda per superare le prove; per mostrare arguzia e coraggio. Se avesse rifiutato, avrebbe sbagliato di nuovo?

«Su, mandalo qui alla svelta», disse. «Prima che cambi idea».

Cinque minuti dopo, Elena era di nuovo rincantucciata nella piccola nicchia di pietra. Damon le rigirò la testa a destra e a sinistra con precisione spassionata e poi, all'improvviso, scattò in avanti e affondò i canini in una vena sporgente. Elena sentì che le si appannavano gli occhi.

Un morso così doloroso... Be', aveva provato questa sensazione solo quando era stupida e impreparata e lottava con tutte le sue forze per liberarsi.

Quanto alla mente di Damon... C'era un muro d'acciaio. Essendo costretta a farsi mordere, aveva sperato almeno di vedere il ragazzino che viveva nel punto più recondito dell'anima di Damon, l'involontario custode di tutti i suoi segreti, ma non era riuscita a fondere nemmeno un pezzetto di quel muro d'acciaio.

Dopo un paio di minuti, Stefan le tolse bruscamente di dosso Damon. Damon si allontanò imbronciato, pulendosi la bocca.

«Stai bene?», chiese Bonnie con un bisbiglìo preoccupato, mentre Elena rovistava nella scatola dei medicinali di Lady Ulma in cerca di un pezzo di garza per tamponare le ferite al collo, non ancora guarite.

«Sono stata meglio», disse brusca Elena, coprendosi di nuovo con la sciarpa.

Bonnie sospirò. «Questo sarebbe il posto perfetto per Meredith», disse.

«Sì, ma anche Fell's Church è il posto perfetto per lei. Spero solo che riescano a tener duro fino al nostro ritorno».

«Io spero solo di tornare con qualcosa che possa aiutarli», mormorò Bonnie.

Dalle due di notte all'alba, Meredith e Matt passarono il tempo a spargere gocce infinitesimali della sfera stellata di Misao per le strade della città, chiedendo al Potere di aiutarli, in qualche modo, a combattere Shinichi. Con questo vivace movimento da un posto all'altro avevano guadagnato un bonus inatteso: bambini. Non piccoli indemoniati. Normali ragazzini, terrorizzati dai loro fratelli e sorelle e dai loro genitori, che non osavano tornare a casa per via degli orrori di cui erano stati testimoni. Meredith e Matt li avevano stipati nel SUV di seconda mano della signora Honeycutt e li avevano portati a casa.

Alla fine si ritrovarono con più di trenta bambini di età compresa fra i cinque e i sedici anni, troppo impauriti per giocare, chiacchierare e persino chiedere qualcosa. Ma avevano mangiato tutto il cibo non deteriorato che la signora Flowers aveva trovato nel frigo, nella dispensa di Matt e in quelle delle case abbandonate sull'altro lato della strada.

Matt, osservando una bimba di dieci anni con una fame da lupo che si riempiva la bocca di pane bianco, con lacrime che le scorrevano sulle guance sudicie mentre masticava e deglutiva, disse con calma a Meredith: «Pensi che abbiamo fatto entrare qualche impostore?»

«Ci scommetto la vita», rispose lei con la stessa calma. «Ma cosa facciamo? Cole non ha nessuna informazione utile. Dobbiamo solo pregare che i ragazzini non posseduti ci diano manforte quando gli impostori mandati da Shinichi attaccheranno».

«Io penso che, piuttosto che affrontare dei bambini posseduti potenzialmente armati, ci convenga scappare».

Meredith annuì con aria assente, ma Matt notò che ormai portava sempre con sé il bastone da combattimento. «Ho escogitato un piccolo test per smascherarli. Colpirò ognuno di loro con un post-it e vedrò che succede. I ragazzi che hanno qualcosa di cui pentirsi potrebbero avere un attacco isterico, quelli che sono solo spaventati potrebbero ricevere un po' di conforto e gli impostori dovrebbero attaccare o scappare».

«Questa non me la posso perdere».

Il test di Meredith fece uscire allo scoperto solo due impostori in quella marmaglia di ragazzini: un tredicenne e una ragazza di quindici anni. Si misero a correre per la casa strillando come pazzi. Matt non riuscì a fermarli. Quando fu tutto finito, mentre i ragazzi più grandi aiutavano i piccolini, Matt e Meredith finirono di sbarrare le finestre e incollare amuleti alle tavole di legno. Passarono la serata a perlustrare i dintorni in cerca di cibo, a interrogare i bambini su Shinichi e l'Ultima Mezzanotte, e ad aiutare la Signora Flowers a medicare le ferite. Cercarono di tenere sempre una persona di guardia, ma erano tutti svegli e attivi dall'una e mezzo del mattino, quindi si sentivano molto stanchi.

Alle undici meno un quarto Meredith andò da Matt, che stava pulendo i graffi di una bimba bionda di otto anni. «Bene», disse con calma, «vado a prendere con la mia macchina i nuovi amuleti che la signora Saitou ha detto di aver già preparato. Ti spiace se porto anche Saber?».

Matt scosse la testa. «No, vado io. Conosco meglio le signore Saitou, in ogni caso».

Meredith emise quello che, fatto da una persona meno raffinata, si sarebbe potuto definire un grugnito. «Le conosco abbastanza bene per dire: "Mi scusi, Inari-Obaasan; mi scusi, Orime-san; siamo i piantagrane che continuano a chiedere mostruose quantità di amuleti contro le forze del male, ma non vi stiamo dando fastidio, vero?"».

Matt le rivolse un sorriso fiacco, lasciò andare la bimba di otto anni e disse, «Be', potrebbero essere meno infastidite se pronunciassi correttamente i loro nomi. "Obaasan" significa "nonna", giusto?»

«Sì, certo».

«E "san" è solo una cosa che aggiungi alla fine di un nome per gentilezza».

Meredith annuì, aggiungendo: «E "la cosa che aggiungi alla fine del nome" si chiama "suffisso di cortesia"».

«Sì, sì... Ma con tutti i tuoi paroloni hai sbagliato i loro nomi. Si dice Orime-nonna e Orime-madre di Isobel. Quindi, Orime-Obaasan e Orime-san».

Meredith sospirò. «Senti, Matt. *Bonnie e io* le abbiamo conosciute prima di te. La nonna si *è presentata* come Inari. Ora, so che è un po' stramba, ma di sicuro dovrebbe sapere come si chiama, no?»

«E quando si è presentata a *me*, non solo ha detto di chiamarsi Orime, ma che sua figlia si chiama come lei. Voglio proprio vedere cosa rispondi adesso».

«Matt, posso avere il mio portatile? È nel salottino della pensione...».

Matt emise una risata breve e secca, quasi un singulto. Si guardò attorno per accertarsi che la signora Flowers non fosse nei paraggi e sibilò: «La pensione si trova al centro della terra, forse. Il salottino *non esiste* più».

Per un attimo Meredith parve semplicemente sconvolta, poi aggrottò la fronte. Matt la guardava torvo e accigliato. Inutile pensare che proprio loro erano quelli che, nel gruppo, più difficilmente avrebbero litigato. Eccoli lì, invece, e Matt vedeva praticamente volare le scintille. «D'accordo», disse alla fine Meredith, «andrò lì e chiederò di Orime-Obaasan, e poi, quando scoppieranno a ridere, dirò che è tutta colpa tua».

Matt scosse la testa. «Non riderà nessuno, perché lo dirai nel modo giusto».

«Senti, Matt», disse Meredith, «ho letto così tanto in internet che devo aver *memorizzato* anche il nome Inari. Lo avrò trovato da qualche parte. E sono sicura che avrei fatto… fatto un collegamento…». La voce le morì in gola. Matt, quando abbassò gli occhi dal soffitto, sobbalzò. Meredith era bianca in viso e respirava in fretta.

«Inari», sussurrò. «Conosco davvero questo nome, ma…». All'improvviso afferrò il polso di Matt con tanta forza che gli fece male. «Matt, il tuo computer è proprio morto?»

«Se n'è andato quando se n'è andata l'elettricità. Ormai anche il generatore è spacciato».

«Ma tu hai un cellulare che si connette a internet, vero?».

L'urgenza nella sua voce convinse Matt a prenderla sul serio. «Certo», disse. «La batteria è finita da almeno un giorno. Senza elettricità non posso ricaricarla. E mia madre ha preso il suo cellulare. Non può vivere senza. Stefan ed Elena devono aver lasciato le loro cose alla pensione…».

Vedendo l'espressione speranzosa di Meredith, scosse la testa e bisbigliò: «Anzi, dovrei dire "dove una volta c'era la pensione"».

«Ma dobbiamo trovare un cellulare o un computer che funzioni! *Dobbiamo*! Mi basta che resti acceso almeno un minuto!», disse angosciata Meredith, allontanandosi da lui e cominciando a camminare avanti e indietro per la stanza come se volesse battere un record mondiale.

Matt la fissava sconcertato. «Ma perché?»

«Perché è importante. Ne ho *bisogno*, almeno per un minuto!».

Matt continuava a guardarla, confuso. Alla fine disse: «Forse possiamo chiedere ai ragazzi».

«I ragazzi! Uno di loro deve avere un cellulare acceso! Andiamo, Matt, dobbiamo parlare con loro *subito*». Si fermò e disse, con voce piuttosto roca: «Prego che tu abbia ragione e io torto».

«Eh?». Matt non aveva idea di cosa stesse succedendo.

«Ho detto che prego di avere torto! Prega anche tu, Matt. *Per favore*!».

12

Elena aspettava che la nebbia si dissipasse. Era arrivata, come sempre, poco a poco, e ormai si chiedeva se sarebbe mai andata via o se fosse, in realtà, un'altra prova da superare. Pertanto, quando all'improvviso si accorse di poter vedere la maglietta di Stefan, che camminava davanti a lei, sentì il cuore balzarle nel petto per la gioia. Dopotutto la sua mente non era ancora così confusa.

«Riesco a vederla!», disse Stefan, tirandola accanto a sé. E poi, «Voilà...», mormorò.

«Cosa? Cosa?», strillò Bonnie, balzando avanti. E poi si fermò anche lei.

Damon non fece salti né si mise a correre. Si avvicinò con il solito passo flemmatico. Ma Elena, che si era voltata verso Bonnie, notò la sua espressione alla vista di quello spettacolo. Davanti a loro c'era una specie di piccolo castello, o meglio, un grande cancello con le guglie che penetravano una fitta coltre di nuvole basse. Sull'enorme porta nera, simile a quella di una cattedrale, c'erano delle scritte, ma Elena non aveva mai visto nulla di simile a tali ghirigori e svolazzi, a qualunque strana lingua appartenessero.

Su entrambi i lati dell'edificio, c'erano muri neri alti quasi quanto le guglie. Elena guardò a destra e a sinistra e si accorse che si assottigliavano fino a scomparire nel punto di fuga. E senza magia non avrebbero potuto superarli in volo.

Se i ragazzi della storia l'avevano scoperta solo seguendo le mura per giorni, loro l'avevano trovata semplicemente camminando in linea retta.

«È la Guardiola dei Sette Tesori, vero, Bonnie? Vero? Guarda!», gridò Elena.

Bonnie stava già guardando, con entrambe le mani premute sul petto, e per una volta era a corto di parole. Mentre Elena osservava l'imponente guardiola, la piccola Bonnie cadde in ginocchio sulla neve leggera e farinosa. Stefan, invece, rispose alla domanda. Sollevò le ragazze e le fece volteggiare. «Sì, è la Guardiola!», disse, proprio mentre Elena diceva «*È la Guardiola*!» e Bonnie, l'esperta, con le lacrime che si congelavano sulle guance, ansimava, «Oh, sì, è *proprio* la Guardiola!».

Stefan posò le labbra sull'orecchio di Elena. «E sai cosa significa, vero? Se quella è la Guardiola dei Sette Tesori, sai dove siamo adesso?».

Elena cercò di ignorare la sensazione di calore e il formicolio che dalla punta dei piedi si era diffuso in tutto il corpo quando aveva sentito il respiro di Stefan sull'orecchio. Tentò di concentrarsi sulla domanda.

«Guarda su», suggerì Stefan.

Elena alzò lo sguardo… E restò senza fiato.

Sopra di loro, al posto del banco di nebbia o della luce cremisi del sole che non smetteva mai di tramontare, c'erano tre lune. Una era enorme: copriva quasi un sesto del cielo ed era composta di luminose spirali bianche e azzurre, con sfumature più tenui sui bordi. Davanti c'era una bellissima luna argentata, grande almeno tre quarti della prima.

L'ultima era una piccola luna in orbita alta, bianca come un diamante, che sembrava tenersi deliberatamente a distanza dalle altre due. Erano tutte mezze piene e illuminavano con un bagliore dolce e rilassante la neve intatta intorno a Elena.

«Siamo nel Mondo Sotterraneo», disse Elena, scossa.

«Oh… È proprio come nella storia», esclamò Bonnie. «Proprio uguale. Anche le scritte! Anche la quantità di neve!».

«*Esattamente* come la storia?», chiese Stefan. «Anche le fasi delle lune? Quanto erano piene?»

«È tutto uguale in ogni dettaglio».

Stefan annuì. «Proprio come pensavo. Quella storia era una precognizione. Ti è stata data per aiutarci a trovare la più grande sfera stellata mai creata».

«Be', entriamo!», gridò Bonnie. «Stiamo perdendo tempo!»

«D'accordo. Ma state in guardia. Non voglio che qualcosa vada storto proprio adesso», disse Stefan.

Entrarono nella Guardiola dei Sette Tesori in quest'ordine: Bonnie, che scoprì che le grandi porte nere si spalancavano al tocco, ma entrò senza vedere niente, perché veniva dalla piena luce del sole; Stefan ed Elena, mano nella mano; e infine Damon, che aspettò fuori a lungo, nella speranza, pensò Elena, di non essere considerato parte del gruppo.

Nel frattempo, gli altri stavano provando l'emozione più sconvolgente e piacevole da quando avevano sottratto ai kitsune le Chiavi Universali.

«Sage… Sage!», strillò Bonnie appena la sua vista si adattò all'oscurità. «Oh, guarda, Elena, è Sage! Sage, come stai? Che ci fai qui? Oh, è così bello *vederti*!».

Elena batté le palpebre un paio di volte, mettendo a fuoco l'interno fiocamente illuminato della stanza ottagonale. Girò intorno all'unico mobile presente, un'ampia scrivania al centro della stanza. «Sage, sai quanto tempo sembra sia passato? Sai che Bonnie è stata quasi venduta come schiava? Sai del suo sogno?».

Sage, agli occhi di Elena, aveva sempre lo stesso aspetto. Il corpo muscoloso e abbronzato, simile al modello di un Titano, il petto e i piedi nudi, i Levi's neri, il groviglio di capelli lunghi, color bronzo, e i singolari occhi bruni che potevano tagliare l'acciaio o sembrare miti come quelli di un agnellino.

«*Mes deux petits chatons*», disse Sage. «Mie piccole gattine, mi avete sbalordito. Ho seguito dall'inizio le vostre avventure. Il Custode non ha la possibilità di dedicarsi a molti passatempi e non gli è permesso lasciare la sua fortezza, ma voi siete state molto coraggiose e divertenti. *Je vous félicite*». Baciò prima la mano di

Elena, poi quella di Bonnie, e infine abbracciò Stefan, dandogli un bacio su entrambe le guance. Poi riprese il suo posto.

Bonnie si stava arrampicando su Sage come se fosse davvero una gattina. «Hai preso tu la sfera di Misao piena di Potere?», chiese, inginocchiandosi sulle sue cosce. «Cioè, volevo chiederti se ne hai preso metà, per tornare qui».

«*Mais oui*, sono stato io. Ma ho lasciato alla signora Flowers un piccolo...».

«Sai che Damon ha usato l'altra metà per aprire di nuovo il portale? E che ci sono caduta dentro, anche se lui non mi voleva? E che per questo sono stata quasi venduta come schiava? E che Stefan ed Elena sono dovuti venire a cercarmi, per assicurarsi che stessi bene? E che sulla strada per venire qui Elena è quasi caduta dal ponte e che non sappiamo se i thurg sopravvivranno? E sai che a Fell's Church sta arrivando l'Ultima Mezzanotte e non sappiamo...».

Stefan ed Elena si scambiarono una lunga occhiata eloquente e poi Stefan disse: «Bonnie, dobbiamo fare a Sage la domanda più importante». Guardò Sage. «Possiamo salvare Fell's Church? Abbiamo abbastanza tempo?»

«*Eh bien*. Per quanto ne so, osservando il vortice temporale, il tempo vi basta, ma non dovete sprecarlo. Potete concedervi un bicchiere di Black Magic prima di ripartire. Ma dopo, basta indugiare!».

Elena si sentiva come un foglio accartocciato che fosse stato appena raddrizzato e lisciato. Prese un lungo respiro. Potevano farcela. All'improvviso si ricordò le buone maniere. «Sage, come mai ti sei impantanato in questo posto senza via d'uscita? Oppure ci stavi aspettando?»

«*Hélas*, no. Sono stato assegnato qui per punizione. Ho ricevuto una Convocazione Imperiale che non potevo ignorare, *mes amis*». Sospirò e aggiunse: «Sono caduto di nuovo in disgrazia. Così ora sono l'ambasciatore del Mondo Sotterraneo, come potete vedere». Indicò la stanza con un gesto languido. «*Bienvenue*».

Elena era consapevole del passare del tempo, dei minuti preziosi che stavano perdendo. Ma forse Sage avrebbe fatto qualcosa per Fell's Church. «Sei davvero costretto a stare qui?»

«Di sicuro dovrò restarci finché *mon père*, mio *padre*», pronunciò la parola con rabbia e risentimento, «non si sarà ammorbidito, ammettendomi di nuovo alla Corte Infernale o, ancora meglio, lasciandomi libero di andare per la mia strada senza *mai* più tornare. Almeno finché qualcuno non avrà pietà di me e mi ucciderà». Osservò il gruppo con uno sguardo indagatore, poi sospirò e disse: «Saber e Talon stanno bene?»

«Stavano bene quando li abbiamo lasciati», disse Elena, ansiosa di portare a termine il vero compito per cui erano andati fin lì.

«*Bien*», disse Sage, guardandola con simpatia, «ma per la visita ci serve il gruppo al completo, no?».

Elena guardò la porta e poi di nuovo Stefan, ma Sage stava già chiamando, sia a voce che con la telepatia: «*Damon*, mon poussinet, *non vuoi entrare con i tuoi compagni*?».

Ci fu una lunga pausa, poi la porta si aprì ed entrò Damon, con un'aria piuttosto aggressiva. Invece di rispondere all'amichevole "*Bienvenue*" di Sage, disse: «Non sono venuto per socializzare. Voglio vedere i tesori in tempo per salvare Fell's Church. Non mi sono dimenticato di quella dannata città di provincia, a differenza degli altri».

«*Alors maintenant*», disse Sage, con aria offesa. «Avete passato tutte le prove che avete incontrato sul vostro cammino e potete esaminare i tesori. Potete anche usare di nuovo la magia, anche se non sono sicuro che possa esservi d'aiuto. Tutto dipende da quale tesoro cercate. *Félicitations*!».

Tutti, tranne Damon, fecero qualche gesto d'imbarazzo.

«Ora», continuò Sage, «devo mostrarvi tutti i portali prima che possiate fare la vostra scelta. Cercherò di fare in fretta, ma siate cauti, *s'il vous plaît*. Una volta che avrete scelto un tesoro, quella sarà l'unica porta che si aprirà di nuovo per ognuno di voi».

Elena si trovò a stringere la mano di Stefan, che aveva già cercato la sua, prima che i portali, uno alla volta, s'illuminassero con un fioco bagliore argentato.

«Alle vostre spalle», disse Sage, «c'è il cancello che avete varcato per entrare in questa stanza, giusto? Ma accanto, ah…». Una porta si illuminò per mostrare una strana caverna. Strana a causa delle gemme che giacevano per terra o che sporgevano dalle pareti della grotta. Rubini, diamanti, smeraldi, ametiste… Enormi cumuli di gemme grandi quanto il pugno di Elena erano lì, a disposizione di chiunque volesse prenderle.

«È bellissimo, ma… No, ovviamente!», disse con fermezza, e tese il braccio per posare una mano sulla spalla di Bonnie.

Si illuminò la porta successiva, ed emise una luce sempre più intensa finché parve dissolversi. «E qui», sospirò Sage, «c'è il famoso paradiso kitsune».

Elena si accorse di avere gli occhi spalancati. Era una giornata di sole nel parco più bello che avesse mai visto. Sullo sfondo, una piccola cascata si riversava in un torrente, che scorreva giù per una verde collina, mentre in primo piano c'era una panca di pietra, perfetta per due persone, sotto un albero che sembrava un ciliegio in piena fioritura.

I fiori volavano nella brezza che faceva stormire le fronde degli alberi di pesco e ciliegio, provocando una pioggia di petali del colore dell'alba. Anche se Elena aveva visto quel posto solo per un secondo, le sembrava già familiare. Bastava solo entrare…

«No, Stefan!». Dovette toccargli il braccio. Per poco non era entrato nel giardino.

«Cosa?», disse lui, scuotendo la testa come se stesse sognando. «Non so cosa sia successo. Mi sembrava di tornare in un posto in cui avevo vissuto tanto, tanto tempo fa…». La voce gli morì in gola. «Sage, continua, per favore!».

La porta successiva era già illuminata e mostrava un'infinità di rastrelliere piene di vino Clarion Loess Black Magic. In lontananza Elena intravide un vigneto. I tralci erano appesantiti dai succosi grappoli d'uva che non avrebbero mai visto la luce del sole finché non fossero stati trasformati nel famoso liquido.

Ognuno stava già sorseggiando il suo bicchiere di Black Magic, quindi era facile dire di no anche ai deliziosi grappoli.

Quando si illuminò la porta successiva, Elena restò senza fiato. Risplendeva un caldo sole di mezzogiorno. A vista d'occhio si estendevano dei campi coltivati, con alti cespugli pieni di rose a stelo lungo, di un vellutato colore nero.

Elena sussultò quando vide che tutti stavano guardando Damon, il quale, anche se involontariamente, aveva fatto un passo verso le rose. Stefan tese un braccio per sbarrargli la strada.

«Non le ho guardate molto da vicino», disse Damon, «ma credo che queste siano uguali alle rose che ho... distrutto».

Elena si voltò verso Sage. «Sono le stesse, vero?»

«Ma certo», disse Sage, con aria infelice. «Sono tutte Rose Mezzanotte, *noir pur*. La rosa nel bouquet del kitsune era della stessa varietà. Ma queste sono tutte *vuote*. Solo i kitsune possono metterci dentro un incantesimo, come quello per rimuovere la maledizione di un vampiro».

I suoi ascoltatori risposero all'unisono con un sospiro di delusione, tranne Damon, che sembrava più nervoso di prima. Elena stava per prendere la parola e dire che avrebbero dovuto far passare Stefan, quando si sintonizzò sulle parole di Sage riguardo al portale successivo e sentì l'impeto di un semplice, egoistico desiderio.

«Suppongo che dalle vostre parti si chiami "La *Fontaine* della Vita e dell'Eterna Giovinezza"», disse Sage. Elena vide zampillare una fontana riccamente ornata, con gli effervescenti spruzzi di goccioline in cima che formavano un arcobaleno. Tutt'intorno svolazzavano piccole farfalle multicolore, e si posavano sulle foglie della rigogliosa vegetazione del pergolato che cingeva con delicatezza la fontana.

Meredith, con il suo sangue freddo e la sua razionalità, non era lì, quindi Elena si conficcò le unghie nei palmi e gridò più forte e veloce che poté: «No! Il prossimo!».

Sage riprese a parlare. Elena si sforzò di ascoltare. «La Royal Radhika è un fiore che, secondo la leggenda, è stato rubato dalla Corte Celestiale molti millenni fa. Cambia forma».

Una cosa piuttosto facile da dire... Ma *vederla* dal vivo...

Elena osservò meravigliata una dozzina di grossi steli rampicanti, sormontati da sgargianti gigli del Nilo Bianco, che tremavano leggermente. Un attimo dopo si ritrovò a guardare un mazzo di viole con foglie di velluto e una goccia di rugiada che brillava su un petalo. Subito dopo, gli steli furono sormontati da splendide bocche di leone lilla, con la goccia di rugiada sempre al suo posto. Prima che potesse ricordare che non doveva allungare la mano e toccarle, le bocche di leone erano diventate sontuose rose rosse completamente aperte. Quando le rose si trasformarono in fiori dorati che non aveva mai visto, fu costretta a girarsi.

Andò a sbattere contro un petto nudo, mascolino, duro, mentre si sforzava di pensare in maniera realistica. Mezzanotte stava arrivando, e non in forma di rosa. Fell's Church aveva bisogno di tutto l'aiuto possibile e lei stava lì a fissare i fiori.

D'un tratto Sage la sollevò da terra e disse: «Che tentazione, soprattutto per un'amante della *beauté* come voi, *belle madame.* Che regola assurda impedirvi di coglierne solo un bocciolo! Ma esiste una cosa più alta e pura persino della bellezza, Elena. È la cosa che ha ispirato il vostro nome. In greco antico Elena significa "luce"! Le tenebre stanno arrivando in fretta. L'Ultima Perenne Mezzanotte! La bellezza non la terrà a bada; è una bagattella, un'inezia, inutile in tempi di disastri. Ma la *luce*, Elena, la *luce* vincerà le tenebre! Credo in questo come credo nel tuo coraggio, nella tua onestà e nel tuo cuore gentile e amorevole».

Detto ciò, la baciò sulla fronte e la mise giù.

Elena era stordita. Fra tutte le cose che sapeva, l'unica di cui fosse certa era che non poteva sconfiggere le tenebre che stavano arrivando. Non da sola.

«Ma tu non sei sola», mormorò Stefan. Elena si accorse che lui era proprio accanto a lei e che la sua mente doveva essere completamente aperta, perché proiettava i pensieri con chiarezza, come se li stesse esprimendo ad alta voce.

«Siamo tutti qui con te», disse Bonnie, con una voce che sembrava provenire da una persona due volte più grande di lei. «Non abbiamo paura del buio».

Ci fu una pausa, mentre tutti cercavano di non guardare Damon. Alla fine lui disse: «In qualche modo mi sono lasciato convincere a fare questa follia. Mi chiedo ancora come sia potuto succedere. Ma sono arrivato così lontano e non ho intenzione di tirarmi indietro adesso».

Sage si girò verso l'ultima porta, che subito s'illuminò. Non molto, comunque. Sembrava lo spazio ombreggiato sotto un albero dalla chioma molto ampia. Tuttavia, la cosa strana era che sul terreno non cresceva assolutamente niente. Non c'erano felci, né cespugli, né pianticelle, nemmeno gli onnipresenti rampicanti e i ciuffi d'erba. C'erano un po' di foglie morte per terra, ma il resto era solo sporcizia.

Sage disse: «Un pianeta abitato da una sola forma di vita corporea. Il Grande Albero che si estende sull'intera superficie terrestre. La sua chioma copre tutto tranne i laghi naturali d'acqua dolce di cui ha bisogno per sopravvivere».

Elena scrutò nel cuore di quel mondo crepuscolare. «Siamo arrivati così lontano e forse insieme... Forse possiamo trovare la sfera stellata che salverà la nostra città».

«Scegli questa porta?», chiese Sage.

Elena guardò il resto del gruppo. Sembravano tutti in attesa della sua conferma. «Sì. E subito. Dobbiamo sbrigarci». Appena fece per posarlo, il calice di vino le sparì dalle mani. Rivolse a Sage un sorriso di ringraziamento.

«A rigor di termini, non dovrei darvi nessun aiuto», disse Sage. «Ma se avete una bussola...».

Elena ne aveva una. L'aveva lasciata appesa allo zaino, perché la leggeva sempre per cercare di orientarsi.

Sage prese in mano la bussola e vi tracciò delicatamente una linea. La restituì a Elena, che scoprì che la bussola non puntava più a nord, ma a nordest. «Seguite la freccia», disse. «Vi condurrà al tronco del Grande Albero. Se dovessi indovinare dove si trova la più grande sfera stellata mai creata, andrei da questa parte. Ma state attenti! Altri hanno tentato di percorrere questo sentiero. I loro corpi ora nutrono il Grande Albero… come concime!».

Elena a stento sentì le sue parole. Il pensiero di dover perlustrare l'intero pianeta per trovare una sfera stellata l'aveva terrorizzata. Certo, forse era un mondo molto piccolo, come… Come…

Come la piccola luna simile a un diamante che hai visto brillare sul Mondo Sotterraneo?

La voce nella sua testa sembrava familiare, ma non del tutto. Guardò Sage, che sorrise. Poi si guardò attorno. Sembrava che tutti stessero aspettando che lei facesse il primo passo.

Lo fece.

13

«Vi abbiamo dato da mangiare e ci siamo presi cura di voi meglio che potevamo», disse Meredith, guardando i giovani volti tesi e spaventati, girati verso di lei nel seminterrato. «E ora c'è solo una cosa che vorrei chiedervi in cambio». Si sforzò di tener ferma la voce. «Vorrei sapere se qualcuno ha un cellulare che si connette a internet, o un computer ancora funzionante. Per favore, se anche solo *pensate* di sapere dove possa trovarne uno, vi *prego* di dirmelo».

La tensione era come una grossa corda elastica, che trascinava Meredith verso ciascuno di quei visi pallidi e stanchi, e li spingeva verso di lei.

Era un bene che lei fosse una persona paziente ed equilibrata. Subito si alzarono circa una dozzina di mani, e una bambina di cinque anni sussurrò: «La mia mamma ne ha uno. E anche il mio papà».

Seguì qualche secondo di silenzio, poi Meredith disse: «Qualcuno conosce questa bambina?» e una ragazzina più grande si affrettò a rispondere.

«Intende dire che ce li avevano prima che arrivasse l'Uomo Incendio».

«L'Uomo Incendio si chiama Shinichi?», chiese Meredith.

«Certo. A volte le punte rosse dei suoi capelli si alzavano sopra la testa e s'incendiavano».

Meredith archiviò quella piccola informazione sotto la voce "*Cose che non vorrei vedere mai, giuro, croce sul cuore*".

Poi cercò di levarsi quell'immagine dalla testa.

«Ragazzi, *per favore*, pensate. Me ne serve solo uno, un cellulare con l'accesso a internet che abbia ancora la batteria carica, ma *subito*. Un portatile o un fisso *che funzioni*, magari perché è collegato a un generatore che produce ancora elettricità. Serve una famiglia con un generatore domestico ancora in funzione. Allora?».

Stavolta le mani non si alzarono. Un ragazzo, forse di dieci, undici anni, che le pareva di aver riconosciuto come uno dei fratelli Loring, disse: «L'Uomo Incendio ci ha detto che i computer e i cellulari sono cose brutte. Per questo mio fratello ha fatto a pugni con mio padre. Ha buttato nel gabinetto tutti i cellulari che avevamo in casa».

«Ok. Ok, grazie. Ma c'è qualcuno che ha visto un cellulare o un computer in funzione? O un generatore domestico…».

«Ma sì, mia cara, io ne ho uno». La voce veniva dal pianerottolo in cima alle scale. La signora Flowers era lì, con indosso una tuta da ginnastica nuova. Stranamente, aveva in mano la sua voluminosa borsetta.

«Lei aveva… ha un generatore?», chiese Meredith, con un tuffo al cuore. Che spreco! E se fosse successo un disastro solo perché lei, Meredith, non aveva finito di leggere le sue ricerche? I minuti passavano, e se a Fell's Church fossero morti tutti, sarebbe stata colpa sua. Colpa *sua*. Non avrebbe potuto vivere con quel peso sulla coscienza.

Per tutta la vita Meredith si era sforzata di raggiungere uno stato di calma, concentrazione, equilibrio: l'altra faccia della medaglia rispetto alle abilità nel combattimento, acquisite grazie alle varie discipline che praticava. Ed era diventata molto abile a mantenere quello stato. Era una brava osservatrice, una brava figlia, una brava studentessa, nonostante facesse parte della cricca non certo tranquilla e posata di Elena. Le quattro amiche, Elena, Meredith, Bonnie e Caroline, combaciavano come i quattro pezzi di un puzzle, e a Meredith talvolta mancano i vecchi tempi e le loro avventure audaci, da ragazze prevaricatrici e pseudo-sofisticate, che in fondo non facevano male a nessuno, tranne che ai ragazzotti idioti che giravano intorno a loro come formiche a un picnic.

Guardandosi adesso, Meredith era disorientata. Chi era? Una ragazza ispanica chiamata come la migliore amica di sua madre al college. Una cacciatrice di vampiri con i canini da gattina, un gemello vampiro e un gruppo di amici di cui facevano parte anche Stefan, un vampiro, Elena, una ex-vampira, e forse un altro vampiro (anche se era molto restia a definire Damon un "amico").

Che altro dire?

Era una ragazza che cercava di fare del suo meglio per mantenere l'equilibrio e la concentrazione in un mondo impazzito. Era ancora sotto shock per ciò che aveva appreso sulla sua famiglia, e ora tremava per il bisogno di confermare un terribile sospetto.

"Smetti di pensare. *Basta*! Devi dire alla signora Flowers che la sua pensione è stata distrutta".

«Signora Flowers, riguardo alla sua pensione, devo dirle una cosa...».

«Perché non usi il mio BlackBerry prima?». La signora Flowers scese con cautela le scale del seminterrato, guardando dove metteva i piedi, e i bambini si separarono davanti a lei come le onde del Mar Rosso.

«Il suo...?», cominciò Meredith, con voce strozzata. La signora Flowers aveva aperto la sua borsa enorme e le stava offrendo un oggetto tutto nero e piuttosto voluminoso.

«È ancora carico», disse la vecchia signora mentre Meredith prendeva il BlackBerry fra le mani tremanti, come se stesse ricevendo un oggetto sacro. «L'ho appena acceso e funziona. E ora sto navigando in internet», disse con orgoglio.

Il mondo di Meredith era stato inghiottito da quel piccolo schermo grigiastro e antiquato. Vedendolo, si era così stupita ed eccitata che aveva quasi dimenticato perché ne avesse bisogno. Ma il suo corpo non si era lasciato distrarre. Le dita strinsero il BlackBerry; i pollici danzarono sulla mini-tastiera. Andò sulla sua pagina di ricerca preferita e digitò la parola "Orime". Uscirono parecchie pagine di risultati, soprattutto in giapponese. Poi sentì che le tremavano le ginocchia mentre digitava "Inari".

6.530.298 risultati.

Cliccò sul primo e vide una pagina web con una definizione. Le parole chiave sembravano saltarle addosso come avvoltoi.

Inari è la dea giapponese del riso... e delle volpi. All'ingresso dei templi a lei dedicati ci sono... le statue di due kitsune... un maschio e una femmina... entrambi con una chiave o un gioiello su una zampa o nella bocca... Questi spiriti-volpe sono i servitori e i messaggeri di Inari. Eseguono gli ordini della dea...

C'era anche la foto di un paio di statue di kitsune, sotto le sembianze di volpi. Ognuna aveva una zampa anteriore adagiata su una sfera stellata.

Tre anni prima, Meredith si era fratturata una gamba mentre era in vacanza a sciare con suo cugino sulle Blue Ridge Mountains. Si era schiantata contro un alberello. Nessuna arte marziale era riuscita a salvarla all'ultimo minuto; sapeva che stava sciando fuori pista e che avrebbe potuto imbattersi in qualsiasi cosa: neve farinosa, sporcizia, solchi ghiacciati. E, ovviamente, alberi. Era una sciatrice esperta, ma andava troppo veloce, guardava dalla parte sbagliata e l'ultima cosa che seppe fu che stava per prendere l'albero in pieno anziché schivarlo.

Adesso aveva la stessa sensazione del risveglio dopo quella testata contro l'albero. Lo shock, lo stordimento e la nausea erano peggiori del dolore. Il dolore poteva sopportarlo. Ma quel martellio nella testa, la nauseante consapevolezza di aver fatto un *grosso* errore, del quale avrebbe pagato le conseguenze, era insopportabile. In più c'era una strana sensazione di orrore per la certezza che le gambe non sarebbero state in grado di sorreggerla. Nel suo subconscio sentiva sempre le stesse inutili domande, del tipo: "Come ho potuto essere così stupida?" e "Dio, ti prego, posso premere il pulsante *annulla*?".

D'un tratto Meredith si accorse che la stavano sostenendo la signora Flowers e la sedicenne Ava Wakefield. Il cellulare era sul pavimento del seminterrato. A quanto pareva, doveva aver cominciato a perdere i sensi. Molti dei bambini piccoli stavano chiamando Matt a gran voce.

«No... Riesco a stare in piedi da sola...». La cosa che voleva di più al mondo era chiudere gli occhi e fuggire da quell'orrore. Voleva sedersi e rilassarsi, svuotare la mente, sparire...

Ma non poteva scappare. Aveva preso il bastone da combattimento; aveva assunto il compito di suo nonno. Qualsiasi essere sovrannaturale che minacciasse Fell's Church mentre lei era in carica come cacciatrice, era un suo problema. Purtroppo, una volta assunta quella carica, non ci si poteva tirare indietro.

Matt scese le scale borbottando e portando in braccio un bambino di sette anni, Hailey, che tremava di continuo per dei lievi attacchi epilettici.

«Meredith!». Lei avvertì l'incredulità nella sua voce. «Che c'è? Cosa hai scoperto, per l'amor di Dio?»

«Vieni qui... Guarda». Meredith ricordava sempre più dettagli che avrebbero dovuto far suonare dei campanelli d'allarme nella sua mente. Matt era già al suo fianco mentre ricordava Bonnie che descriveva per la prima volta Isobel Saitou.

«*Una ragazza tranquilla. Riservata. Timida. E... carina*».

E la prima visita a casa Saitou. L'orrore che la tranquilla, timida, dolce Isobel era diventata: la dea del piercing, sangue e pus che colavano da ogni buco. E quando avevano cercato di portare la cena alla povera, vecchia nonna, Meredith aveva notato distrattamente che la stanza di Isobel era proprio sotto quella della vecchia signora dal corpo minuto come quello di una bambola. Dopo aver visto Isobel piena di ferite auto-inflitte e in uno stato di evidente squilibrio mentale, Meredith aveva dedotto che le influenze maligne stessero cercando di trasferirsi di sopra, e in un angolino della sua mente si era preoccupata per la povera, vecchia nonna, piccola come una bambola. Ma era altrettanto probabile che il male stesse cercando di trasferirsi *di sotto*. Forse non era stato Jim Bryce a infettare Isobel con la pazzia del malach, dopotutto. Forse era stata *lei* a infettare *lui*, e lui l'aveva trasmessa a Caroline e a sua sorella.

E quel gioco per bambini! La canzoncina crudele che Obasaan-Inari-Obasaan aveva canticchiato. "*Volpi e tartarughe fecero una gara...*". E le sue parole: "*Da qualche parte, c'è un kitsune coinvolto in questa storia*". Per tutto il tempo aveva riso di loro, si era divertita! A proposito, era proprio da Inari-Obasaan che Meredith aveva sentito per la prima volta la parola "kitsune".

E c'era ancora una crudeltà che Meredith, in passato, aveva giustificato dando per scontato che Obasaan avesse la vista molto debole. Quella notte, Meredith e Bonnie erano di spalle alla porta, ed erano entrambe concentrate sulla "povera, decrepita nonnina". Ma Obasaan era l'unica di fronte alla porta, l'unica in grado di vedere – e di sicuro l'aveva vista – Isobel che arrivava di soppiatto alle spalle di Bonnie. E allora, proprio mentre la filastrocca crudele cantata dalla nonna consigliava a Bonnie di guardarsi alle spalle... Isobel se ne stava lì acquattata, pronta a leccare la fronte di Bonnie con la lingua rosa e biforcuta...

«Perché?», si sentì dire Meredith. «Perché sono stata così stupida? Come ho fatto a non accorgermene dall'inizio?».

Matt aveva recuperato il BlackBerry e stava leggendo la pagina web. Poi rimase fermo, immobile, con gli occhi azzurri spalancati. «Avevi ragione», disse, dopo un lungo momento di silenzio.

«Vorrei tanto sbagliarmi...».

«Meredith, Shinichi e Misao sono i *servitori* di Inari... Se quella vecchia signora è Inari, ci siamo dati da fare come pazzi per le persone sbagliate, per i suoi tirapiedi...».

«I dannati foglietti per gli appunti», disse Meredith con voce strozzata. «Quelli fatti da Obasaan. Sono inutili, difettosi. Tutti quei proiettili che ha benedetto non avrebbero dovuto funzionare... Ma forse li ha benedetti davvero... per gioco. Isobel è anche venuta da me e ha cambiato tutti i caratteri che sua nonna aveva fatto per le urne destinate a imprigionare Shinichi e Misao. Ha detto che Obasaan era quasi cieca. Ha lasciato una lacrima sul sedile della mia macchina. Non capivo per quale motivo avesse pianto».

«Io ancora non capisco. Lei è la nipote... Probabilmente è la terza generazione di un mostro!», esplose Matt. «Perché dovrebbe piangere? E perché i post-it funzionano?»

«Perché li ha fatti la madre di Isobel», disse in tono pacato la signora Flowers. «Caro Matt, dubito fortemente che quella vecchia donna sia imparentata con le Saitou. Essendo una divinità oppure una maga che ha preso quel nome in onore di una divinità ed essendo lei stessa una kitsune, di certo si è limitata a trasferirsi lì e a servirsi di loro. Isobel e sua madre non hanno avuto altra scelta che portare avanti la farsa per timore di ciò che la vecchia avrebbe potuto fare se non le avessero obbedito».

«Ma signora Flowers, quando io e Tyrone abbiamo tirato fuori quel femore dal boschetto, non ha detto che le Saitou facevano degli ottimi amuleti? E non ha detto che potevamo farci aiutare da loro a tradurre le parole sulle urne d'argilla ritratte nelle foto mandate da Alaric da quell'isola in Giappone?»

«Per quanto riguarda la mia fiducia nelle signore Saitou, be', devo fare delle piccole precisazioni», disse la signora Flowers. «Non potevo sapere che Obasaan fosse malvagia, e due di loro comunque sono buone e gentili. Ci hanno aiutato tantissimo, correndo grandi rischi per se stesse».

Meredith sentiva in bocca il sapore amaro della bile. «Isobel avrebbe potuto *salvarci.* Avrebbe potuto dire: "La mia finta nonnina in realtà è un demone"».

«Oh, mia cara Meredith, i giovani sono così inflessibili. Inari si è probabilmente insediata a casa loro quando Isobel era ancora una bambina. All'inizio sapeva solo che quella donna era una tiranna, con il nome di una divinità. Poi avrà assistito a delle dimostrazioni di potere... Mi chiedo cosa sia successo al marito di Orime, cosa l'abbia costretto a tornare in Giappone... sempre che sia davvero andato lì. Potrebbe anche essere morto. E poi Isobel è cresciuta: timida, tranquilla, introversa. Spaventata. Questo non è il Giappone; non ci sono altre sacerdotesse con cui confidarsi. E avete visto le conseguenze quando Isobel si è rivolta a qualcuno fuori dalla famiglia... al suo ragazzo, Jim Bryce».

«E a noi... Be', a te e Bonnie», disse Matt a Meredith. «Inari ha aizzato Caroline contro di voi».

Senza neppure accorgersene, cominciarono a parlare sempre più in fretta.

«Dobbiamo andare subito lì», disse Meredith. «Shinichi e Misao potranno essere quelli che porteranno l'Ultima Mezzanotte, ma è Inari che dà gli ordini. E chi può saperlo? Forse dispensa anche le punizioni. Non sappiamo quando sia grande la sua sfera stellata».

«Né *dove* sia», disse l'anziana donna.

«Signora Flowers», disse in fretta Matt, «è meglio che lei resti qui con i ragazzi. Ava è affidabile... e dov'è Jacob Lagherty?»

«Eccomi», disse un ragazzo che sembrava avere più di quindici anni. Era alto quanto Matt, ma dinoccolato.

«Okay. Ava, Jake, siete al comando sotto la signora Flowers. Lasceremo anche Saber con voi». Il cane aveva un grande successo fra i ragazzi e si comportava benissimo, anche quando i più piccoli gli mordevano la coda. «Dovete solo obbedire alla signora Flowers e...».

«Matt, caro, io non resterò qui. Ma Saber e Talon di sicuro contribuiranno a proteggerli».

Matt rimase a fissarla con uno sguardo duro. Meredith sapeva cosa stava pensando. La signora Flowers, che si era dimostrata così fidata fino a quel momento, aveva intenzione di andarsi a nascondere da sola? Li stava abbandonando?

«E ho bisogno che uno di voi prenda la macchina e mi accompagni a casa Saitou. Presto! Ma l'altro può rimanere qui e proteggere i bambini».

Meredith era al tempo stesso sollevata e preoccupata, ed era evidente che anche Matt lo fosse.

«Signora Flowers, ci sarà da *combattere*. Potrebbero ferirla o prenderla in ostaggio…».

«Caro Matt, questa è la *mia* battaglia. La mia famiglia ha vissuto a Fell's Church per generazioni, fin dai tempi dei pionieri. Credo di essere nata per combattere questa battaglia. Di sicuro sarà l'ultima, data la mia età».

Meredith la fissò a bocca aperta. Nella luce incerta del seminterrato, la signora Flowers all'improvviso sembrava un'altra persona. La sua voce era cambiata. Anche il suo corpo minuto sembrava diverso, per la posizione che aveva assunto: salda sulle gambe, schiena dritta e fronte alta.

«Ma *come* combatterà?», chiese Matt, sbalordito.

«Con questa. Me l'ha lasciata quel simpatico giovanotto, Sage, con una nota di scuse per aver usato la sfera stellata di Misao. Ero piuttosto brava con queste, da ragazza». La signora Flowers tirò fuori dalla sua borsa capiente un oggetto lungo e sbiadito, che si rivelò piuttosto sottile man mano che lo srotolava. Poi lo fece roteare e lo lanciò verso uno spazio sgombro del seminterrato, producendo un forte schiocco. L'oggetto colpì una pallina da pingpong, vi si arrotolò attorno e la riportò nella mano aperta della vecchia signora.

Una frusta per tori. Fatta di un materiale argentato. Senza dubbio magica. Perfino Matt sembrava intimorito.

«Perché non chiediamo ad Ava e Jake di insegnare ai bambini a giocare a ping-pong mentre siamo via? E dobbiamo proprio andare, miei cari. Non c'è un minuto da perdere. *Mama* dice che sta arrivando una tragedia terribile».

Meredith era rimasta a guardare, giacché si sentiva confusa come Matt. Ma a quel punto disse, «Anch'io ho un'arma». Prese il bastone e disse, «Sono una combattente, Matt. Ava, affido a te i bambini. Prenditene cura».

«E a me», disse Jacob, e dimostrò subito che il suo contributo sarebbe stato utile aggiungendo: «Non è un'ascia quella appesa vicino alla caldaia?».

Matt corse a prenderla. Meredith capì quello che stava pensando dalla sua espressione: "Sì! Un'ascia pesante, un po' arrugginita ma ancora molto tagliente". Se i kitsune avessero mandato a combattere piante o oggetti di legno contro di loro, lui era armato.

La signora Flowers si era già diretta alle scale del seminterrato. Meredith e Matt si scambiarono un rapido sguardo e la raggiunsero di corsa.

«Prendi il SUV di tua madre. Io mi siedo dietro. Sono ancora un po'... be', stordita, immagino». A Meredith non piaceva ammettere una debolezza personale, ma era sempre meglio che andare a sbattere con la macchina.

Matt annuì ed ebbe la delicatezza di non fare commenti sul perché si sentisse così stordita. Lei ancora non riusciva a credere alla propria stupidità.

La signora Flowers disse solo una cosa. «Matt, caro, infrangi il codice della strada».

14

Elena si sentiva come se nella vita non avesse fatto altro che camminare sotto la volta alta e ombrosa dei rami. Non faceva freddo, ma l'aria era fresca. Non era buio, ma c'era poca luce. Non camminavano più sotto gli eterni raggi cremisi del gonfio sole rosso della prima Dimensione Oscura, ma in un crepuscolo senza fine. Era inquietante alzare lo sguardo al cielo e non trovare mai la luna, né i satelliti e i pianeti che dovevano essere lassù. Al posto del cielo c'era un groviglio di rami, così fitti, folti e intricati che occupavano ogni pezzetto della volta celeste.

Era assurdo pensare che forse si trovavano sulla piccola luna, luminosa come un diamante, che si vedeva dall'esterno della Guardiola del Mondo Sotterraneo? Non era troppo piccola per avere un'atmosfera? O anche una vera e propria gravità? Aveva notato che si sentiva più leggera lì e che anche le falcate di Bonnie sembravano abbastanza lunghe. Poteva forse...? Tese le gambe, lasciò la mano di Stefan e *saltò*.

Fu un lungo salto, ma non arrivò vicino alla volta dei rami intrecciati là in alto. E non riuscì nemmeno a fare un atterraggio pulito. Volando sfiorò con i piedi un tappeto di foglie che si erano accumulate per millenni, poi cadde e slittò sul sedere per circa un metro prima di riuscire a fermarsi affondando le dita e i piedi nel terreno.

«Elena! Tutto bene?». Alle sue spalle, sentì Stefan e Bonnie che la chiamavano e un rapido e impaziente messaggio telepatico da parte di Damon. *Sei pazza?*

«Stavo cercando di capire dove siamo con un test della forza di gravità», disse, alzandosi da sola e spazzolando via le foglie dai jeans, mortificata. Dannazione! Le foglie le erano rimaste attaccate alla maglietta e le si erano anche infilate nella canottiera. Avevano lasciato la maggior parte delle pellicce alla Guardiola, perché le custodisse Sage, ed Elena non aveva nemmeno dei vestiti di ricambio. Si disse con rabbia che era stata una mossa veramente stupida. Imbarazzata, cercò di scuotersi mentre camminava, per far cadere dalla canottiera le foglie sbriciolate. Alla fine fu costretta a dire: «Ehi, aspettate un attimo. Ragazzi, potete girarvi dall'altra parte? Bonnie, potresti venire qui ad aiutarmi?». Bonnie l'aiutò volentieri ed Elena trovò sorprendente che ci volesse tanto tempo a ripulirle la schiena da quella robaccia.

La prossima volta che vuoi un parere scientifico, prova a chiedere, fu il commento sprezzante che Damon le mandò con la telepatia. Ad alta voce, aggiunse: «Direi che questo posto ha l'otto per cento di gravità della Terra e potremmo benissimo essere su una luna. Non è importante. Se Sage non ci avesse aiutato con la bussola, non saremmo mai riusciti a trovare il tronco dell'albero… perlomeno non in tempo».

«E non dimenticare», disse Elena, «che l'idea che la sfera stellata si trovi vicino al tronco è solo un'ipotesi. Dobbiamo tenere gli occhi aperti!».

«Ma cosa dovremmo cercare?». Una volta Bonnie l'avrebbe detto in tono lamentoso. Ora si limitò a fare una domanda in tono pacato.

«Be'…», Elena si girò verso Stefan. «Luccicherà, vero? In quest'orribile penombra».

«In quest'orribile penombra color verde mimetico», concordò Stefan, «dovrebbe apparire come una luce intensa e leggermente instabile».

«Mettiamola così», disse Damon, facendo qualche passo indietro e abbagliandoli per un secondo con il suo radioso sorriso. «Se non seguiamo il suggerimento di Sage, non troveremo mai il tronco. Se proviamo a vagare a caso su questo mondo, non troveremo mai *niente*, nemmeno la strada per tornare a casa. Prima di tutto, noi vampiri smetteremo di comportarci in modo civile, giacché l'inedia…».

«Stefan non lo farebbe mai», gridò Elena, e Bonnie disse: «Sei cattivo quanto Shinichi, con le sue "rivelazioni" su di noi!».

Damon abbozzò un sorriso. «Se fossi cattivo quanto Shinichi, piccolo pettirosso, saresti già bucherellata come un brik di succo di frutta vuoto… Oppure sarei rimasto seduto con Sage, a godermi il Black Magic…».

«Senti, lascia perdere, non la spunterai mai», disse Stefan.

Damon finse simpatia. «Forse tu hai qualche… problema… nelle parti alte, ma io no; i miei canini sono a posto, fratellino». Mantenne deliberatamente il sorriso, così che tutti potessero vedere quanto fossero appuntiti i suoi canini.

Stefan non intendeva lasciarsi punzecchiare. «E vuoi rallentarci perché…».

«Sbagliato, fratellino. Alcuni di noi padroneggiano l'arte di camminare e parlare allo stesso tempo».

«Damon, smettila! *Falla finita*!», disse Elena, massaggiandosi la fronte bollente con le dita fredde.

Damon scrollò le spalle, continuando a indietreggiare. «Bastava che tu me lo *chiedessi*», disse, ponendo una leggera enfasi sulla terza parola.

Elena non rispose. Si sentiva la febbre.

Non si trattava solo di camminare in linea retta. Spesso si imbattevano in enormi cumuli di radici nodose ed erano costretti a scalarli. Talvolta Stefan scavava dei gradini con l'ascia che aveva nello zaino.

Elena aveva cominciato a odiare più di ogni altra cosa quella mezza-luce verde scuro. Provocava illusioni ottiche, proprio come i suoni attutiti dei loro passi sul terreno cosparso di foglie provocavano illusioni uditive. Si fermò molte volte. Si fermò anche Stefan, una sola volta, per dire: «C'è qualcun altro qui! Ci sta seguendo!».

Ogni cinque minuti dovevano fermarsi per ascoltare il minimo fruscio.

Stefan e Damon inviarono sonde telepatiche di Potere più lontano che potevano, in cerca di un'altra mente. Ma o si era camuffata così bene da diventare invisibile o non esisteva per niente.

Elena, a un certo punto, si sentì come se per tutta la vita non avesse fatto altro che camminare e che avrebbe continuato così fino alla fine dei tempi, ma, proprio allora, Damon si fermò di colpo. Bonnie, dietro di lui, trattenne il respiro. Elena e Stefan corsero avanti per vedere cosa avesse trovato.

Ciò che Elena vide la spinse a dire, con voce tremante: «Penso che forse abbiamo oltrepassato il tronco e abbiamo... trovato... la fine...».

Davanti a lei e fin dove poteva spingere lo sguardo, c'era l'oscurità dello spazio tempestato di stelle. Ma un immenso pianeta e due grosse lune, una fatta di vortici blu e bianchi, l'altra argentata, inghiottivano la luce delle stelle.

Mentre Stefan le teneva la mano, condividendo con lei quel momento di stupore, un formicolio le corse dalle braccia fino alle ginocchia, che cominciarono a tremarle all'improvviso, a causa del semplice, leggerissimo contatto delle loro dita.

Poi Damon disse in tono caustico: «Guardate *su*».

Elena alzò lo sguardo e restò senza fiato. Per un istante perse completamente l'equilibrio. Lei e Stefan si abbracciarono d'istinto. E poi Elena capì cosa stavano guardando, in alto e in basso.

«È acqua», disse, fissando il lago che si estendeva davanti a loro. «Uno di qui laghi d'acqua dolce di cui ci ha parlato Sage. E non c'è una sola increspatura. Non un alito di vento».

«Ma sembra che ci troviamo sulla luna più piccola», disse con voce mite Stefan, guardando suo fratello con aria di finta innocenza.

«Be', sì, direi che c'è qualcosa di *estremamente* pesante nel nucleo di questo satellite che genera gli otto decimi di gravità che stiamo sperimentando, e che permette alla luna di conservare l'atmosfera... Ma chi se ne importa della logica? Abbiamo raggiunto questo satellite attraverso il Mondo Sotterraneo. Perché dovrebbe essere necessario applicare la logica?». Guardò Elena con gli occhi leggermente socchiusi e stanchi.

«Dov'è la terza? Quella sempre seria?».

La voce veniva da dietro di loro... Almeno era ciò che credeva Elena. Si voltò – anzi, tutti distolsero lo sguardo da quello spettacolo di luce che splendeva nella semi-oscurità. Delle lucine continuarono a brillare e danzare davanti ai suoi occhi.

Solenne Meredith; ridente Bonnie;
ed Elena dai capelli d'oro.
Bisbigliano e poi tacciono...
Complottano e più non me ne curo...
Ma devo avere Elena,
Elena dai capelli d'oro...

«Be', non mi avrai», gridò Elena. «E comunque hai recitato quella poesia[1] in modo completamente sbagliato. Me la ricordo perché l'ho studiata al corso di letteratura del primo anno. *E tu sei pazzo!*». Anche se era sopraffatta dalla rabbia e dalla paura, si preoccupava per Fell's Church. Se Shinichi era lì con loro, poteva provocare l'Ultima Mezzanotte nella sua città? O Misao poteva farla scattare con un languido gesto della mano?

«Ma io ti *avrò*, Elena dorata», disse il kitsune.

Stefan e Damon scattarono all'attacco. «È qui che ti sbagli, Shinichi», disse Stefan. «Tu non toccherai di nuovo Elena, mai e poi mai».

«Devo fare un tentativo. Avete preso tutto il resto».

Il cuore di Elena martellava. "Se deve dire delle cose sensate, le dirà a me", pensò. «Non dovresti prepararti per l'Ultima Mezzanotte, Shinichi?», chiese in tono amichevole, tremando dentro di sé al pensiero che rispondesse: «È già finita».

«*Lei* non ha bisogno di me. Non proteggerà Misao. Perché dovrei aiutar*La*?».

[1] *The Children's Hour* di Henry Wadsworth Longfellow.

Per un attimo Elena non riuscì a parlare. Lei? *Lei*? Oltre a Misao, quale altra donna poteva essere coinvolta in tutto ciò?

Damon aveva tirato fuori una balestra, con un dardo già caricato. Ma Shinichi continuò a divagare.

«Misao non si può più muovere. Aveva messo tutto il suo Potere nella sfera stellata, capite. Non rideva mai e non cantava più... non complottava più con me. Stava solo lì... seduta. Alla fine mi ha chiesto che la prendessi dentro di me. Pensava che così saremmo diventati una cosa sola. Così si è dissolta e si è unita a me. Ma non è servito a niente. Adesso... Riesco a malapena a sentirla. Sono venuto a prendere la mia sfera stellata. Ho sempre usato la sua energia per viaggiare tra le dimensioni. Se metto Misao nella mia sfera stellata, si riprenderà. Poi la nasconderò di nuovo, ma non dove l'ho lasciata l'ultima volta. La metterò *più in alto*, dove nessuno la troverà mai». Sembrava troppo concentrato sui suoi ascoltatori. «Quindi immagino che in questo momento vi stiamo parlando insieme, io e Misao. Però mi sento così solo... non riesco proprio a *sentirla*».

«Non toccherai Elena», disse con calma Stefan.

Damon, quando Shinichi aveva detto che avrebbe nascosto la sfera stellata *più in alto*, aveva lanciato uno sguardo torvo al resto del gruppo.

«Vai avanti, Bonnie, non ti fermare», aggiunse Stefan. «Anche tu, Elena. Vi raggiungeremo».

Elena aspettò che Bonnie si allontanasse un po' prima di dire con la telepatia: *Non possiamo separarci, Stefan; abbiamo solo una bussola.*

Attenta, Elena! Ti può sentire!, disse Stefan, e Damon aggiunse brusco: *Stai zitta!*

«È inutile che le diciate di stare zitta», disse Shinichi. «Siete dei pazzi se pensate che io riesca a prendere semplicemente i pensieri dalle vostre menti. Non credevo che foste così stupidi».

«Non siamo stupidi», si accalorò Bonnie.

«No? Allora riuscite a capire i miei indovinelli?».

«Non è proprio il momento», sbottò Elena. Fu un errore, perché riportò di nuovo su di lei l'attenzione di Shinichi.

«Hai detto loro di quello che pensi sulla tragedia di Camelot, Elena? No, non pensavo che ne avresti avuto il coraggio. Glielo direi io, allora, posso? Mi limiterò a leggere il tuo diario».

«No! *Non puoi* aver letto il mio diario! *Comunque... quello che c'è scritto non è più valido!*», strillò furiosa Elena.

«Vediamo... queste sono parole tue». Assunse un tono da lettura. «Caro diario, uno degli indovinelli di Shinichi riguardava le mie riflessioni su Camelot. Sai, la leggenda di Re Artù, della regina Ginevra e del cavaliere di cui era innamorata, Lancillotto. Ecco cosa penso. Tante persone innocenti sono morte e hanno sofferto perché tre persone egoiste – un re, una regina e un cavaliere – non si comportavano in modo civile. Non capivano che più ami, più trovi persone da amare. Ma quei tre non riuscivano ad arrendersi all'amore e non volevano condividere... tutti e tre...».

«Zitto!», strillò Elena. «*Stai zitto*!».

Mio Dio, disse Damon, *la mia vita mi è appena sfuggita di mano.*

Anche la mia. Stefan sembrava sconcertato.

Dimenticate tutto e basta, disse Elena. *Non è più vero. Stefan, sono tua per sempre, e lo sono sempre stata. E adesso dobbiamo liberarci di questo bastardo e* correre *a cercare il tronco.*

«Io e Misao lo facevamo sempre», disse Shinichi. «Parlavamo fra noi, senza farci sentire, su una frequenza speciale. Senza dubbio sei una brava manipolatrice, Elena, perché riesci a impedire che si uccidano l'un l'altro per te».

«Sì, è una frequenza speciale che io chiamo "verità"», disse Elena. «Ma come manipolatrice non sono brava neanche la metà di quanto lo è Damon. Ora deciditi: o ci attacchi o ci lasci andare. Andiamo di fretta!».

«Attaccarvi?». Sembrava che Shinichi stesse ponderando l'idea. E poi, troppo veloce perché Elena potesse seguirlo con lo sguardo, assalì Bonnie. I vampiri, che si aspettavano che cercasse di prendere Elena, furono presi alla sprovvista, ma lei, che aveva visto il guizzo nei suoi occhi verso la ragazza più debole, si era già precipitata verso di lui. Shinichi si tirò indietro così in fretta che Elena si ritrovò diretta verso le sue gambe, ma poi capì che avrebbe potuto fargli perdere l'equilibrio. Cercò di dargli una testata sulla rotula, mentre gli conficcava a fondo il pugnale nel piede.

Perdonami, Bonnie, pensò, prevedendo la reazione del kitsune. Era la stessa cosa che aveva fatto fare a Damon quando era la sua marionetta e teneva Elena e Matt in ostaggio. Solo che lui non aveva bisogno di un ramo di pino per dirigere il dolore. Strali di energia nera eruppero dalle sue mani e si riversarono nel piccolo corpo di Bonnie.

Ma c'era un altro elemento che il kitsune non aveva preso in considerazione. Quando aveva costretto Damon ad attaccare Matt ed Elena, aveva avuto il buonsenso di tenersi lontano da loro mentre li torturava. Stavolta aveva afferrato Bonnie e l'aveva stretta fra le braccia. E anche Bonnie aveva eccellenti doti telepatiche. Soprattutto sapeva proiettare pensieri e stati d'animo. Quando la colpì la prima ondata di dolore, gridò... e reindirizzò la sofferenza verso Shinichi.

Era come un circuito chiuso. Il dolore di Bonnie non diminuiva, ma Shinichi sentiva nel proprio corpo tutto ciò che le faceva, amplificato dal suo terrore. Fu in questo microsistema che Elena andò a sbattere con tutte le sue forze. Nell'impatto fra la sua testa e il ginocchio del kitsune, si spezzò qualcosa, probabilmente la rotula giacché era la più fragile tra le due. Stordita, si concentrò nel rigirare il coltello che aveva conficcato nel terreno *attraverso* il piede di Shinichi.

Non avrebbe funzionato se non avesse avuto alle spalle due vampiri molto agili. Shinichi, infatti, non era caduto, e la posizione di Elena gli avrebbe permesso di spezzarle il collo con estrema facilità.

Ma Stefan era solo un microsecondo dietro di lei. La afferrò e la mise fuori dalla sua portata prima che il kitsune si rendesse conto della situazione.

«Lasciami andare», gli disse Elena ansimando. Era decisa a liberare Bonnie. «Ho lasciato il mio coltello», aggiunse astutamente, trovando un motivo più concreto per convincere Stefan a farla tornare nella mischia.

«Dove?»

«Nel suo piede, ovviamente».

Notò che Stefan si stava sforzando di non ridere. «Penso che stia bene lì. Prendi uno dei miei», aggiunse.

Se avete finito di chiacchierare, potreste liberarvi delle sue code, fu il freddo messaggio telepatico di Damon.

In quel momento Bonnie svenne, ma i suoi circuiti telepatici restarono aperti e diretti verso Shinichi. Intanto Damon era partito all'attacco, come se non gliene importasse nulla dell'incolumità di Bonnie, fintanto che poteva usarla per arrivare a Shinichi.

Stefan, veloce come un serpente, si gettò su una delle numerose code che ondeggiavano dietro il kitsune, manifestando il suo straordinario Potere. La maggior parte erano traslucide e circondavano la vera coda. La coda di carne e sangue di cui ogni volpe era dotata.

Stefan tirò un fendente con il coltello e una delle code fantasma cadde a terra e scomparve. Non c'era sangue, ma Shinichi gemette di rabbia e di dolore.

Intanto Damon sferrava implacabili attacchi frontali. Mentre Stefan lo distraeva alle spalle, Damon tagliò entrambi i polsi di Shinichi – uno con un colpo fulmineo verso l'alto, l'altro con un fendente altrettanto rapido verso il basso. Poi cercò di infliggergli una pugnalata allo stomaco proprio nell'istante in cui Stefan, tenendo Elena al suo fianco come una bimba, gli tagliava un'altra coda fantasma.

Elena si dibatteva. Temeva sul serio che Damon potesse *uccidere* Bonnie per arrivare a Shinichi. E inoltre, non voleva essere sballottata qua e là come un bagaglio! Ogni segno di civiltà intorno a lei era andato in pezzi, così reagì per puro istinto: proteggere Stefan, proteggere Bonnie, proteggere Fell's Church. *Abbattere* il nemico. In quello stato di sovraeccitazione, senza rendersene conto, aveva conficcato i denti, sfortunatamente ancora umani, nella spalla di Stefan.

Lui trasalì leggermente, ma l'ascoltò. *Va bene! Allora cerca di prendere Bonnie, vedi se riesci a calmarla.*

La lasciò andare appena Shinichi si girò per affrontarlo, canalizzando su di lui il dolore oscuro che aveva già usato sulla terra contro Matt ed Elena, facendoli cadere in preda a violenti attacchi di convulsioni.

Elena, appena fu libera, notò che tutti stavano facendo un mezzo giro, come per aiutarla, e di colpo vide un'opportunità. Quando tentò di afferrare il corpo esanime di Bonnie, Shinichi lo lasciò cadere fra le sue braccia.

Le parole di Stefan echeggiavano nella sua testa. *Prendi Bonnie. Vedi se riesci a calmarla.*

Be', aveva preso Bonnie. Il suo buonsenso le fece cogliere un altro messaggio dai due ordini di Stefan: *Allontanala da Shinichi. È un ostaggio d'incalcolabile valore.*

Elena scoprì di avere ancora voglia di urlare dalla rabbia. Doveva portare al sicuro Bonnie, ma ciò significava lasciare Stefan, il dolce Stefan, alla mercé di Shinichi. Sgattaiolò via con Bonnie, piccola e leggera fra le sue braccia, girandosi un istante a guardare Stefan. Aveva la fronte leggermente aggrottata per la concentrazione e non solo non era sopraffatto dal dolore, ma stava continuando ad attaccare.

Tuttavia la testa di Shinichi era in fiamme. Le punte scarlatte dei suoi capelli neri si erano incendiate, come per esprimere la sua ostilità e la certezza della vittoria. Si stava incoronando con una ghirlanda di fiamme, un'aureola infernale.

La rabbia che Elena provava a quella vista si trasformò in una serie di brividi lungo la schiena mentre osservava un evento al quale la maggior parte della gente non sarebbe mai sopravvissuta abbastanza a lungo per poterlo analizzare: due vampiri che attaccavano insieme, muovendosi in perfetta sincronia. C'era in loro la ferocia primordiale di una coppia di uccelli rapaci o di lupi, ma c'era anche la straordinaria bellezza di due creature che agivano come un corpo solo, unificato. Il distacco nelle espressioni di Damon e Stefan suggeriva che quello era un combattimento all'ultimo sangue. Di tanto in tanto Stefan corrugava la fronte e Damon sorrideva malevolo, probabilmente perché Shinichi stava colpendo ora l'uno ora l'altro con il suo bruciante Potere oscuro. Ma il kitsune non stava giocando con deboli esseri umani. Erano entrambi vampiri, con corpi che guarivano quasi all'istante, e si erano appena nutriti... di *lei*, Elena. Era il suo sangue straordinario a carburarli.

"Quindi io sto già partecipando alla lotta", pensò Elena. "Li sto aiutando". Quel pensiero riuscì a placare la ferocia che quel combattimento senza esclusione di colpi suscitava in lei. Rovinare la perfetta sincronia con cui i due vampiri si stavano occupando di Shinichi sarebbe stato un crimine, soprattutto perché fra le braccia aveva ancora il corpo esanime di Bonnie.

"Come umane, saremmo solo di peso", pensò. "E Damon non esiterebbe a dirmelo, anche se vorrei tanto mandare a segno almeno un colpo".

Bonnie, su, Bonnie, pensò. *Appoggiati a me. Dobbiamo allontanarci.* Prese la ragazza sotto le ascelle e la trascinò. Tornò nell'oscurità olivastra che si estendeva in tutte le direzioni. Quando inciampò su una radice e cadde a sedere, decise di essersi allontanata abbastanza, e si sistemò Bonnie in grembo.

Poi mise le mani a coppa intorno al visino a cuore della ragazza e pensò alle cose più tranquillizzanti che riuscisse a immaginare. Un tuffo freddo a Warm Springs. Un bagno caldo a casa di Lady Ulma, seguito da un massaggio a quattro mani, mentre si asciugava, comodamente distesa su un divano, con il profumo d'incensi floreali che si levava intorno a lei. Fare le coccole a Saber nel salottino della signora Flowers. Il puro piacere di andare a dormire tardi e svegliarsi nel proprio letto... con i suoi genitori e sua sorella in casa.

A quest'ultimo pensiero, Elena non riuscì a trattenere un sospiro e le cadde una lacrima sulla fronte di Bonnie. Le ciglia della sua amica fremettero, mentre apriva gli occhi.

«Su, non essere triste», sussurrò. «Elena?»

«Ti ho presa, e nessuno ti farà di nuovo del male. Senti ancora dolore?»

«Un poco. Ma riuscivo a sentirti, nella mia mente, e questo mi ha fatto sentire meglio. Vorrei una pizza e un bel bagno caldo. E vorrei tenere in braccio la piccola Adara. Ha quasi imparato a parlare, sai. Elena... non mi stai ascoltando!».

Infatti, non l'ascoltava. Stava osservando l'epilogo del combattimento fra Stefan, Damon e Shinichi. I vampiri avevano sopraffatto il kitsune e stavano bisticciando su di lui come una coppia di uccellini su un verme particolarmente gustoso. O forse come una coppia di piccoli draghi. Elena non era sicura che gli uccelli sibilassero uno contro l'altro.

«Oh, no... puah!». Bonnie vide quello che Elena stava guardando e si accasciò, nascondendo la testa contro la sua spalla. "Ok", pensò Elena. "Ho capito. Non c'è traccia di ferocia in te, Bonnie, non è vero? Un po' di malizia, ma nulla di simile alla sete di sangue. Ed è una cosa buona".

Mentre Elena pensava a questo, Bonnie si alzò a sedere di scatto, urtandole il mento, e indicò qualcosa in lontananza. «Aspetta!», gridò. «La vedi anche tu?».

Bonnie stava indicando una luce molto forte, che s'intensificava ogni volta che i vampiri trovavano un punto di loro gradimento sul corpo di Shinichi e si tuffavano insieme per azzannarlo.

«Resta qui», disse Elena, con la voce un po' impastata, perché, quando Bonnie le aveva urtato il mento, si era morsa la lingua. Tornò di corsa dai vampiri e li colpì sulla testa più forte che poteva. Doveva ottenere la loro attenzione prima che si perdessero completamente nella frenesia del pasto.

Ovviamente il primo a staccarsi fu Stefan, e poi lo aiutò ad allontanare Damon dal suo nemico sconfitto.

Damon ringhiò e cominciò a camminare in tondo, senza mai

perdere di vista il kitsune sfinito che lentamente si alzava a sedere. Elena notò delle macchie di sangue sparse tutt'attorno. Poi la vide, infilata nella cintura di Damon, lucida, nera, con la punta cremisi: la vera coda di Shinichi.

La ferocia svanì... in fretta. Elena avrebbe voluto nascondere il viso contro la spalla di Stefan, invece lo sollevò per ricevere un bacio. Stefan l'accontentò.

Poi Elena indietreggiò, formando un triangolo con Damon e Stefan intorno a Shinichi.

«Non pensare nemmeno di attaccare», disse allegramente Damon.

Shinichi abbozzò una debole alzata di spalle. «Attaccarvi? A che scopo? Non avete nulla a cui tornare, anche se muoio. I bambini sono stati programmati per uccidere. Ma...», si accalorò all'improvviso, «vorrei non essere mai venuto nel vostro dannato paesino... e vorrei non aver mai obbedito ai *suoi* ordini. Vorrei non aver mai permesso a Misao di avvicinarsi a *Lei*! Vorrei che non avessimo...». Smise di parlare di colpo. No, era qualcosa di più, pensò Elena. Si raggelò, fissando il vuoto con gli occhi spalancati. «Oh, no», mormorò. «Oh, no, non parlavo sul serio! Non intendevo quello! Io non ho rimpianti...».

Elena avvertì qualcosa che veniva verso di loro con incredibile velocità, ed era così rapida, infatti, che ebbe appena il tempo di aprire la bocca prima che colpisse Shinichi. Qualunque cosa fosse, lo uccise e passò oltre, senza toccare nessun altro.

Shinichi cadde faccia a terra nel fango.

«Lascia stare», disse a bassa voce Elena, quando Stefan di riflesso si chinò verso il cadavere. «È morto. È solo colpa sua».

«Ma come?», chiesero in coro Damon e Stefan.

«Non sono io l'esperta», disse Elena. «Meredith è preparata su queste cose. Ma mi ha detto che ci sono solo tre modi per uccidere un kitsune: distruggendo la sua sfera stellata, sparandogli con un proiettile benedetto o... con il "Peccato del Rimorso". Io e Meredith non sapevamo cosa fosse all'epoca... era ancora prima che entrassimo nella Dimensione Oscura. Ma penso che lo abbiamo appena visto in azione».

«Quindi se sei un kitsune, qualunque cosa tu faccia, non puoi mai pentirtene? Dev'essere... dura», disse Stefan.

«Niente affatto», disse seccamente Damon. «Anche se, nel caso la regola si fosse applicata ai vampiri, tu saresti morto in modo definitivo subito dopo esserti svegliato nella cripta di famiglia».

«Ancora prima», disse Stefan in tono vacuo. «Quando stavo per morire, già mi pentivo di averti inferto un colpo mortale. Hai sempre detto che mi lascio sopraffare dal senso di colpa, ma darei davvero la vita se potessi cancellare ciò che ho fatto».

Seguì un lungo silenzio, che nessuno osava infrangere. Damon era davanti a loro, così solo Bonnie poteva vedere la sua espressione.

D'un tratto Elena afferrò la mano di Stefan. «Abbiamo ancora una possibilità!», gli disse. «Io e Bonnie abbiamo visto brillare qualcosa da quella parte! Presto!». Cominciarono a correre, oltrepassando Damon, e Stefan afferrò anche la mano di Bonnie. «Come il vento, Bonnie!».

«Ma siccome Shinichi è morto... be', dobbiamo proprio trovare la sua sfera stellata o la sfera più grande del mondo, o qualunque cosa sia nascosta in questo posto orribile?», chiese Bonnie. Una volta si sarebbe lamentata, pensò Elena. Ora, nonostante il dolore, correva.

«Dobbiamo trovarla, temo», disse Stefan. «Perché, stando alle sue parole, Shinichi non era al vertice della piramide, dopotutto. Lui e sua sorella lavoravano per qualcuno, una donna a quanto pare. E, chiunque essa sia, forse sta attaccando Fell's Church in questo stesso momento».

«I pronostici sono appena cambiati», disse Elena. «Non sappiamo chi sia il nostro nemico».

«Tuttavia...»

«I giochi», disse Elena, «sono chiusi».

15

Matt infranse molte regole stradali guidando verso il quartiere delle Saitou. Meredith si appoggiò alla consolle fra i due sedili anteriori per tenere d'occhio l'orologio che ticchettava a precipizio verso la mezzanotte e osservare la trasformazione della signora Flowers. La sua mente, che di recente aveva riacquistato buonsenso e saggezza, la spinse a parlare. «Signora Flowers, sta cambiando».

«Sì, Meredith, cara. In parte a causa del regalino che Sage mi ha lasciato. In parte perché lo voglio... Voglio tornare ai giorni in cui ero nel pieno rigoglio delle forze. Credo che questa sarà la mia ultima battaglia, quindi non ho paura di profondervi tutte le mie energie. Bisogna salvare Fell's Church».

«Ma... Signora Flowers... la gente di qui... be', non è stata sempre... molto gentile...», farfugliò Matt, interrompendosi.

«La gente di qui è come quella di qualsiasi altro posto», disse in tono pacato la signora Flowers. «Trattala come vorresti essere trattato tu e le cose andranno bene. È stato solo quando mi sono concessa di diventare una vecchia amareggiata e solitaria, piena di risentimento perché, per far quadrare i conti, ero stata costretta a trasformare la mia casa in una pensione, che la gente ha cominciato a trattarmi... be', nel migliore dei casi come una vecchia, stramba megera».

«Oh, signora Flowers... e noi che le abbiamo procurato così tanti fastidi!». Meredith si ritrovò a parlare senza volerlo.

«Siete stati la mia salvezza, ragazzi. Il caro Stefan è stato l'inizio, ma come potete immaginare, non ha voluto ragguagliarmi su tutte le piccole cose che lo rendevano diverso, e io ero molto sospettosa nei suoi confronti. Ma era sempre cordiale e rispettoso. E poi c'era Elena, simile a un raggio di sole, Bonnie, fresca come una risata. Alla fine, quando ho abbassato le mie rigide barriere, voi ragazzi avete abbassato le vostre. Non dirò altro sui presenti, per non mettervi in imbarazzo, ma mi avete fatto un mondo di bene».

Matt ignorò un altro segnale di STOP e si schiarì la gola. Poi, le mani un po' incerte sul volante, si schiarì di nuovo la gola.

Meredith parlò al posto suo. «Penso che ciò che io e Matt vorremmo dire è... be', lei è diventata una persona davvero speciale per noi e non vogliamo che si faccia male. Questa battaglia...».

«È una battaglia per salvare tutto ciò che ho di più caro. Per i miei ricordi. Quando ero una bambina e la pensione fu costruita... Era soltanto una casa, all'epoca, e io ero molto felice. Anche la mia giovinezza è stata molto felice. E ora che ho vissuto abbastanza da diventare una donna anziana... be', oltre a voi ragazzi, ho ancora amiche come Sophia Alpert e Orime Saitou. Sono entrambe guaritrici molto preparate. Ancora discutiamo sui diversi usi delle mie erbe».

Matt schioccò le dita. «Anche per questo sono confuso», disse. «La dottoressa Alpert ha detto che lei e la signora Saitou siete davvero delle brave persone. Credevo intendesse la vecchia signora Saitou...».

«Che non è affatto una "signora Saitou"», disse la signora Flowers, quasi bruscamente. «Non ho idea di quale sia il suo vero nome... Forse è davvero Inari, una divinità corrotta. Dieci anni fa non capivo perché Orime Saitou fosse diventata, tutt'a un tratto, così diffidente e riservata. Ora mi rendo conto che il suo cambiamento è iniziato all'incirca quando sua madre si è "trasferita" da lei. Ero molto affezionata alla piccola Isobel, ma lei di colpo divenne... distante, in un modo che non era affatto tipico di una bambina. Ora capisco. E sono determinata a lottare per lei – e per voi – e per una città che merita di essere salvata. Le vite umane sono molto, molto preziose. E ora... siamo arrivati».

Matt aveva appena svoltato l'angolo del caseggiato in cui vivevano le Saitou. Meredith si fermò un momento per osservare apertamente la figura sul sedile del passeggero anteriore. «Signora Flowers!», esclamò.

Ciò spinse Matt a voltarsi e a fissarla a sua volta, e quello che vide gli fece tamponare una Volkswagen Jetta parcheggiata accanto al marciapiede.

«Signora... Flowers?»

«Matt, parcheggia, per favore. Non devi chiamarmi Signora Flowers, se non te la senti. Sono tornata ai tempi in cui ero Theophilia... ma i miei amici mi chiamavano Theo».

«Ma... come... perché?», balbettò Matt.

«Te l'ho detto. Sentivo che era arrivato il momento. Sage mi ha lasciato un dono che mi ha aiutata a cambiare. È apparso un nemico che non potete combattere perché è al di là delle vostre possibilità. Lo sentivo già quando eravamo alla pensione. Questo è il momento che stavo aspettando. L'ultima battaglia con il vero nemico di Fell's Church».

Meredith si sentiva come se il cuore stesse per volarle via dal petto. Doveva restare calma... calma e razionale. Aveva visto molte volte la magia all'opera. Ne conosceva le sembianze, il sentore. Ma spesso era stata troppo occupata a consolare Bonnie, troppo presa dal tentativo di aiutarla a capire appieno ciò che stava fronteggiando.

In quel momento, invece, c'erano soltanto lei e Matt. E Matt aveva un'aria spaventata e stupefatta, come se non avesse assistito ad abbastanza manifestazioni magiche prima d'allora. Sembrava sull'orlo di una crisi di nervi.

«Matt», gridò, e poi, a voce ancora più alta: «*Matt!*». Allora lui si girò a guardarla, con gli occhi azzurri allucinati e incupiti.

«La *uccideranno*, Meredith!», disse. «Shinichi e Misao... tu non sai come ci si sente...».

«Suvvia», disse Meredith. «Dobbiamo assicurarci che non la uccidano».

Un'espressione stordita attraversò gli occhi di Matt. «Sì, è quello che dobbiamo fare», si limitò a dire.

«Bene», disse Meredith, lasciandolo andare. Uscirono insieme dalla macchina per fiancheggiare la signora Flowers... o meglio, Theo.

Theo aveva capelli lunghi fino alla vita; così chiari che sembravano d'argento al chiaro di luna. Il suo volto era... elettrizzante. Era *giovane*; giovane e fiero, con lineamenti classici e un'espressione di quieta determinazione.

In qualche modo, durante il viaggio, anche i suoi vestiti erano cambiati. Invece del cappotto ricoperto di pezzetti di carta, indossava un abito bianco smanicato che finiva in un piccolo strascico. Il taglio ricordava a Meredith un po' l'abito a "sirena" che lei stessa aveva indossato quando era andata a un ballo nella Dimensione Oscura. Ma il suo vestito era riuscito solo a darle un tocco di sensualità. Theo era... divina.

In quanto agli amuleti post-it... in qualche modo la carta era scomparsa e le scritte si erano ingrandite a dismisura, trasformandosi in enormi scarabocchi che correvano intorno all'abito bianco. Theo era letteralmente avvolta da una protezione arcana che sembrava un vestito d'alta moda.

E benché fosse snella come un fuscello, era alta. Più alta di Meredith, più alta di Matt, persino di Stefan, ovunque fosse nella Dimensione Oscura. Tale altezza non era dovuta solo al suo straordinario aumento di statura, ma anche al fatto che stava volando: lo strascico del vestito, infatti, sfiorava appena il terreno. Aveva vinto del tutto la forza di gravità. La frusta, il regalo di Sage, era avvolta a spirale attorno a un cerchietto che portava legato alla vita, e riluceva dello stesso bagliore argentato dei suoi capelli.

Matt e Meredith chiusero nello stesso momento gli sportelli del SUV. Matt lasciò il motore acceso in caso fosse necessaria una rapida fuga.

Aggirarono il garage per raggiungere la facciata della casa. Meredith, senza curarsi dell'impressione che avrebbe fatto o di avere l'aria di chi ha tutto sotto controllo, si asciugò le mani sui jeans, prima una e poi l'altra. Sarebbe stata la prima – e probabilmente l'ultima – vera battaglia che avrebbe affrontato con il suo bastone. Contava la performance, non l'apparenza.

Sia lei che Matt si fermarono di colpo quando videro una figura eretta in fondo alle scale, davanti alla veranda. Non riuscirono nemmeno a riconoscerla all'inizio. Ma poi le labbra cremisi si schiusero, le mani delicate si affrettarono a coprirle, e una risata argentina eruppe da un punto imprecisato dietro le dita.

Per un momento riuscirono solo a fissare, affascinati, quella donna tutta vestita di nero. Era alta quanto Theo, altrettanto snella e aggraziata, e fluttuava alla stessa altezza sul terreno. Ma ciò che aveva catturato lo sguardo di Matt e Meredith erano i suoi capelli, del tutto simili a quelli di Shinichi e Misao, ma al contrario: mentre i due kitsune li avevano neri con una frangia cremisi sulle punte, quella donna aveva lunghissimi capelli cremisi orlati da una frangia nera. Non solo, ma aveva anche delicate orecchie da volpe che spuntavano dalla chioma rosso fuoco, e una coda lunga e liscia color cremisi con la punta nera.

«Obaasan?», gracchiò incredulo Matt.

«Inari!», esclamò Meredith.

La leggiadra creatura non li degnò nemmeno di uno sguardo. Fissava Theo con uno sguardo sprezzante. «Insulsa streghetta di un villaggio insulso», disse. «Hai usato quasi tutto il tuo Potere solo per salire al mio livello. Cosa pensi di fare?»

«Ho dei Poteri molto limitati», concordò Theo. «Ma se questo paese non vale niente, perché ci hai messo tanto a distruggerlo? Perché sei rimasta a guardare mentre altri cercavano di... Oppure erano *tutti* tue pedine, Inari? Katherine, Klaus, quel povero ragazzo, Tyler... erano le tue pedine, Dea Kitsune?».

Inari scoppiò a ridere, nascondendo di nuovo dietro le dita il suo risolino fanciullesco e argentino. «Non ho bisogno di pedine! Shinichi e Misao sono i miei servi devoti. Tutti i kitsune lo sono! Ho lasciato loro un po' di libertà perché potessero fare esperienza. Adesso ci recheremo in città più grandi, e le saccheggeremo».

«Prima dovete prendere Fell's Church», disse con calma Theo. «E io non ve lo permetterò».

«Ancora non capisci, vero? Sei un'umana e non ti è rimasto quasi nessun Potere! Io posseggo la più grande sfera stellata del mondo! Io sono una dea!».

Theo abbassò la testa, poi l'alzò per guardare Inari negli occhi. «Vuoi sapere quale penso sia la verità, Inari?», disse. «Penso che tu sia giunta al temine di una vita lunghissima, ma non immortale. Penso che a poco a poco tu ti sia indebolita così tanto che alla fine hai dovuto usare una gran quantità del Potere contenuto nella tua sfera stellata – ovunque sia – per assumere quest'aspetto. Sei una donna molto, molto vecchia, e in tutto il mondo hai continuato a mettere i bambini contro i loro genitori, e gli adulti contro i loro figli perché sei invidiosa della loro giovinezza. Sei arrivata persino a invidiare Shinichi e Misao, a permettere che facessero loro del male, per vendetta».

Matt e Meredith si guardarono con gli occhi spalancati. Inari respirava velocemente, ma sembrava che non sapesse cosa rispondere.

«Hai persino finto di essere entrata in una "seconda infanzia" per poterti comportare come una ragazzina. Ma nulla di tutto ciò ti ha dato soddisfazione, perché la semplice, triste verità è che sei giunta al capolinea della tua lunga, lunga vita... non importa quanto è grande il tuo Potere. Tutti dobbiamo fare quell'ultimo viaggio, e ora tocca a te».

«Bugiarda!», strillò Inari, e per un attimo parve più splendida e raggiante di prima. Ma poi Meredith comprese il motivo. I suoi capelli scarlatti avevano effettivamente cominciato a bruciare, incorniciando il suo volto con una danzante luce rossa. E alla fine la dea sputò parole velenose.

«Bene, dunque. Se pensi che questa sia la mia ultima battaglia, devo assicurarmi di provocare più dolore possibile. A cominciare proprio da te, strega».

Meredith e Matt sussultarono all'unisono. Erano preoccupati per Theo, soprattutto perché i capelli di Inari si stavano intrecciando a formare delle corde grosse come serpenti che le fluttuavano intorno alla testa, facendola somigliare a Medusa.

Avevano sbagliato a sussultare, perché attirarono l'attenzione di Inari. Ma la dea non si mosse. Si limitò a dire: «Sentite quel dolce profumo nel vento? Vittime sacrificali arrosto! Pensò che il risultato sarà *oishii* – delizioso! Ma forse voi due volevate parlare un'ultima volta con Orime o Isobel. Temo che non possano uscire a ricevervi».

Meredith sentì il cuore martellarle in gola con violenza quando si accorse che la casa delle Saitou era in fiamme. Sembrava che ci fossero solo dozzine di piccoli incendi, ma rabbrividiva al pensiero che Inari potesse aver già fatto qualcosa a madre e figlia.

«No, Matt!», gridò, afferrandogli il braccio. Il ragazzo era sul punto di attaccare la sghignazzante donna vestita di nero, puntando ai piedi, ma ogni secondo ormai aveva un valore incalcolabile. «Vieni, aiutami a trovarle!».

Theo giunse in loro aiuto. Estraendo la bianca frusta per tori, la fece roteare sulla testa e poi la schioccò dritta sulle mani alzate di Inari, segnandone una con uno sfregio insanguinato. Appena la dea si girò furiosa verso Theo, Meredith e Matt cominciarono a correre.

«La porta sul retro», disse Matt mentre si dirigevano a gran velocità sull'altro lato della casa. Più avanti videro uno steccato di legno, ma nessun cancello. Meredith stava riflettendo se usare il bastone per fare un salto con l'asta, quando Matt ansimò: «Qui!», e formò un gradino con le mani per permetterle di scavalcare il cancello. «Ti spingo dall'altra parte!».

Meredith esitò solo per un istante. Poi, appena lui si fermò scivolando sul terriccio, si diede lo slancio e appoggiò un piede sulle sue dita intrecciate. Fece subito un volo. Grazie alla sua agilità atterrò, come un gatto, sulla sommità piatta del recinto, e poi saltò giù. Sentì Matt che si arrampicava sul recinto mentre il fumo nero, di colpo, la circondava. Spiccò un salto indietro e gridò: «Matt, il fumo è pericoloso! Sta giù; trattieni il fiato. Resta lì, così potrai aiutarle quando le porterò fuori!».

Meredith non sapeva se Matt la stesse ascoltando, ma seguì le proprie regole, abbassandosi, trattenendo il respiro, aprendo gli occhi solo per un istante per individuare la porta.

Poi schizzò quasi fuori dalla propria pelle quando sentì il rumore di un'ascia che spaccava le assi, provocando un'esplosione di schegge di legno, e poi un altro colpo d'ascia. Aprì gli occhi e vide che Matt non le aveva prestato ascolto, ma era felice perché, così facendo, aveva trovato la porta. La sua faccia era nera di fuliggine. «Era chiusa a chiave», spiegò, soppesando l'ascia.

Tutto l'ottimismo di Meredith andò in pezzi come la porta quando guardò dentro e vide solo fiamme, fiamme a non finire.

"Oddio", pensò, "chiunque si trovi qui dentro starà arrostendo, e probabilmente è già morto".

Ma da dove era venuto quel pensiero? Dall'ammissione dei propri timori? Meredith non poteva permettersi di fermarsi. Avanzò di un passo in quella fornace rovente e gridò: «Isobel! Signora Saitou! Dove siete?».

Si udì un lamento debole e soffocato. «Viene dalla cucina!», disse. «Matt, è la signora Saitou! *Per favore*, va' a prenderla!».

Matt obbedì ma gridò sopra la spalla: «Resta lì, non entrare».

Meredith doveva entrare. Ricordava molto bene dove si trovava la stanza di Isobel. Proprio sotto quella di sua "nonna".

«Isobel! Isobel! Riesci a sentirmi?». La sua voce era così fioca e arrochita dal fumo che sapeva di non potersi fermare. Forse Isobel non rispondeva perché era svenuta o la sua voce era troppo roca. Meredith cadde in ginocchio, camminando gattoni sul pavimento dove l'aria era leggermente più fresca e pulita.

Bene. La stanza di Isobel. Non voleva toccare la maniglia della porta a mani nude, così vi avvolse la sua maglietta. La maniglia non si girava. Era bloccata. Non si curò di capire come fosse stata chiusa, semplicemente si girò e colpì la porta con un potente calcio, vicino alla maniglia. Il legno si scheggiò. Un altro calcio, e la porta si spalancò con uno stridio di legno.

Meredith era stordita, ma doveva cercare di avere una visuale completa della stanza. Mosse decisa un paio di passi e... eccola!

Seduta sul letto di una cameretta scrupolosamente pulita e in ordine, benché rovente e piena di fumo, c'era Isobel. Appena si avvicinò al letto, Meredith si infuriò vedendo che la ragazza era legata alla testiera d'ottone del letto con del nastro adesivo. Bastarono due fendenti del bastone per sistemare la faccenda. Poi, sorprendentemente, Isobel si mosse, sollevando il volto annerito verso Meredith.

La rabbia di Meredith raggiunse il culmine. Le avevano tappato la bocca con del nastro adesivo per impedirle di gridare aiuto. Facendo una smorfia per mostrare che sapeva che sarebbe stato doloroso, Meredith afferrò il nastro e lo strappò via. Isobel non emise un lamento; invece respirò convulse boccate d'aria fumosa.

Meredith si diresse verso l'armadietto con passo malfermo, afferrò due magliette bianche che sembravano identiche, e tornò di volata da Isobel. C'era un bicchiere colmo d'acqua accanto a lei, sul comodino. Meredith si chiese se l'avessero messo lì apposta, per intensificare l'agonia della ragazza, ma non esitò a usarlo. Lasciò che Isobel prendesse un sorso d'acqua, ne prese uno anche lei, e poi inzuppò le magliette. Ne tenne una sopra la bocca e Isobel la imitò, premendo la maglietta bagnata sul naso e sulla bocca. Poi Meredith la afferrò e la condusse verso la porta.

In seguito dovette affrontare un viaggio da incubo, strisciando, camminando gattoni e tossendo per non soffocare, costretta a tirarsi dietro Isobel tutto il tempo. Pensava che non sarebbe mai finito, mentre diventava sempre più difficile avanzare centimetro dopo centimetro. Il bastone era un peso quasi insopportabile da portare, ma si rifiutava di liberarsene.

"È prezioso", disse la voce della ragione, "ma vale la tua vita?".

"No", pensò Meredith. "Non la *mia* vita, ma chissà cosa ci aspetta là fuori, se porto Isobel nella notte fredda e oscura".

"Non riuscirai mai a portarla fuori se muori a causa di un... oggetto".

"Non è solo un oggetto!". Con uno sforzo doloroso Meredith usò il bastone per ripulire alcune macerie roventi dal suo cammino. "Apparteneva al nonno, quando era sano di mente. Riesco a impugnarlo alla perfezione. Non è solo un *oggetto*!".

"Fa' come ti pare", disse la voce, e scomparve.

Meredith notò che i cumuli di macerie erano aumentatati. Nonostante gli spasmi ai polmoni, era sicura di potercela fare a raggiungere la porta sul retro. Sapeva che doveva esserci una stanza adibita a lavanderia sulla destra. Forse là ci sarebbe stata un po' d'aria.

E poi, all'improvviso, nel buio, qualcosa s'impennò e le diede un colpo in testa. Alla sua mente annebbiata fu necessario molto tempo per trovare un nome all'oggetto che l'aveva ferita. Poltrona.

Alla fine, strisciando e camminando gattoni, erano andate troppo oltre. Quello era il soggiorno.

Meredith fu travolta dall'orrore. Erano andate troppo lontano... e non potevano uscire dalla porta principale nel mezzo di uno scontro magico. Dovevano fare marcia indietro, e stavolta dovevano assicurarsi di trovare la lavanderia, il loro cancello per la libertà.

Meredith si girò e si portò dietro Isobel, sperando che la ragazzina capisse ciò che dovevano fare.

Lasciò il bastone sul pavimento rovente del soggiorno.

Elena singhiozzò per riprender fiato, anche se stava permettendo a Stefan di aiutarla. Stefan si mise a correre, tenendo Bonnie con una mano ed Elena con l'altra. Damon era da qualche parte davanti a loro... in ricognizione.

"Non sarà tanto lontano ormai", continuava a pensare. "Sia io che Bonnie l'abbiamo vista luccicare… l'abbiamo vista entrambe". Proprio allora, come una lanterna posta alla finestra, Elena la vide di nuovo.

"È grande, ecco il problema. Continuo a credere che siamo quasi arrivati perché mi sono fatta un'idea sbagliata delle sue dimensioni. Più ci avviciniamo, più diventa grande. E questo è un bene per noi. Ci serve tantissimo Potere. Ma dobbiamo arrivarci presto, o potrebbe contenere anche tutto il Potere dell'universo, ma non ci servirà a niente. Sarà troppo tardi".

Shinichi aveva lasciato intendere che non avrebbero mai fatto in tempo. Ma il kitsune era un bugiardo nato. Tuttavia, di certo, proprio dietro quel ramo basso c'era…

"Santo cielo!", pensò. "È una sfera stellata".

16

Meredith vide qualcosa che non era né fumo né fuoco. Solo lo scorcio dello stipite di una porta, uno spiffero di aria fredda. Con questa speranza a sostenerla, si affrettò verso la porta sul retro, trascinando Isobel dietro di sé.

Appena varcata la soglia, si sentì inondare da una cascata d'acqua deliziosamente fresca. Quando spinse Isobel sotto lo spruzzo, la ragazzina emise il primo suono volontario di quell'estenuante viaggio: un'attonita esclamazione di gratitudine.

Meredith intravide le mani di Matt che accorreva in suo aiuto, togliendole il fardello di Isobel. Si alzò in piedi e girò in tondo, vacillando, poi cadde in ginocchio. I suoi capelli stavano andando a fuoco! Aveva appena richiamato alla mente la procedura del "fermarsi, buttarsi a terra e rotolare" con cui si era esercitata a scuola, da bambina, quando sentì lo scroscio d'acqua fredda spegnere le fiamme. Girò su se stessa mentre il getto della pompa veniva diretto su e giù per il suo corpo, crogiolandosi in quella sensazione di freschezza, finché sentì la voce di Matt dire: «Le fiamme sono spente. Sei a posto».

«Grazie, Matt. Grazie». La sua voce era un rauco bisbiglio.

«Ehi, sei tu quella che doveva andare fino in camera da letto e tornare. Portare in salvo la signora Saitou è stato piuttosto facile. C'era il lavandino della cucina pieno d'acqua, così, appena ho tagliato le corde con cui era legata alla sedia, ci siamo bagnati per bene e ci siamo precipitati fuori».

Meredith sorrise e diede un rapido sguardo intorno a sé. Isobel era sotto la sua responsabilità ormai. Così fu sollevata quando vide che la ragazza era fra le braccia della madre.

Aveva soltanto dovuto fare una stupida scelta fra un oggetto – anche se molto prezioso – e una vita umana. Meredith contemplò la madre e la figlia abbracciate e fu felice. Avrebbe potuto farsi costruire un altro bastone. Ma nulla poteva rimpiazzare Isobel.

«Isobel mi ha chiesto di darti questo», disse Matt.

Meredith si girò verso di lui, mentre le fiamme inondavano ogni cosa di una luce selvaggia, e per un istante non credette ai suoi occhi. Matt le stava porgendo il bastone da combattimento.

«Deve averlo trascinato con sé con la mano libera... Oh, Matt, ed era in punto di morte prima che iniziassimo...».

Matt disse, «È testarda. Come un'altra ragazza di mia conoscenza».

Meredith non era molto sicura di aver capito a chi si riferisse, ma di una cosa era certa. «Faremmo meglio a raggiungere il cortile anteriore. Dubito che stiano per arrivare i vigili del fuoco. Inoltre... Theo...».

«Penserò io alla signora Saitou e a sua figlia. Tu controlla il cancello laterale», disse Matt.

Meredith si lanciò nel cortile sul retro, cui le fiamme che avevano inghiottito la casa conferivano un bagliore sinistro. Per fortuna, il cancello laterale era intatto. Meredith lo aprì con un colpetto del bastone. Matt era subito dopo di lei e stava aiutando la signora Saitou e sua figlia.

Meredith oltrepassò di corsa il garage in fiamme e poi si fermò. Udì un grido di orrore alle sue spalle. Non c'era tempo per calmare chiunque avesse gridato, non c'era tempo per pensare.

Le due donne erano troppo prese dal combattimento per accorgersi di lei... e Theo aveva bisogno di aiuto. Inari somigliava davvero a una Medusa fiammeggiante, con i capelli infuocati che si contorcevano intorno a lei, come serpenti fumanti. Solo la parte cremisi bruciava, e lei la usava come un gatto a nove code, facendo schioccare una punta per strappar via lo scudiscio d'argento dalla mano di Theo e facendo avvolgere un altro serpente intorno alla sua gola per strangolarla. Theo cercava disperatamente di allontanare dalla gola il cappio infuocato.

Inari rideva. «Stai soffrendo, insulsa streghetta? Fra qualche secondo sarà tutto finito… per te e per tutto il tuo piccolo villaggio! L'Ultima Mezzanotte finalmente è arrivata!».

Meredith si voltò a guardare Matt, e non dovette aggiungere altro. Lui corse avanti, la sorpassò e si spinse fino allo spiazzo in cui, a mezz'aria, le due donne stavano combattendo. Poi si chinò leggermente, mettendo le mani a coppa.

Meredith prese la rincorsa, infondendo in quella breve corsa tutte le forze rimaste e risparmiando solo quel tanto di energia che le serviva per saltare e posare un piede sulle mani di Matt. Si sentì lanciare verso l'alto, alla distanza giusta per troncare con un taglio netto del bastone i serpenti di capelli che stavano soffocando Theo.

Fatto ciò, Meredith si trovò in caduta libera, con Matt che cercava di prenderla. Gli atterrò più o meno addosso, ed entrambi videro ciò che accadde in seguito.

Theo, ferita e sanguinante, con una manata si staccò la parte del vestito consumata dalle fiamme. Tese una mano per richiamare lo scudiscio, che volò a incontrare le sue dita distese. Ma Inari non stava attaccando. Agitava convulsamente le braccia, come in preda terrore, e poi, all'improvviso, gridò, emettendo un suono talmente angoscioso che Meredith sussultò. Era un grido di morte.

Inari si ritrasformò in Obaasan davanti ai loro occhi, nell'indifesa e avvizzita nonnina dal corpo di bambola che Matt e Meredith conoscevano. Ma quando il corpo raggrinzito toccò il terreno aveva già la rigidità della morte, e il suo volto serbava un'espressione d'impenitente cattiveria che incuteva timore.

Furono Isobel e la signora Saitou che si fecero avanti per controllare il corpo, piangendo di sollievo. Meredith le guardò e poi alzò gli occhi verso Theo, che fluttuando stava lentamente scendendo a terra.

«Grazie», disse Theo, accennando un debole sorriso. «Mi avete salvata... ancora una volta».

«Ma cosa pensi che le sia successo?», chiese Matt. «E perché Shinichi e Misao non sono venuti ad aiutarla?»

«Forse sono morti anche loro, non credete?». La voce di Theo era smorzata dal ruggito delle fiamme. «Quanto a Inari... Penso che forse qualcuno abbia distrutto la sua sfera stellata. Temo di non essere così forte da potermi prendere il merito della sua sconfitta».

«Che ore sono?», strillò tutt'a un tratto Meredith, turbata da un pensiero improvviso. Corse verso il vecchio SUV, che era ancora in moto. L'orologio mostrava la mezzanotte esatta.

«Abbiamo salvato gli abitanti di Fell's Church?», chiese con ansia Matt.

Theo girò la testa verso il centro della città. Restò immobile e in silenzio per circa un minuto, come se fosse in ascolto di qualcosa. Alla fine, quando Meredith si sentì sul punto di scoppiare per la tensione, Theo si girò verso di loro e disse con calma: «La cara *Mama*, la nonna e io siamo una sola persona adesso. Avverto lo stupore dei bambini che si trovano con un coltello o una pistola in mano. Sono in piedi nelle stanze dei loro genitori addormentati e non riescono a ricordare come ci sono arrivati. E sento i genitori, nascosti negli armadi, fino a un attimo fa spaventati per la propria vita, che vedono i bambini gettare le armi e cadere sul pavimento delle camere matrimoniali, disorientati e scossi dai singhiozzi».

«Allora ce l'abbiamo fatta. *Lei* ce l'ha fatta. È riuscita a tenerla alla larga», ansimò Matt.

Col suo tono garbato e pensoso Theo disse: «Qualcun altro – lontano da qui – ha fatto molto di più. Ma la nonna e *Mama* sono d'accordo. Grazie a loro, nessun bambino ha ucciso i propri genitori stanotte, e nessun adulto ha ucciso i propri figli. Il lungo incubo di Inari e della sua Ultima Mezzanotte è finito».

Meredith, sporca e fradicia com'era, avvertì qualcosa che sorgeva e si gonfiava dentro di lei, diventava sempre più grande, finché, nonostante tutto il suo addestramento, non riuscì più a contenersi. Esplose in un grido di esultanza.

Si accorse che anche Matt stava gridando. Era sudicio e scarmigliato quanto lei, ma la prese per le mani e la fece volteggiare in una selvaggia danza di vittoria.

Ed era divertente girare in tondo e gridare come una ragazzina. Forse… Forse con i suoi costanti sforzi di restare calma, di essere sempre la più matura del gruppo, aveva perso l'essenza del divertimento, che era sempre associato a qualcosa di infantile.

Matt non si faceva problemi a esprimere il suo stato d'animo, qualunque fosse: infantile, maturo, testardo, felice. Meredith si ritrovò ad ammirare questa sua qualità e pensò anche che era passato molto tempo dall'ultima volta che aveva davvero guardato Matt. Sentì un improvviso sentimento di affetto di lui. E capì che Matt provava le stesse cose per lei. La fissava come se fino ad allora non l'avesse mai guardata davvero.

Quello era il momento… in cui avrebbero dovuto baciarsi. Meredith lo aveva visto così spesso nei film e letto nei libri che ormai era un dato di fatto.

Ma quella era la vita, non una storia. E quando il momento arrivò, Meredith si ritrovò con le mani sulle spalle di Matt, mentre lui le teneva sulle sue, e capì che lui stava pensando *esattamente* la stessa cosa riguardo ai baci.

Il momento andò un po' per le lunghe…

Poi, con un largo sorriso, Matt mostrò di avere la situazione sotto controllo. Anche Meredith sapeva cosa fare. Fecero entrambi un passo avanti e si abbracciarono. Quando si distaccarono, sorridevano entrambi. Sapevano chi erano. Erano molto diversi, molto intimi, ma solo *amici*. Meredith sperava che lo sarebbero stati per sempre.

Si girarono entrambi a guardare Theo, e Meredith sentì una fitta al cuore, la prima da quando aveva capito che avevano salvato la città. Theo stava cambiando. Fu l'espressione del suo viso a farle sentire quella fitta.

Dopo essere ringiovanita, e mentre osservava la giovinezza nel suo pieno vigore, aveva ricominciato a invecchiare, ad avvizzire, e i suoi capelli, non più argentati come la luna, tornavano bianchi. Alla fine, era una vecchia con un cappotto ricoperto di pezzi di carta.

«Signora Flowers!». Ecco una persona che poteva, anzi doveva baciare senza correre rischi. Meredith gettò le braccia al collo della fragile vecchina, issandola da terra per l'eccitazione. Matt si unì a loro, e la sollevarono sulle loro teste. La portarono così, come in trionfo, dalle Saitou, madre e figlia, che stavano guardando il fuoco.

Lì, tornando seri, la rimisero giù.

«Isobel», disse Meredith. «Accidenti! Mi dispiace tanto... la vostra casa...».

«Ti ringrazio», disse Isobel con la sua voce bassa e impastata. Poi si girò dall'altra parte.

Meredith si sentì raggelare. Stava persino cominciando a rimpiangere tutti quei festeggiamenti, quando la signora Saitou disse: «Sapete, questo è il momento più importante della storia della nostra famiglia. Per centinaia di anni, quella vecchia kitsune – oh, sì, ho sempre saputo cos'era – ha piegato al suo volere umani innocenti. E negli ultimi tre secoli ha terrorizzato la mia stirpe di sacerdotesse samurai. Ora mio marito può finalmente tornare a casa».

Meredith la guardò stupita. La signora Saitou annuì.

«Ha cercato di resisterle e lei lo ha esiliato. Sin da quando è nata, ho temuto per la sorte di Isobel. E ora, vi prego di perdonarla. Per lei è difficile esprimere i suoi sentimenti».

«Ne so qualcosa», disse con calma Meredith. «Farò una chiacchieratina con lei, se non ci sono problemi».

Se mai nella vita avesse potuto spiegare a un'anima affine quanto fosse bello lasciarsi andare e divertirsi, pensò, quello era il momento giusto.

17

Damon si era fermato e si era inginocchiato davanti a un enorme ramo spezzato. Stefan aveva stretto a sé le due ragazze e aveva spiccato il volo, atterrando dietro suo fratello.

Elena si trovò davanti un tronco d'albero di notevoli dimensioni. Si sarebbe aspettata di vedere nelle vicinanze qualcosa di altrettanto grande, ma non c'era nulla. Era vero, se lo avessero circondato, tutti e quattro, tenendosi per mano, non sarebbero riusciti a chiudere il cerchio. Ma in un angolo remoto della sua mente stavano in agguato immagini di lune, alberi e tronchi alti come grattacieli, fra i quali sarebbe stato possibile nascondere un sfera stellata, a qualsiasi "piano" e in ogni "stanza".

Quello era semplicemente il tronco di una grande quercia al centro di una specie di cerchio magico di circa sei metri di diametro, nel quale non vagava una sola foglia morta. Il terreno aveva una sfumatura più pallida di quello su cui avevano corso, ed era ricoperto di rade chiazze scintillanti. In definitiva, Elena era sollevata.

Inoltre, riusciva a vedere la sfera stellata. Aveva temuto, fra le altre cose, che sarebbe stata troppo alta da scalare o che non sarebbero mai riusciti a prenderla subito, perché l'avrebbero trovata invischiata in un groviglio inestricabile di rami e radici, e che forse ci sarebbero voluti secoli, o persino millenni per liberarla. Invece eccola lì, la più grande sfera stellata mai esistita, larga quanto un pallone da spiaggia, comodamente annidata nella prima forcella dell'albero.

I suoi pensieri correvano avanti. Ce l'avevano fatta; avevano trovato la sfera stellata. Ma quanto tempo ci sarebbe voluto per portarla da Sage? D'istinto guardò la bussola e vide, con sua sorpresa, che l'ago puntava a sud-est. In altre parole, verso la Guardiola. Una gesto gentile da parte di Sage. E forse non sarebbe stato necessario affrontare di nuovo le prove: avrebbero potuto semplicemente usare la Chiave Universale per tornare a Fell's Church e poi… Be', la signora Flowers avrebbe saputo cosa fare della sfera.

Se non avessero potuto fare altrimenti, forse sarebbe bastato ricattar*La*, chiunque *Lei* fosse, chiedendole di andarsene per sempre in cambio della sfera stellata. Anche se… avrebbero vissuto con il pensiero che potesse farlo di nuovo, chissà quante volte, in altre città…

Mentre rifletteva, Elena osservava le espressioni dei suoi compagni: l'infantile meraviglia sul viso a cuore di Bonnie; l'acuto sguardo indagatore di Stefan; il sorriso pericoloso di Damon.

Finalmente stavano osservando la loro sudata ricompensa.

Ma lei non poteva restare a guardare. Era il momento di *agire*. La sfera stellata brillava, mostrando dei colori così luminosi e scintillanti che Elena ne fu quasi accecata. Si schermò gli occhi, sentendo Bonnie che inspirava una lunga boccata d'aria.

«Che c'è?», chiese Stefan, tenendo una mano davanti agli occhi che, ovviamente, erano molto più sensibili di quelli umani.

«Qualcuno la sta usando in questo momento!», rispose Bonnie. «Quando si illumina in questo modo, emana Potere! Si estende per un raggio davvero ampio!».

«La situazione si sta surriscaldando in quel che resta della povera, vecchia Fell's Church», disse Damon, fissando con attenzione i rami sulla sua testa.

«Non parlarne in quel modo!, esclamò Bonnie. «È casa nostra. E ora possiamo finalmente difenderla!». Elena poteva praticamente vedere ciò che stava pensando Bonnie: famiglie che si abbracciano; vicini che si sorridono di nuovo; l'intero paese al lavoro per ricostruire le case distrutte.

È così che, talvolta, accadono le più grandi tragedie. Persone con un obiettivo comune, che tuttavia non sono in sintonia. Arroganza. Presunzione. E forse – cosa più importante di tutte – non aver provato a parlarsi.

Stefan ci provò, anche se Elena notò che era ancora accecato dalla luminosità della sfera stellata. Disse in tono pacato: «Parliamone per un po' e scambiamoci idee e proposte su come prendere...».

Ma Bonnie rise di lui, benché senza cattiveria. Disse: «Posso salire lassù più veloce di uno scoiattolo. Mi serve solo qualcuno che abbia la forza di prenderla quando la farò cadere. So che non posso scendere con la sfera sottobraccio; non sono così stupida. Su, ragazzi, andiamo!».

Ecco come accadde. Diverse personalità, differenti modi di pensare. E una ragazzina sventata e allegra che non ebbe una precognizione quando ce n'era bisogno.

Elena, che stava invidiando Meredith per il suo bastone da combattimento, non vide nemmeno come iniziò. Guardava Stefan, che sbatteva rapidamente gli occhi per recuperare la vista.

E Bonnie si arrampicò con la leggerezza di cui si era vantata fino in cima al ramo dell'albero morto che offriva loro riparo. Fece persino una risatina di saluto prima di saltare nel cerchio spoglio e luccicante intorno all'albero.

I microsecondi successivi sembrarono allungarsi all'infinito. Elena sentì gli occhi che si sgranavano, anche se *sapeva* di averli spalancati. *Vide* Stefan che, senza fretta, allungava il braccio, passandole davanti, per tentare di intrecciare le dita attorno alla gamba di Bonnie, e, allo stesso tempo, *sapeva* che ciò che stava vedendo era un fulmineo tentativo di afferrare la caviglia della sua piccola amica. Udì anche l'immediato messaggio telepatico di Damon: *No, sciocchina!*, e le parve che lui avesse pronunciato le parole nel suo solito tono indolente di superiorità.

Poi, ancora al rallentatore, Bonnie piegò le ginocchia e si lanciò nel vuoto, sopra il cerchio magico.

Ma non toccò mai terra. In qualche modo, un lampo nero piombò nel punto in cui sarebbe dovuta atterrare Bonnie, ed Elena lo vide cadere a una velocità formidabile nonostante quella scena da film horror le scorresse davanti agli occhi come in una sequenza al rallentatore. E poi Bonnie fu *scagliata* fuori dal cerchio di terra brulla a una velocità troppo elevata perché Elena potesse seguirla con lo sguardo, e si udì un tonfo sordo, talmente improvviso che non riuscì a collegare il suono all'atterraggio di Bonnie.

Con spaventosa chiarezza sentì Stefan che gridava angosciato: «Damon!». E poi vide sottili oggetti neri, simili a lance ricurve, sparati verso il basso. Un'altra cosa che i suoi occhi non riuscirono a seguire. Quando mise a fuoco, vide che erano lunghi rami neri ricurvi, disposti in modo uniforme intorno all'albero come trenta zampe di ragno: trenta lunghe lance che forse servivano a imprigionare gli intrusi come le sbarre di una prigione... oppure a inchiodarli allo strano terreno sabbioso sotto i loro piedi. Come spilli.

"Spillo" era una bella parola. Suonava bene. Anche mentre fissava le punte ricurve dei rami, fatte per tenere per sempre inchiodato al terreno chiunque vi fosse rimasto imprigionato, Elena pensava solo all'irritazione di Damon se una di quelle frecce avesse bucato la sua giacca di pelle. Le avrebbe maledette, e Bonnie avrebbe cercato di far credere che lui non avesse detto nulla e...

Ormai era abbastanza vicina da vedere che non era così semplice. Un ramo, lungo quanto un vero giavellotto, aveva trapassato la spalla di Damon. Doveva fargli un male cane e, inoltre, dalla ferita era schizzata una goccia di sangue proprio all'angolo della sua bocca. Ma la cosa più seccante era che lui si ostinava a tenere gli occhi chiusi. Ecco cosa pensò Elena: che lui stesse tenendo deliberatamente gli occhi chiusi. Forse perché era arrabbiato, forse per il dolore alla spalla. Ma ciò le ricordò la sensazione che aveva provato l'ultima volta che aveva tentato di mettersi in contatto con la sua mente: la sensazione di trovarsi davanti a una parete d'acciaio... E, dannazione, perché non diceva che stava cicatrizzando le ferite?

«Apri gli occhi, Damon», disse Elena, arrossendo perché era proprio quel che lui voleva che dicesse. Era davvero il più grande manipolatore del mondo. «Apri gli occhi, ho detto!». Ora era arrabbiata sul serio. «Non fare finta di esser morto, che non ci crede nessuno, e siamo davvero *stufi*!». Stava per dargli una bella scrollata quando qualcosa la sollevò per aria, e si ritrovò faccia a faccia con Stefan.

Soffriva, ma di sicuro non era malridotto quanto suo fratello. Così Elena stava per girarsi di nuovo e maledire Damon, quando Stefan disse in tono aspro: «Elena, *non può*!».

Per un fuggevole, rapidissimo istante non riuscì a cogliere il senso di quelle parole. Non era solo una frase incomprensibile, ma era priva di significato, come dire che qualcuno non può chiedere ai propri arti... di eseguire un ordine. Le fu concesso solo quest'attimo di tregua, e poi dovette affrontare ciò che aveva davanti agli occhi.

Damon non aveva una spalla inchiodata al terreno. Il ramo lo aveva trafitto proprio al centro del petto, leggermente a sinistra.

Il punto esatto in cui si trovava il cuore.

Le tornarono in mente delle parole, come la risacca di un'onda. Parole che qualcuno, una volta, aveva pronunciato, anche se in quel momento non riusciva a ricordare chi. "Non è così facile uccidere un vampiro. Moriamo solo con un paletto nel cuore...".

Morire? Damon era *morto*? Doveva esserci un errore...

«Apri gli occhi!». «Elena, non può!».

Ma sapeva, senza sapere come, che Damon non era morto. Non la sorprendeva che Stefan ne fosse all'oscuro; il suo era come un brusio sulla frequenza privata fra lei e Damon.

«Su, presto, dammi la tua ascia». Lo disse in tono così disperato e con un'aria così sicura di sé che Stefan gliela porse senza dire una parola, e obbedì quando lei gli disse di tenere fermo alla base e sulla punta il ramo ricurvo, simile alla zampa di un ragno.

Con qualche colpo d'ascia tagliò il ramo nero, così grosso che non avrebbe potuto cingerlo con le dita. Agì mossa da una pura scarica di adrenalina, ma capì che la sua determinazione aveva ispirato a Stefan una sorta di timore reverenziale, convincendolo a lasciarla fare.

Quando ebbe finito, ottenne un ramo a zampa di ragno che, sganciato, tornava a curvarsi verso l'albero, ancorato al nulla... e qualcosa che somigliava a un vero paletto, nel petto di Damon. Fu solo quando fece per strappare il paletto che Stefan, orripilato, la fermò.

«Elena! Elena, devi credermi! I rami servono proprio a questo. A fermare gli intrusi, in particolare i vampiri. Guarda, amore... *capisci*?». Le stava mostrando le punte uncinate su una delle zampe di ragno ancorate alla sabbia. Somigliavano alle punte di pietra di una freccia primitiva, con i denti rivolti all'indietro.

«La forma di questi rami è intenzionale», disse Stefan. «E se ti sforzi di estrarne uno, l'unico risultato sarà che... i pezzi usciranno dal suo... cuore».

Elena raggelò. Non era sicura di aver capito bene le sue parole... Non osava comprenderle, perché altrimenti avrebbe dovuto visualizzarle. Ma non aveva importanza.

«Lo distruggerò in un modo o nell'altro», disse brusca, guardando Stefan ma incapace di distinguere le sue limpide iridi verdi a causa della luce olivastra. «Aspetta. Aspetta e vedrai. Troverò un Potere delle Ali che dissolverà questo... questo... *maledetto obbrobrio*!». Avrebbe potuto trovare molti altri modi di definire il paletto, ma doveva mantenere almeno una parvenza di autocontrollo.

«Elena». Stefan pronunciò il suo nome come se trovasse difficile parlare. Anche nell'oscurità del crepuscolo riusciva a vedere le lacrime sulle sue guance. Lui continuò, senza parlare: *Elena, osserva i suoi occhi chiusi. Quest'Albero è un feroce assassino. Il legno di cui è fatto... non ho mai visto niente del genere, ma ne ho sentito parlare. Si sta... si sta diffondendo. Dentro di lui.*

«Dentro di lui?», ripeté stupidamente Elena.

Lungo le sue arterie, le vene... e i nervi, si diffonde in tutto ciò che è connesso al suo cuore. Lui è... Oddio, Elena, guarda solo i suoi occhi!

Elena guardò. Quando Stefan si inginocchiò e, con dolcezza, sollevò le palpebre di Damon, Elena cominciò a urlare.

In fondo alle impenetrabili pupille, che un tempo contenevano un'infinita notte stellata, c'era un puntino verde luminoso, che non aveva niente a che fare con le stelle. Sembrava ardere di luce propria, una luce infernale.

Stefan la guardò con angoscia e compassione. E poi con dolcezza passò la mano sugli occhi di suo fratello, chiudendoli – Elena sapeva che lo stava pensando – per sempre.

Tutto era diventato strano, simile a un sogno. Nulla aveva più senso. Stefan stava posando con premura la testa di Damon. Lo stava lasciando andare.

Anche in quel mondo confuso e assurdo, Elena sapeva che lei non avrebbe mai potuto farlo.

E poi, avvenne un miracolo. Elena udì una voce nella sua mente che non era la propria.

Tutto ciò è piuttosto inaspettato. Per una volta, ho agito senza pensare. Ed ecco la mia ricompensa. La voce era un mormorio nella loro frequenza privata.

Elena si strappò dalle braccia di Stefan, che cercava di trattenerla, e cadde, stringendo le spalle di Damon con le mani. *Lo sapevo! Sapevo che non potevi essere morto!*

Solo allora si accorse di avere il viso bagnato di lacrime e le asciugò con la morbida manica di pelle. *Oh, Damon, mi hai fatto prendere un bello spavento! Non farlo mai più!*

Penso di poterti dare la mia parola su questo, rispose Damon con un tono diverso dal solito, solenne e al tempo stesso bizzarro. *Ma tu devi darmi qualcosa in cambio.*

Sì, certo, disse Elena. *Aspetta che mi scosto i capelli per lasciare libero il collo. Era più facile così, quella volta che Stefan era disteso sul suo paglIericcio... quando l'abbiamo portato via dalla prigione...*

Non quello, le disse Damon. *Per una volta, angelo, non voglio il tuo sangue. Ho bisogno che tu mi prometta solennemente che cercherai di essere coraggiosa. Se può esserti d'aiuto, so che le donne se la cavano meglio degli uomini in questo genere di cose. Sono meno codarde quando affrontano... quello che tu stai affrontando adesso.*

Non le piaceva il tono di quelle parole. Lo stordimento che le aveva fatto addormentare le labbra, stava invadendo tutto il suo corpo. Non c'era niente per cui mostrare coraggio. Damon poteva sopportare il dolore. Avrebbe trovato un Potere delle Ali per cancellare tutti quei pezzetti di legno che lo stavano avvelenando. Forse gli avrebbe fatto male, ma gli avrebbe salvato la vita.

Non parlarmi in quel modo!, sbottò in tono duro, prima di ricordare che doveva essere gentile con lui. Ogni cosa aveva cominciato a fluttuare, e non riusciva neppure a ricordare perché dovesse essere gentile, ma c'era una ragione. Tuttavia, era difficile ricordare, poiché stava impiegando tutte le sue energie e la concentrazione per cercare un Potere delle Ali di cui non aveva mai sentito parlare. Purificazione? Quel potere si sarebbe limitato a portare via i pezzi di legno o avrebbe privato Damon del suo sorriso malizioso? In ogni caso, non aveva nulla da perdere a provarci, e ormai era pronta a tutto, perché il volto di Damon era molto pallido.

Ma non riusciva a trovare la giusta disposizione mentale per le Ali della Purificazione.

All'improvviso il corpo di Damon fu scosso da un forte brivido. Convulsioni. Elena sentì una voce spezzata alle proprie spalle.

«Amore, amore... devi proprio lasciarlo andare. Sta vivendo una... sofferenza insopportabile, perché tu continui a trattenerlo qui», disse la voce, ed era quella di Stefan. Stefan, che non le aveva mai mentito.

Elena esitò solo per un istante, ma poi fu travolta da un violento accesso di rabbia. Le diede la forza di gridare con voce rauca: «Io... *non voglio! Non lo lascerò mai andare!* Maledizione, Damon, devi lottare! Permettimi di aiutarti! Il mio sangue... è speciale. Ti darà le forze. *Bevi*!».

Cercò tentoni il coltello. Il suo sangue era magico. Forse, se gliene offriva abbastanza, gli avrebbe dato la forza di respingere le fibre di legno che si stavano diffondendo nel suo corpo.

Elena si tagliò la gola. Forse, inconsciamente, evitò di fare più di una piccola incisione all'arteria carotidea, ma, a ben guardare, era stato tutto un processo inconscio. Aveva solo abbassato la mano, trovato un coltello di metallo e con un sol colpo aveva fatto sgorgare il sangue. Il colore rosso vivo del sangue arterioso, che anche nella semi-oscurità era il colore della speranza.

«Ecco, Damon. Qui! Bevi. Prendine quanto ne vuoi... tutto quello che ti serve a guarire». Assunse la posizione migliore possibile, sentendo alle sue spalle l'esclamazione orripilata di Stefan per l'avventatezza con cui si era tagliata, ma non vi prestò attenzione né si curò del modo in cui lui la stingeva.

Ma Damon non bevve. Nemmeno il sangue inebriante della sua Principessa delle Tenebre... e com'è che finiva la frase? Era come propellente per razzi in confronto alla benzina nel sangue delle altre ragazze. Ma non funzionava: scivolava dagli angoli della sua bocca. Scorreva sul suo pallido viso, inzuppandogli la maglietta nera e raccogliendosi in piccole pozze fra le pieghe della sua giacca di pelle.

No...

Damon, disse Elena nella loro frequenza privata, *per favore. Io... t'imploro. Per favore. Fallo per me, ti prego, per la tua Elena. Bevi, ti prego. Possiamo farcela... insieme.*

Damon non si mosse. Lei gli aveva aperto la bocca, ma il sangue vi cadeva dentro, la riempiva e poi si riversava fuori. Era come se Damon la stesse rimproverando con sarcasmo, dicendo: "*Volevi che rinunciassi al sangue umano? Bene, l'ho fatto... per sempre*".

"Oh, mio Dio, aiutami, ti prego...".

Elena era più stordita che mai. Gli eventi esterni le scorrevano attorno in modo confuso, come l'oceano che scuote con delicatezza una persona già travolta dai flutti. Era completamente concentrata su Damon.

Solo di una cosa si accorse. Il suo coraggio. Damon si era sbagliato su questo. Singhiozzi incontenibili proruppero dal profondo della sua anima. Aveva costretto Stefan a lasciarla andare e ora non riusciva più a reggersi in piedi.

Cadde sul corpo di Damon, intriso del suo sangue. Posò la guancia sulla sua.

Era fredda. Anche sotto il sangue, la sua guancia era fredda.

Elena non seppe mai quando cominciò la crisi isterica. Semplicemente si ritrovò a urlare e a piangere, picchiando i pugni sulle spalle di Damon, maledicendolo. Prima non l'aveva mai maledetto sul serio, non così a viso aperto. Quanto alle urla, non erano solo un modo di sfogarsi. Gli stava di nuovo gridando di trovare la maniera di combattere.

E alla fine, cominciò a fare delle promesse. Giurò di sapere che, nel profondo del suo cuore, stava mentendo. Avrebbe trovato subito un modo per rimetterlo in sesto. Già sentiva che un nuovo Potere delle Ali stava venendo a salvarlo.

Qualsiasi cosa pur di non affrontare la verità.

«Damon? Mi senti?». Un intervallo fra le urla: prese a parlargli dolcemente con voce bassa e rauca. «Damon, ti chiedo di fare solo una cosa per me. Stringimi la mano. So che puoi farlo. Stringi solo una delle mie mani».

Ma non sentì alcuna pressione, né sulla destra né sulla sinistra. Sentì solo il sangue che diventava appiccicoso.

E poi avvenne il miracolo e udì di nuovo la voce di Damon, molto flebile, nella sua testa.

Elena? Non... piangere, tesoro. Non sto... così male come dice Stefan. Non sento quasi più nulla... tranne sul mio viso. Io... sento le tue lacrime. Non piangere più... per favore, angelo mio.

Di fronte a questo miracolo, Elena si calmò. L'aveva chiamato "Stefan" e non "fratellino". Ma aveva altro a cui pensare al momento. Riusciva ancora a sentire qualcosa sul suo viso! Era un'informazione importante, un'informazione preziosa. Elena gli mise subito le mani a coppa sulle guance e lo baciò sulle labbra.

Ti ho appena baciato. Ora ti bacio di nuovo. Riesci a sentirlo?

Per sempre, Elena, disse Damon. *Lo porterò con me per sempre. È parte di me ora... capisci?*

Elena si rifiutò di capire. Gli baciò di nuovo le labbra, fredde come il ghiaccio. Ancora... e ancora.

Voleva dargli qualcos'altro. Qualcosa di bello a cui pensare. *Damon, ricordi quando ci siamo incontrati la prima volta? Ero a scuola, avevano appena spento le luci e stavo prendendo le misure della stanza per le decorazioni della Casa Stregata. Ho quasi permesso che mi baciassi... prima ancora di sapere il tuo nome, quando sei sbucato fuori dal buio.*

Damon la stupì rispondendo subito. *Sì... e tu... mi hai sorpreso perché eri la prima ragazza che non riuscivo a Influenzare all'istante. Ci siamo... divertiti assieme, vero? Abbiamo passato dei bei momenti? Siamo andati a una festa... e abbiamo ballato insieme. Porterò anche questo ricordo con me.*

Nello stordimento, Elena ebbe un attimo di lucidità. Non doveva più confonderlo. Erano andati a quella "festa" solo per salvare la vita di Stefan. Glielo disse. *Ci siamo divertiti. Sei un bravo ballerino. Pensa a noi che balliamo il valzer!*

Le parole di Damon le giunsero lente e confuse. *Mi dispiace... Sono terribilmente in ritardo... Dille... questo. A Bonnie. Dille...*

Elena si calmò. *Glielo dirò. Ti sto baciando di nuovo. Riesci a sentire i miei baci?*

Era una domanda retorica, quindi fu sconvolta quando Damon si limitò a rispondere lentamente e con voce assonnata: *Devo... giurare di dirti la verità?*

Sì, mentì subito Elena. Aveva bisogno che lui le dicesse la verità.

Allora... no, sinceramente... non li sento. Non mi sembra di avere... un corpo ora. Sto bene, al caldo, e non sento più dolore. E... mi sembra quasi di non essere solo. Non ridere.

Tu non sei solo! Oh, Damon, non lo sai? Io non ti lascerò mai solo, mai.

La voce le si strozzò in gola e si chiese come avrebbe potuto far sì che lui le credesse. Ancora qualche altro secondo... ora.

Ascolta, gli disse in un sussurro telepatico. *Ti rivelerò il mio prezioso segreto. Non l'ho mai detto a nessuno. Ricordi il motel in cui abbiamo alloggiato nel nostro viaggio, ricordi che tutti, compreso te, vi chiedevate cosa fosse successo quella notte?*

Un... motel? Un viaggio? Sembrava molto insicuro. *Oh... sì. Ricordo. E... il mattino dopo... ero sconcertato.*

Perché Shinichi aveva preso i tuoi ricordi, disse Elena, sperando che quell'odiato nome rianimasse Damon. Ma non ebbe alcun effetto. Come Shinichi, Damon aveva chiuso con il mondo ormai.

Elena appoggiò la guancia sul suo viso freddo e insanguinato. *Ti sono rimasta vicino, tesoro, proprio così. Be', più o meno così. Per tutta la notte. Volevi solo questo, non sentirti solo.*

Seguì un lungo silenzio ed Elena sentì il panico invadere quelle poche parti di lei che non erano intontite o già isteriche. Ma poi le giunsero lentamente le parole di lui.

Grazie... Elena. Grazie... per avermi rivelato il tuo prezioso segreto.

Sì, e ti dirò qualcosa di ancora più prezioso. Nessuno è solo. Non davvero. Nessuno è mai solo.

Sei con me... così calda... non c'è più nulla di cui preoccuparsi...

Sì, andrà tutto bene, promise Elena. *E io sarò sempre con te. Nessuno è solo, lo giuro.*

Elena... sto cominciando a sentirmi strano. Non provo dolore. Ma devo dirti una cosa... anche se so che già la sai... Come mi sono innamorato di te... te lo ricordi, vero? Non mi dimenticherai?

Dimenticarti? *Come potrei* mai *dimenticarti?*

Ma Damon continuava a parlare, e d'un tratto Elena capì che lui non poteva più sentirla, nemmeno con la telepatia.

Te ne ricorderai? Per me? Ricorda solo che... Una volta... solo una volta ho provato il vero amore nella mia vita. Puoi ricordare che ti ho amata? Questo darebbe un senso... a tutta la mia vita... La sua voce si affievolì.

Elena si sentiva terribilmente confusa. Sapeva che stava perdendo molto sangue. Troppo in fretta. Non riusciva a pensare con lucidità. All'improvviso si abbandonò a un pianto isterico e disperato. Perlomeno non avrebbe urlato mai più... non c'era più nessuno da sgridare. Damon se n'era andato. Era scappato senza di lei.

Avrebbe voluto seguirlo. Nulla era reale. Non lo capiva? Non riusciva a immaginare un universo, non importa quante dimensioni ci fossero, senza Damon. Non voleva restare in nessuno di quei mondi, se lui non c'era.

Non poteva farle questo.

E poi senza riflettere e senza preoccuparsi delle conseguenze, si tuffò nelle profondità della mente di Damon, brandendo la telepatia come una spada e tagliando i legacci legnosi che trovava dappertutto. E, alla fine, si trovò a immergersi nella parte più profonda della sua mente... dove, un tempo, un ragazzino carico di catene, la metafora dell'inconscio di Damon, stava di guardia all'enorme macigno in cui aveva rinchiuso le sue emozioni.

"Oddio, sarà così spaventato", pensò. Non doveva andarsene così impaurito, l'avrebbe impedito a qualsiasi costo...

Lo vide. Damon da piccolo. Come sempre, riusciva a riconoscere nel viso dolce e paffuto il giovane uomo dagli zigomi pronunciati che Damon sarebbe diventato, e nei grandi occhi neri vedeva, in potenza, l'impenetrabile oscurità del suo sguardo.

Ma, anche se non stava sorridendo, lo sguardo del bambino era aperto e cordiale, uno sguardo che il vecchio Damon non aveva mai avuto. E le catene... le catene non c'erano più. Non c'era nemmeno il grande macigno.

«Sapevo che saresti venuta», mormorò il ragazzo, ed Elena lo prese fra le braccia.

"Calma", si disse Elena. "Stai calma. Lui non è reale. È ciò che è rimasto della mente di Damon, nella parte posteriore del suo cervello. Tuttavia, il bambino era più piccolo di Margaret, ma era altrettanto tenero e caldo. "Dio, ti prego, qualunque cosa accada, non permettere che capisca ciò che gli è successo davvero".

Ma, quando il bambino alzò la testa per guardarla, Elena lesse la consapevolezza nei suoi grandi occhi neri. «Sono molto felice di vederti», le confidò. «Pensavo che non avrei più avuto l'occasione di parlarti. E... *lui*, sai, mi hai lasciato dei messaggi. Non penso che sia più in grado di parlare, quindi li ha mandati a me».

Elena capiva. Se c'era un punto che le fibre di legno non avevano raggiunto, era nell'ultima parte del suo cervello, la più primitiva. Damon poteva ancora parlarle, tramite quel bambino.

Ma prima di aprir bocca, vide che il bambino aveva gli occhi umidi. Poi il suo corpo fu scosso da uno spasmo e si morse le labbra con forza. Forse per trattenere le lacrime, pensò Elena.

«Fa male?», chiese, cercando di credere il contrario. Voleva disperatamente crederci.

«Non tanto». Ma capì che mentiva. Tuttavia, lui non versò una sola lacrima. Aveva il suo orgoglio, quella versione infantile di Damon.

«Per te ho un messaggio speciale», disse. «Mi ha detto di dirti che lui sarà sempre con te. E che non sarai mai sola. Che nessuno è davvero solo».

18

Elena strinse a sé il bambino. Damon aveva capito, anche nel suo stato di confusione e stordimento. Tutti erano connessi. Nessuno era solo.

«E ha chiesto un'altra cosa. Ha chiesto se puoi tenermi così, nel caso dovessi addormentarmi». I suoi occhi neri e vellutati cercarono il viso di Elena. «Lo faresti?».

Elena cercò di restare calma. «Ti terrò stretto», promise.

«E non mi lascerai mai?»

«Non ti lascerò *mai*», gli disse Elena, perché era un bambino e non aveva senso spaventarlo se non aveva paura. E perché forse quella parte di Damon, quella parte infantile e innocente, avrebbe goduto di un qualche tipo di "eternità". Aveva sentito dire che i vampiri non tornavano indietro, non si reincarnavano come gli umani. I vampiri continuavano a "vivere" come avventurieri o cercatori di fortuna nella parte più alta della Dimensione Oscura, oppure venivano imprigionati lì dalla Corte Celestiale.

«Ti terrò stretto», promise di nuovo Elena. «Per sempre».

Proprio allora il piccolo corpo ebbe uno spasmo, e lei vide le lacrime sulle sue ciglia nere e il sangue sulle sue labbra. Ma prima che potesse dire una parola, lui aggiunse, «Ho altri messaggi. Li so a memoria. Ma...», con uno sguardo che implorava perdono, «devo consegnarli agli altri».

"Quali altri?", pensò all'inizio Elena, perplessa. Poi ricordò. Stefan e Bonnie. Le altre persone che amava.

«Posso... riferirli io per te», disse esitante, e il bambino abbozzò per la prima volta un sorriso, sollevando appena un angolo della bocca.

«Mi ha lasciato anche un po' di telepatia», disse. «L'ho tenuta nel caso ci fosse stato bisogno di richiamare la tua attenzione».

"Ancora fiero della sua indipendenza", pensò Elena. Ma disse solo: «Procedi pure».

«Il primo messaggio è per mio fratello, Stefan».

«Potrai riferirglielo fra un attimo», disse Elena. Continuò ad abbracciare il ragazzino nell'anima di Damon, sapendo che era l'unica cosa che poteva ancora fare per lui. Era disposta a sacrificare qualche prezioso secondo per permettere a Stefan e Bonnie di dirgli addio di persona. Con enorme fatica cambiò la posizione del proprio corpo reale – il corpo fuori dalla mente di Damon – e aprì gli occhi, sbattendo le palpebre e cercando di mettere a fuoco il mondo esterno.

Vide il volto di Stefan, pallido e afflitto. «Damon è...?»

«No. Ma manca poco. Può sentire ancora la telepatia, se formuli i tuoi pensieri con chiarezza, come se stessi parlando. Ha chiesto di parlare con te».

«Con me?». Stefan si chinò lentamente e posò la guancia su quella del fratello. Elena chiuse di nuovo gli occhi, facendogli strada nelle tenebre fino al punto in cui ardeva ancora una piccola luce. Percepì la meraviglia di Stefan quando la vide lì, con il ragazzino dai capelli neri fra le braccia.

Elena non si era resa conto che, grazie al suo legame con il ragazzino, sarebbe stata in grado di sentire qualsiasi parola si fossero scambiati. Né che i messaggi di Damon sarebbero stati riferiti con le parole di un bambino.

Il ragazzino disse: «Immagino che tu stia pensando che sono piuttosto stupido».

Stefan trasalì. Non aveva mai visto né sentito quella versione infantile di Damon. «Non potrei mai pensare una cosa del genere», disse lentamente, meravigliato.

«Ma non è ... da *lui*, sai. Non è ... da *me*».

«Penso», disse Stefan con voce tremante, «che sia terribilmente triste... non aver mai conosciuto davvero nessuno dei due».

«Per favore, non essere triste. Questo è ciò che mi ha detto di dirti. Che non dovresti essere triste... o spaventato. Ha detto che è un po' come andare a dormire, e un po' come volare».

«Io... me ne ricorderò. E... grazie, fratellone».

«Penso che sia tutto. Sai già di dover vegliare sulle nostre ragazze...».

Il bambino fu scosso da un altro terribile spasmo, che lo lasciò senza fiato. Stefan si affrettò a rispondere.

«Ma certo. Mi occuperò io di tutto. Tu, vola pure».

Elena poteva sentire il dolore terribile che squarciava il cuore di Stefan, ma la sua voce era calma. «Ora vola via, fratello mio. Vola via».

Elena percepì qualcosa attraverso la connessione telepatica... Bonnie che toccava la spalla di Stefan. Lui si alzò in fretta, lasciandole il posto. Bonnie era quasi isterica per il gran piangere, ma Elena notò che aveva fatto un bel gesto. Mentre lei stava nel suo piccolo mondo con Damon, Bonnie aveva preso un pugnale e aveva tagliato una lunga ciocca dei capelli di Elena. Poi ne aveva tagliata una dei propri capelli color fragola e aveva posato le ciocche – una ondulata e dorata, l'altra arricciata e biondo-rame – sul petto di Damon. Era l'unica cosa che potessero fare in quel mondo senza fiori per rendergli onore, per restare sempre con lui.

Elena poteva sentire anche Bonnie tramite il legame con Damon, ma all'inizio la ragazza riusciva solo a piangere. «Damon, per favore! Oh, ti prego! Non sapevo... Non avrei pensato... che qualcuno potesse farsi male! Mi hai salvato la vita! E ora... Oh, per favore! Non posso dirti addio!».

Non capiva che si stava rivolgendo a un bambino piccolo, pensò Elena. Ma Damon aveva mandato al ragazzino un messaggio da ripetere a memoria.

«Tuttavia, lui mi ha chiesto di dirti addio». Per la prima volta il bambino sembrava a disagio. «E... e dovrei dirti anche che mi dispiace. Lui pensava che sapessi cosa intendesse dire e che mi avresti perdonato. Ma... se non vuoi perdonarmi... non so cosa succederà... Ah!».

Il suo corpo fu colto da un altro di quegli odiosi spasmi. Elena lo strinse forte, mordendosi le labbra fino a farle sanguinare; allo stesso tempo cercò di proteggere il ragazzino dai suoi stessi sentimenti. E nel profondo della mente di Damon, vide l'espressione di Bonnie cambiare: passò dalle inarrestabili lacrime di rimorso a un'attonita paura e, infine, un cauto autocontrollo. Sembrava che fosse cresciuta in un solo istante.

«Ma certo... certo, capisco! E ti perdono. Ma *tu* non hai fatto nulla di male. Sono una tale sciocca, io...».

«*Noi* non pensiamo che tu sia una sciocca», disse il bambino, con aria molto sollevata. «Ma grazie per avermi perdonato. C'è un nomignolo con cui dovrei chiamarti, ma io...». Si afflosciò fra le braccia di Elena. «Credo... di avere un po' sonno...».

«Era "pettirosso"?», chiese con premura Bonnie, e il volto pallido del ragazzino s'illuminò.

«Sì. Lo sapevi già. Siete tutti... così gentili e svegli. Grazie... per aver reso tutto più facile... Ma posso dire un'altra cosa?».

Elena stava per rispondere, quando, all'improvviso, fu spinta fuori dalla mente di Damon e tornò alla realtà. L'Albero aveva scagliato un'altra serie di rami a zampa di ragno, intrappolandoli insieme al corpo di Damon fra due cerchi di sbarre di legno.

Elena non aveva alcun piano. Non sapeva come ottenere la sfera stellata per cui era morto Damon. O l'Albero era intelligente, oppure era strano che avesse un sistema di difesa così efficiente. Quindi optava per la prima ipotesi. Si trovavano proprio di fronte alla prova tangibile che tantissime persone in passato avevano tentato di prendere la sfera stellata... lasciando un terreno sabbioso fatto delle loro ossa sbriciolate.

"A questo punto", pensò, "mi chiedo perché non abbia cercato di uccidere anche noi. Soprattutto Bonnie. Lei è entrata, poi è uscita ed è entrata di nuovo, cosa che non le avrei mai permesso di fare se non fossimo stati tutti concentrati su Damon. Perché non se la prende di nuovo con lei?".

Stefan cercava di essere forte, di trovare un modo per uscire da quella situazione disastrosa, ma Elena la trovava talmente assurda che si era semplicemente seduta. Bonnie aveva ricominciato a piangere, emettendo dei suoni strazianti.

Fra le due serie circolari di sbarre si stava formando una rete di legno. Le maglie erano troppo strette perché persino Bonnie, che era la più minuta, potesse attraversarle. L'Albero era riuscito a separare il gruppo di Elena sia dall'esterno della fossa sabbiosa, sia dalla sfera stellata.

«L'ascia!», gridò Stefan a Elena. «Lanciamela...».

Ma lei non fece in tempo. Una piccola radice si era arricciata intorno all'ascia e l'aveva trascinata in un lampo sui rami più alti.

«Stefan, mi dispiace! Sono stata troppo lenta!».

«L'Albero è stato troppo veloce!», la corresse lui.

Elena trattenne il respiro, aspettando l'ultimo crollo, quello che li avrebbe uccisi tutti. Quando non ci fu alcun crollo, capì che l'Albero non solo era intelligente, ma sadico. Li aveva intrappolati lì, lontano dai viveri, perché morissero lentamente di fame e di sete, o diventassero matti guardando gli altri morire.

Il meglio che potessero sperare era che Stefan uccidesse sia lei che Bonnie, ma neanche lui sarebbe mai uscito. I rami si sarebbero schiantati al suolo ogni volta che l'Albero l'avesse ritenuto necessario, finché le ossa in frantumi di Stefan si sarebbero unite alle altre, che il tempo aveva macinato fino a ridurle in finissima sabbia.

Fu l'ultima goccia: il pensiero che tutti loro erano intrappolati con Damon rendeva risibile e vana la sua morte. La *cosa* che si era gonfiata dentro di lei per settimane, mentre udiva storie di bambini che mangiavano i loro animaletti domestici, di creature che provavano piacere per il dolore altrui, alla fine, con il sacrificio di Damon, era diventata così grande che non riusciva più a trattenerla.

«Stefan, Bonnie... non toccate i rami», disse con voce strozzata. «State attenti a non sfiorarli in nessun punto».

«Non li sto toccando, amore, e nemmeno Bonnie. Ma perché?»

«Non riesco più a trattenerlo! Devo alzarmi, così...».

«Elena, no! L'incantesimo...».

Elena non riusciva più a pensare. L'odiosa penombra la stava facendo diventare matta, poiché l'orribile luce verde dell'Albero le ricordava i puntini verdi nelle pupille di Damon.

Capiva perfettamente il sadismo dell'Albero verso i suoi amici... e con la coda dell'occhio scorgeva una macchia nera... simile a una bambola di pezza. Ma non era una bambola; era Damon. Damon con il suo spirito arguto e selvaggio ormai spezzato. Damon... che se n'era andato da quello e da tutti gli altri mondi.

Il suo volto era ricoperto del sangue di Elena. Non c'era pace né dignità su quel volto. L'Albero gli aveva portato via tutto.

Elena perse la testa.

Con un selvaggio grido di rabbia che le salì dallo stomaco e le sgorgò rauco dalla gola, Elena afferrò un ramo dell'Albero che aveva ucciso Damon, che aveva assassinato il suo amato, e che avrebbe ucciso lei e le altre due persone che amava.

Non pensò a nulla. Non era più in grado di pensare. Ma d'istinto strinse uno dei rami più alti della gabbia dell'Albero e lasciò esplodere la sua rabbia, tutto il furore dell'amore assassinato.

Ali della Distruzione.

Sentì sulle spalle l'arco delle Ali, che sembravano intessute di pizzo e perle nere come l'ebano, e per un istante si sentì simile a una dea della morte, consapevole che quel pianeta non avrebbe mai più ospitato alcuna forma di vita.

Quando esplose l'attacco delle Ali, la luce del crepuscolo si spense in un nero opaco. "Che colore appropriato. A Damon sarebbe piaciuto", pensò nella confusione del momento, e poi si ricordò della sua morte e il Potere di distruggere l'Albero che ricopriva tutto quel piccolo mondo eruppe di nuovo da lei con bruciante violenza. La distruggeva dall'interno, ma lo lasciò fluire.

Nessun dolore fisico si poteva paragonare a ciò che aveva nel cuore, al dolore della perdita che aveva subito. Nessun dolore fisico poteva esprimere ciò che provava.

Le grosse radici nel terreno sotto di loro tremavano convulse come per un terremoto, e poi...

Si udì un rumore assordante quando il tronco del Grande Albero esplose verso l'alto come un razzo, disintegrandosi in una nube di cenere sottile. Le sbarre a zampa di ragno semplicemente scomparvero insieme alla volta dei rami sulle loro teste. In un angolo della sua mente Elena notò che la stessa ondata di distruzione si protraeva molto lontano da lì e trasformava velocemente rami e foglie in infinitesimali atomi di materia che restavano sospesi nell'aria come caligine.

«La sfera stellata!», strillò Bonnie angosciata in quel silenzio spettrale.

«Vaporizzata!». Stefan prese fra le braccia Elena mentre cadeva in ginocchio, con le eteree Ali nere che si dissolvevano. «Comunque non saremmo mai riusciti a ottenerla. L'Albero l'ha protetta per migliaia di anni! Avremmo ottenuto soltanto una morte lenta».

Elena si era girata verso Damon. Non aveva ancora toccato il palo che trapassava il suo petto. Tra pochi secondi sarebbe stato l'unico residuo dell'Albero su quel mondo. Non osava sperare davvero che in lui fosse rimasta una scintilla di vita, ma il bambino aveva chiesto di parlare con lei e avrebbe fatto tutto il possibile per accontentarlo, o sarebbe morta provandoci. Riusciva a stento a sentire Stefan che l'abbracciava.

Ancora una volta, si tuffò negli abissi della mente di Damon. Stavolta sapeva esattamente dove andare.

Era un miracolo: il bambino era ancora lì, anche se soffriva orribilmente. Le lacrime gli scorrevano giù per le guance, ma si sforzava di non singhiozzare. Si era morso le labbra fino a farle sanguinare. Le sue Ali non erano riuscite a distruggere il legno dentro di lui: il veleno l'aveva già danneggiato e non c'era modo di annullarne l'effetto.

«Oh, mio Dio, no!». Elena prese il bambino fra le braccia. Una lacrima le cadde sulla mano. Lo cullò, a stento consapevole di ciò che stava facendo. «Cosa posso fare per aiutarti?»

«Sei di nuovo qui», disse lui, e dal suo tono di voce lei capì che le aveva appena risposto. Non voleva altro. Era un bambino molto facile da accontentare.

«Sarò... sempre qui. Sempre. Non ti lascerò mai».

Le sue parole non ebbero l'effetto desiderato. Il ragazzo rantolò, cercando di sorridere, ma fu dilaniato da un terribile spasmo e il suo corpo s'inarcò sfuggendole dalle braccia.

Allora Elena capì che stava trasformando l'inevitabile in una lenta, atroce tortura.

«Ti terrò», disse, modificando la frase per lui, «finché non mi chiederai di lasciarti andare. D'accordo?».

Il ragazzo annuì. Ansimava per il dolore. «Potresti... potresti lasciarmi chiudere gli occhi? Solo... solo per un minuto?».

Elena sapeva cosa sarebbe successo se avesse smesso di tormentarlo e l'avesse lasciato dormire, anche se il bambino non sembrava altrettanto consapevole. Ma non riusciva più a sopportare di vederlo soffrire. Aveva perso di nuovo il senso della realtà e sentiva di non avere nessun altro al mondo, perciò non le importava se, così facendo, rischiava di seguirlo nella morte.

Cercando di controllarsi e tenere ferma la voce, disse: «Forse... possiamo chiudere gli occhi entrambi. Non troppo a lungo... no! Ma... solo per un minuto».

Continuò a cullare il corpicino fra le braccia. Sentiva ancora una debole pulsazione... non era un battito vero e proprio, tuttavia era un segno di vita. Sapeva che lui non aveva ancora chiuso gli occhi; che stava resistendo alla tortura.

Per lei. Per nessun altro. Solo per farla felice.

Gli avvicinò le labbra all'orecchio e sussurrò: «Chiudiamo gli occhi insieme, d'accordo? Conto fino a tre... e li chiudiamo. Va bene?».

C'era tanto sollievo nella sua voce e un amore immenso. «Sì. Insieme. Sono pronto. Puoi cominciare a contare».

«Uno». L'unica cosa importante era stringerlo e rimanere calma. «Due. E...».

«Elena?».

Quasi la spaventò. L'aveva già chiamata per nome?

«Sì, tesoro?»

«Elena... Io... ti amo. Non solo attraverso di lui. Anch'*io* ti amo».

Elena dovette nascondere il viso fra i capelli. «Ti amo anch'io, piccolo. L'hai sempre saputo, vero?»

«Sì, sempre».

«Sì. L'hai sempre saputo. E adesso... chiudiamo gli occhi... per un minuto. *Tre*».

Aspettò finché non si fermò l'ultima debole pulsazione, la testa cadde all'indietro, gli occhi si chiusero e l'ombra della sofferenza si dissolse. Non aveva un'aria serena, ma semplicemente gentile... e mite, ed Elena vide nel suo viso l'aspetto che avrebbe avuto un adulto con i lineamenti di Damon e quella espressione.

Ormai anche il piccolo corpo stava evaporando fra le sue braccia. Oh, che stupida! Aveva dimenticato di chiudere gli occhi insieme a lui. Si sentiva stordita, anche se Stefan aveva fermato l'emorragia al collo. Forse, se avesse chiuso gli occhi, anche lei avrebbe avuto quell'espressione. Era così felice che se ne fosse andato dolcemente alla fine.

Forse le tenebre sarebbero state gentili anche con lei.

Era tutto tranquillo. Il tempo di mettere via i suoi giocattoli e tirare le tende. Il tempo di andare a letto. Un ultimo abbraccio... e ora le sue braccia erano vuote.

Non era rimasto niente da fare, niente per cui combattere. Aveva fatto del suo meglio. E, alla fine, il bambino se n'era andato senza paura.

Il tempo di spegnere la luce. Il tempo di chiudere gli occhi.

Le tenebre furono molto gentili con lei, e lei vi s'immerse dolcemente.

19

Dopo un tempo infinito nelle tenebre morbide e gentili, qualcosa costrinse Elena a tornare alla luce. La vera luce. Non la terribile penombra verde dell'Albero. La vedeva anche attraverso le palpebre abbassate, ne sentiva il calore. Un sole giallo. Dove si trovava? Non se lo ricordava.

E neppure le interessava. Qualcosa dentro di lei diceva che le tenebre gentili erano meglio del sole. Ma poi ricordò un nome.

Stefan.

Stefan era...?

Stefan era colui che... colui che amava. Ma lui non aveva mai capito che l'amore non era al singolare. Non aveva mai capito che poteva essere innamorata di Damon e che questo non avrebbe cambiato di un atomo il valore del suo amore per lui. E quella mancanza di comprensione era stata così straziante e dolorosa che a volte si era sentita lacerata in due persone diverse.

Ancora prima di aprire gli occhi, si accorse che stava bevendo. Beveva il sangue di un vampiro, e non si trattava di Stefan. C'era qualcosa di unico in quel sangue. Era allo stesso tempo più denso, speziato e inebriante.

Non poté evitare di aprire gli occhi. Senza capirne il motivo, li spalancò e cercò subito di mettere a fuoco l'odore, l'aspetto e la carnagione del vampiro, chiunque fosse, che, chino su di lei, la teneva fra le braccia.

Non capì neppure la delusione che provò quando si accorse che, curvo su di lei, con il suo petto abbronzato e caldo di luce solare, c'era Sage, che le teneva la testa premuta contro il collo, con mano ferma ma delicata.

Ma, stando a ciò che sentiva sotto le dita, era sdraiata sull'erba... e per qualche motivo la sua testa era fredda. Molto fredda.

Fredda e bagnata.

Smise di bere e cercò di alzarsi a sedere. La luce divenne più intensa, strappandola alle tenebre. Udì la voce di Sage e sentì il rimbombo nel suo petto mentre parlava. «*Ma pouvre petite*, fra un minuto o giù di lì dovrai bere un altro po'. E ci sono ancora tracce di cenere fra i tuoi capelli».

Cenere? *Cenere*? Non si mette la cenere sui capelli in segno di... ma a cosa stava pensando? Le sembrava di avere un blocco nella mente che le impediva di avvicinarsi a... qualcosa. Ma non aveva intenzione di farsi dire cosa doveva fare.

Si alzò a sedere.

Si trovava... sì, si trovava di sicuro nel paradiso kitsune, e fino a un attimo prima era distesa sulla schiena, con i capelli in un ruscelletto limpido che aveva già visto in passato. Stefan e Bonnie stavano lavando via qualcosa di nero dai suoi capelli. Anche loro erano sporchi di quella sostanza nerastra: Stefan aveva una larga striscia nera sullo zigomo e Bonnie delle righe grigie e sfumate sotto gli occhi.

A causa delle lacrime. Bonnie aveva pianto. Stava ancora piangendo, con flebili singhiozzi che cercava di soffocare. Guadando con più attenzione, Elena si accorse che Stefan aveva le palpebre gonfie, segno che aveva pianto anche lui.

Si sentiva le labbra intorpidite. Ricadde indietro sull'erba, guardando Sage, che si stava asciugando gli occhi di nascosto. Le faceva male la gola, non solo all'interno, come quando bruciava per le grida e i singhiozzi, ma anche all'esterno. Le balenò l'immagine di se stessa che si tagliava la gola con un coltello.

Con le labbra intorpidite, sussurrò: «Sono un vampiro?»

«*Pas encore*», disse Sage con voce malferma. «Non ancora. Ma Stefan e io abbiamo dovuto darti moltissimo sangue. Devi stare molto attenta nei prossimi giorni. Sei proprio sull'orlo della trasformazione».

Questo spiegava le sue sensazioni. Probabilmente Damon sperava che diventasse come lui, ragazzaccio. Istintivamente porse la mano a Stefan. Forse l'avrebbe aiutato.

«Ci riposeremo per un po'», disse. «Non devi essere triste». Ma lei stessa si sentiva molto strana. Non aveva quella strana sensazione da quando, dopo aver visto Stefan in prigione, aveva pensato che sarebbe potuto morire da un momento all'altro.

No... era peggio... perché con Stefan c'era stata una speranza, ed Elena sentiva che al momento non c'era più nulla da sperare. Era tutto finito. Era vuota: una ragazza che sembrava forte e sicura, ma che dentro di sé aveva perso tutto.

«Sto morendo», sussurrò. «Lo so... Siete tutti qua per dirmi addio?».

A quelle parole Sage – Sage! – emise un gemito strozzato e cominciò a piangere. Stefan, che stranamente era ancora in disordine, con tracce di fuliggine sul viso e sulle braccia e con i capelli e i vestiti inzuppati, disse: «Non stai per morire, Elena. A meno che tu non lo voglia».

Non aveva mai visto Stefan in quello stato. Nemmeno in prigione. Il suo ardore, quel fuoco interiore che mostrava soltanto a lei, si era spento.

«Sage ci ha salvati», disse con studiata lentezza, come se parlare gli costasse una grande fatica. «La pioggia di cenere... tu e Bonnie sareste morte se aveste continuato a respirarla. Ma Sage ha posto una porta per tornare alla Guardiola proprio davanti a noi. Riuscivo a stento a vederla; avevo gli occhi pieni di cenere e le cose continuavano a peggiorare su quella luna».

«Una pioggia di cenere», mormorò Elena. C'era qualcosa in fondo alla sua mente, ma ancora una volta la memoria la tradì. Ma era assurdo.

«Perché c'era una pioggia di cenere?», chiese, accorgendosi di avere la voce fioca e arrochita, come se avesse gridato troppo a una partita di football.

«Hai usato le Ali della Distruzione», disse con fermezza Stefan, guardandola con i suoi occhi gonfi. «Ci hai salvato la vita. Ma hai ucciso l'Albero... e hai disintegrato la sfera stellata».

Ali della Distruzione. Doveva aver perso la pazienza. E aveva distrutto un pianeta. Era un'assassina.

E la sfera stellata era andata perduta. Fell's Church. Oddio. Che cosa le avrebbe detto Damon? Aveva sbagliato tutto… tutto. Bonnie stava piangendo, con il viso rivolto dall'altra parte.

«Mi dispiace», disse Elena, consapevole di quanto fossero inadeguate le sue parole. Per la prima volta si guardò attorno con aria affranta. «Damon?», mormorò. «Non vuole parlarmi? Per quello che ho fatto?».

Sage e Stefan si guardarono.

Elena sentì un brivido gelido lungo la spina dorsale.

Fece per alzarsi, ma le sue gambe erano diverse da come le ricordava. Sembrava che volessero sganciarsi dalle ginocchia. Fissava il proprio corpo, i vestiti sporchi e bagnati… e poi qualcosa che sembrava fango le scivolò dalla fronte. Sangue o fango coagulato.

Bonnie emise un gemito. Stava ancora piangendo, ma cominciò a parlare con una nuova voce arrochita che la faceva sembrare più grande. «Elena, non ti abbiamo ripulito per bene i capelli dalla cenere. Sage doveva farti una trasfusione di emergenza».

«Ci penso io», disse Elena in tono piatto. Piegò le ginocchia. Si lasciò cadere e il suo corpo vibrò, urtando il terreno duro. Poi, girandosi, si curvò sul torrentello e vi lasciò cadere la testa. Nello shock provocato dall'acqua gelida, udì le esclamazioni ovattate di Bonnie e Sage, e la voce nitida di Stefan nella sua testa. *Tutto bene, Elena?*

No, rispose. *Ma non sto annegando. Mi sto solo lavando i capelli. Forse Damon vorrà almeno vedermi, se mi rendo presentabile. Forse verrà con noi e combatterà per Fell's Church.*

Lascia che ti aiuti a rialzarti, disse con calma Stefan.

Elena aveva finito l'aria trattenuta nei polmoni. Sollevò dall'acqua la testa pesante e la scosse leggermente, facendo ricadere sulla schiena i capelli fradici ma puliti. Fissò Stefan.

«Perché?», chiese. E poi, con un improvviso senso di panico, «Se n'è già andato? Era arrabbiato… con me?»

«Stefan», disse con voce stanca Sage. Stefan, che la guardava con lo sguardo fisso di un animale braccato, emise alcuni deboli gemiti.

«L'Influenza non sta funzionando», disse Sage. «Finirà per ricordare tutto da sola».

20

Stefan non si mosse né parlò per un lungo momento. Il cuore di Elena si gonfiò. All'improvviso era spaventata quanto lui. Gli si avvicinò e gli prese le mani tremanti.

Tesoro, non piangere, disse con il pensiero. *Deve esserci ancora tempo per salvare Fell's Church. Deve esserci. Non può finire così. E inoltre, Shinichi è morto! Possiamo raggiungere i bambini; spezzare il condizionamento…* Si fermò. Era come se la parola "condizionamento" le echeggiasse nelle orecchie. Gli occhi verdi di Stefan riempivano il suo campo visivo. I suoi pensieri stavano diventando… incoerenti. Tutto stava diventando di nuovo irreale. Entro un minuto non sarebbe riuscita a…

Distolse lo sguardo, respirando forte.

«Mi stai Influenzando», disse. Avvertiva la rabbia nella propria voce.

«Sì», sussurrò Stefan. «Ti sto Influenzando da mezz'ora».

Come osi?, pensò Elena, rivolta solo a lui.

«Ho smesso… adesso», disse con calma Stefan.

«Anch'io», aggiunse Sage, che dalla voce sembrava esausto.

L'universo compì un lento movimento rotatorio ed Elena si ricordò ciò che le stavano nascondendo.

Si alzò con un grido d'angoscia, spargendo goccioline d'acqua, ergendosi come una dea vendicatrice. Guardò Sage. Guardò Stefan.

E Stefan dimostrò tutto il suo coraggio e il suo amore per lei. Le disse ciò che già sapeva. «Damon è morto, Elena. Mi dispiace. Mi dispiace se… ti ho impedito di stare con lui quanto avresti voluto. Mi dispiace di essermi messo tra voi. Non avevo capito *quanto* vi amavate. Ora lo so». E poi affondò la faccia tra le mani.

Elena avrebbe voluto andare da lui. Per rimproverarlo, per abbracciarlo. Per dirgli che lo amava allo stesso modo, amava ogni goccia del suo sangue, ogni atomo del suo corpo. Ma era paralizzata e le tenebre la stavano minacciando di nuovo... Riuscì solo a tendere le braccia mentre si accasciava sull'erba. E poi riaprì gli occhi e si ritrovarono tutti e tre a piangere: Elena con l'intensità della nuova scoperta; Stefan con una voce afona e smarrita che non gli aveva mai sentito prima; e Bonnie con una stanchezza arida e straziante che sembrava volesse disintegrare il suo piccolo corpo.

Il tempo aveva perso significato. Elena voleva piangere per ogni momento della dolorosa morte di Damon e anche per ogni istante della sua vita. Era una perdita troppo grande. Non riusciva a capirla e non voleva far altro che piangere finché le tenebre gentili non avessero di nuovo inghiottito i suoi pensieri.

Fu allora che intervenne Sage.

Afferrò Elena e la tirò su, scuotendola per le spalle. Le fece balonzolare la testa avanti e indietro.

«La tua città è in rovina!», gridò, come se fosse colpa sua. «Forse Mezzanotte porterà una calamità, ma forse no. L'ho letto nella tua mente quando ti ho Influenzata. La piccola Fell's Church è già devastata. E tu non vuoi nemmeno combattere per salvarla!».

Qualcosa scattò dentro di lei. Sciolse il torpore e la gelida paralisi. «Sì, combatterò per Fell's Church!», gridò. «Combatterò con tutta la forza che ho in corpo, finché fermerò le persone che l'hanno distrutta o finché loro non uccideranno me!».

«E ora, *puis-je savoir*, tornerete in tempo? Se tornate per la strada che avete fatto venendo qui, sarà tutto finito quando arriverete!».

Stefan era al suo fianco, per farle coraggio, spalla a spalla. «Allora ti costringeremo a mostrarci un'altra strada... così potremo tornare in tempo!».

Elena lo guardò a bocca aperta. No. No. Stefan non poteva aver detto una cosa del genere. Stefan non agiva con la forza. E le sarebbe dispiaciuto essere responsabile del suo cambiamento. Si girò di scatto verso Sage. «Non c'è bisogno di lottare! Ho una Chiave Universale nello zaino, e la magia qui, dentro la Guardiola, funziona!», gridò.

Stefan e Sage si fissavano con uno sguardo feroce e penetrante. Elena avrebbe voluto andare da Stefan, ma il mondo stava facendo un'altra delle sue capriole. Temeva che se Sage avesse attaccato Stefan, non avrebbe potuto nemmeno aiutarlo.

Invece, all'improvviso, Sage gettò indietro la testa e scoppiò in una fragorosa risata. O forse era una via di mezzo fra un tonante scoppio di risa e un grido. Era spettrale come l'ululato di un lupo, ed Elena sentì il piccolo corpo tremante di Bonnie che si stringeva a lei, per dare conforto a entrambe.

«Che diavolo!», ruggì Sage e li guardò con una luce selvaggia negli occhi. «*Mais oui*, che *diavolo* dico?». Rise di nuovo. «Dopo tutto, io sono il Custode, e ho già infranto le regole permettendovi di oltrepassare due porte diverse».

Stefan respirava ancora forte. Tese il braccio, afferrò Sage per le spalle ampie e lo scosse con la forza di un vampiro impazzito. «Di cosa stai parlando? Non c'è tempo per parlare!».

«Ah, ti sbagli, *mon ami*. Abbiamo tutto il tempo. Vi serve la potenza di fuoco del paradiso per salvare Fell's Church. E per annullare i danni già fatti. Per spazzare via il male alla radice, come se nulla fosse accaduto. E forse», aggiunse Sage, guardando Elena, «ma è solo un'ipotesi, per annullare anche gli eventi di questa giornata».

D'un tratto Elena sentì un formicolio su ogni centimetro di pelle. Ascoltava Sage con tutto il corpo, china verso di lui, con un'espressione d'intensa bramosia, e spalancò gli occhi quando lui tirò in ballo l'unico altro argomento che le interessava.

Sage disse, a voce molto bassa e in tono trionfante: «Sì. Possono donare la vita ai morti. Hanno il Potere. Possono riportare indietro *mon petit tyran* Damon… come hanno riportato indietro te».

Stefan e Bonnie stavano sorreggendo Elena. Non riusciva a stare in piedi da sola.

«Ma *perché* dovrebbero aiutarci?», sussurrò angosciata. Non voleva concedersi neppure un alito di speranza, non finché non avesse avuto tutto chiaro.

«In cambio di ciò che fu loro rubato migliaia di anni fa», rispose Sage. «Siete nella fortezza dell'Inferno, sapete. Ecco cos'è la Guardiola. Le Guardiane non possono entrare qui. Non possono prendere d'assalto il cancello ed esigere che venga loro restituito ciò che c'è dentro... I Sette – *pardon*, ora i Sei – tesori kitsune».

Nemmeno un alito di speranza. Nemmeno uno. Ma Elena suo malgrado scoppiò in una fragorosa risata.

«Come facciamo a dargli un parco? O un campo di rose nere?»

«Daremo loro i diritti di proprietà della terra su cui si trovano il parco e il campo di rose».

Nemmeno un fiato, anche se, accanto a lei, i corpi di Stefan e Bonnie tremavano. «E come offriremo loro la Fontana della Vita e dell'Eterna Giovinezza?»

«Non la offriremo. Comunque, ho qui diversi recipienti, in attesa di essere raccolti come rifiuti. La minaccia di versare a caso sulla vostra terra una bottiglia da cinque litri di acqua de *La Fontaine*... sarebbe devastante per loro. E, ovviamente», aggiunse Sage, «so di certe gemme con incantesimo incorporato per le quali farebbero follie. Venite, adesso apro tutte le porte assieme! Prendiamo tutto quel che possiamo... Le stanze, facciamo piazza pulita!».

Il suo entusiasmo era contagioso. Elena fece un mezzo giro, trattenendo il respiro e sgranando gli occhi per cogliere il primo lampo della luce di uno dei portali.

«Aspetta». La voce di Stefan si era fatta di colpo dura. Bonnie ed Elena, raggelate, si girarono e si abbracciarono tremanti. «Cosa farà tuo... tuo padre quando scoprirà che sei stato tu a permetterlo?»

«Non mi ucciderà», disse brusco Sage, con una nota di follia nella voce. «Forse, come me, lo troverà *amusant*, e domani ci faremo una bella risata».

«E se non lo trova divertente? Sage, non penso... Damon non avrebbe voluto...».

Sage si voltò di scatto e, per la prima volta da quando lo conosceva, Elena riuscì a credere con tutta l'anima che era davvero figlio di suo padre. Sembrava che persino i suoi occhi avessero cambiato colore, diventando gialli come le fiamme, con le pupille di diamante dei gatti. La sua voce era come un'esplosione di schegge d'acciaio, più dura di quella di Stefan. «Quello che c'è fra me e mio padre sono affari miei. Miei! Resta qui se vuoi. In ogni caso, lui non si prende alcun disturbo per i vampiri. Dice che sono già dannati. Ma io farò tutto ciò che posso per riportare indietro *mon chéri* Damon».

«Qualunque sarà il prezzo che dovrai pagare?»

«Al diavolo il prezzo!».

Con grande sorpresa di Elena, Stefan posò le mani sulle spalle di Sage, gliele strinse per un momento e poi abbracciò con forza il suo corpo gigantesco.

«Volevo esserne sicuro», disse con calma. «Grazie, Sage. Grazie». Poi si girò, marciò deciso vero la pianta di Royal Radhika e, con uno strattone, la strappò dal suo pergolato.

Elena, con il cuore che le batteva in gola, sulle labbra e sulla punta delle dita, corse a prendere i recipienti vuoti e le bottiglie che Sage stava lanciando fuori da una nona porta apparsa tra il pozzo della miniera e il campo di rose nere. Afferrò un fusto da cinque litri e una bottiglia di acqua Evian, entrambe con il tappo intatto. Per fortuna erano di plastica, perché le caddero entrambe mentre varcava la soglia della stanza con la fontana spumeggiante. Le mani le tremavano troppo; e continuava a ripetere una preghiera monotona: *Oh, per favore. Per favore! Per favore!*

Versò l'acqua della Fontana in entrambi i contenitori e chiuse il tappo. Allora si accorse che Bonnie stava ancora ferma al centro della Guardiola. Aveva un'aria disorientata, impaurita.

«Bonnie?»

«Sage?», disse Bonnie. «Come porteremo queste cose alla Corte Celestiale per contrattare con loro?»

«Non ti preoccupare», disse con dolcezza Sage. «Sono sicuro che le Guardiane ci aspetteranno fuori per arrestarci. Ci porteranno loro davanti alla Corte».

Bonnie non smise di tremare, ma annuì e si affrettò ad aiutarlo a prendere delle bottiglie di Black Magic... e a romperle. «Un simbolo», disse Sage. «*Un signe* di ciò che faremo a questo posto se i Celestiali non acconsentono alle nostre richieste. Attenta a non tagliarti quelle mani graziose».

A Elena sembrò di aver sentito la voce roca di Bonnie che rispondeva qualcosa, e il suo non era un tono allegro. Ma il basso mormorio di Sage era rassicurante. Elena non osava lasciarsi andare né alla speranza né alla disperazione. Aveva un compito, un progetto. Stava facendo i suoi piani personali per la Corte Celestiale.

Dopo che lei e Bonnie ebbero raccolto tutto il bottino che riuscivano a trasportare e riempito gli zaini fino a scoppiare, dopo che Stefan ebbe recuperato un paio di strette scatole nere che contenevano gli atti di trasferimento della proprietà, e quando Sage cominciò a somigliare a un incrocio fra Babbo Natale e uno splendido Ercole abbronzato dai capelli lunghi, con due sacchi fatti con le federe dei cuscini sulle spalle, diedero un ultimo sguardo alla Guardiola saccheggiata.

«Bene», disse Sage. «È il momento di affrontare le Guardiane». Rivolse a Bonnie un sorriso rassicurante.

Come al solito, Sage aveva ragione. Appena uscirono con il loro bottino, trovarono ad aspettarli le Guardiane delle varie dimensioni. Quelle del primo tipo somigliavano vagamente a Elena: ragazze magre con i capelli biondi e gli occhi blu. Le Guardiane del Mondo Sotterraneo sembravano più vecchie. Erano donne flessuose, con la pelle così nera che pareva d'ebano e i folti capelli ricci raccolti in una cuffia sulla sommità del capo. Montavano splendide automobili dorate ad aria compressa.

«Siete in arresto», disse una delle guardiane brune, e dal tono sembrava non le piacesse affatto il suo lavoro, «per aver rimosso dei tesori che appartenevano di diritto alla Corte Celestiale dal santuario in cui era stato concordato che fossero tenuti, secondo le leggi di entrambe le dimensioni».

E poi non dovettero far altro che aggrapparsi alle automobili dorate ad aria compressa mentre tenevano stretto il loro bottino illegale.

La Corte Celestiale era… celestiale. Bianco perla con una lieve sfumatura azzurra. Minareti. Avevano fatto molta strada dal cancello pesantemente sorvegliato – dove Elena aveva visto un terzo tipo di Guardiane, ragazze con capelli rossi e corti e penetranti occhi a mandorla verdi – e il palazzo vero e proprio, che sembrava racchiudere una città intera.

Ma lo shock culturale li colpì solo quando furono condotti nella sala del trono. Era molto più grande e sfarzosa di qualunque altra stanza Elena avesse mai immaginato. Nessun ballo o galà nella Dimensione Oscura avrebbe potuto prepararla a quello. Il soffitto, simile a quello di una cattedrale, sembrava fatto di oro massiccio, come le due file d'imponenti colonne che sfilavano da una parte all'altra della sala. Il pavimento era formato da mattonelle di lapislazzuli dorati e malachite verde dagli intricati disegni. Sembrava che l'oro fosse stato usato come malta, e che ci fossero andati giù pesante. Le tre fontane dorate al centro della sala (quella di mezzo era la più grande ed elaborata), non spruzzavano acqua, ma petali dal delicato profumo che, quando raggiungevano l'apice, brillavano come diamanti e poi ricadevano, fluttuando nell'aria. Vetrate dai colori brillanti, che Elena non ricordava di aver mai visto prima, diffondevano sui muri prismi di luce colorata, come una benedizione dall'alto, infondendo calore alle fredde superfici d'oro inciso.

Sage, Elena, Stefan e Bonnie si sedettero sulle sedie piccole e comode che si trovavano a pochi metri dal grande palco drappeggiato di stoffe dorate meravigliosamente intessute. I tesori erano sparpagliati davanti a loro, e assistenti con morbide tuniche azzurre e dorate prendevano uno alla volta gli oggetti e li portavano al triumvirato attualmente in carica.

Le regine comprendevano una rappresentante di ogni gruppo di Guardiane. Una bionda, una rossa e una bruna. Gli scranni, posti sul palco, assicuravano una certa distanza dai postulanti e permettevano di guardarli dall'alto. Ma, convogliando il Potere negli occhi, Elena riuscì a distinguere ogni dettaglio dei loro splendidi troni dorati e tempestati di gemme. Parlottavano sottovoce tra loro, ammirando il fiore di Royal Radhika, un delfinio blu in quel momento. Poi la regina bruna sorrise e mandò una delle sue assistenti a prendere un vaso pieno di terra per consentire la sopravvivenza della pianta.

Elena fissò distrattamente gli altri tesori. Cinque litri d'acqua raccolta alla Fontana della Vita e dell'Eterna Giovinezza. Sei bottiglie integre di vino Black Magic, circondate dai frammenti di almeno un'altra dozzina di bottiglie. Un brillante arcobaleno di gemme grandi come un pugno, che rivaleggiava con le vetrate colorate. Alcune pietre erano grezze, altre già levigate e lucidate, e la maggior parte non solo erano già lavorate, ma vi erano state incise a mano delle misteriose scritte dorate e argentate. Due lunghe scatole nere foderate di velluto che contenevano papiri o cilindri di carta ingiallita, una decorata con una semplice rosa nera e l'altra con un ventaglio di foglioline verde chiaro. Elena sapeva cos'erano i documenti ingialliti con i loro sigilli di cera pieni di piccole crepe. Erano gli atti di proprietà del campo di rose nere e del paradiso kitsune.

Pensò che era quasi intollerabile la vista di tutti quei tesori, ammucchiati nello stesso posto. Con ogni oggetto di ciascuno dei Sette – anzi Sei – Tesori Kitsune si sarebbero potuti comprare mondi interi. Un ramoscello di Royal Radhika (il delfinio rosa si stava trasformando in un'orchidea bianca), anche ora che la pianta era stata restituita ai legittimi proprietari e piantata in un vaso adeguato, valeva una fortuna.

Altrettanto preziosa era una delle vellutate rose nere, in grado di serbare la più potente delle magie. O una sola gemma del tesoro della miniera, magari un diamante grosso come un melone, che avrebbe messo in ombra la Stella d'Africa o il Giubileo Dorato. O ancora, una giornata nel paradiso kitsune, dove un giorno solo era come un'intera vita perfetta. Un sorso dell'acqua effervescente che poteva far vivere un umano quanto il più vecchio degli Antichi...

Certo, ci sarebbe dovuta essere anche la più grande sfera stellata mai esistita, piena di sinistro Potere, ma Elena sperava che le Guardiane chiudessero un occhio su quello.

Si chiese se quella fosse davvero una speranza e scosse la testa, allarmando Bonnie, che le strinse forte la mano. No, non lo era. Non osava sperare. Non soffiava ancora un alito di speranza.

Un'altra assistente, una guardiana dai capelli rossi e gli occhi verdi, fulminandoli con una gelida occhiata, prese una bottiglia di plastica da cinque litri che sull'etichetta recava la scritta *Acqua del Settore 3*. «*Qu'est-ce qui lui prend?*», brontolò Sage appena si allontanò. «Insomma, qual è il problema? Mi piace l'acqua del settore dei vampiri. Non mi piace quella che esce dalle pompe di distribuzione del Mondo Sotterraneo».

Elena aveva già capito l'associazione fra i colori e la personalità delle Guardiane. Le bionde pensavano sempre al lavoro e si spazientivano solo per i ritardi. Le brune erano le più gentili, forse perché avevano meno lavoro da sbrigare nel Mondo Sotterraneo. Le rosse con gli occhi verdi erano semplicemente stronze. Purtroppo, la giovane donna seduta sul trono al centro del palco era una rossa.

«Bonnie», sussurrò la donna.

Bonnie dovette deglutire e tirare su con il naso prima di rispondere, «Sì?»

«Ti ho già detto che mi piacciono moltissimo i tuoi occhi?».

Bonnie la fissò a lungo con i suoi occhi castani, prima di cominciare a tremare dal ridere. Perlomeno era cominciata come una risata, e poi Bonnie aveva nascosto il volto contro la spalla di Elena e si era limitata a tremare.

Stefan strinse la mano di Elena. «Ce l'ha messa davvero tutta, per te. Anche lei... anche lei lo amava, sai. Non sapevo neanche questo. Credo... credo di essere stato cieco su tutti i fronti».

Si passò la mano fra i capelli già spettinati. Aveva un'aria molto giovane, sembrava un ragazzino punito all'improvviso per qualcosa che non gli avevano detto essere sbagliata. Elena ricordò quando avevano ballato nel cortile sul retro della pensione, lei con i piedi su quelli di lui, e quando lui, nella sua stanza in soffitta, le aveva baciato le mani, le nocche contuse per i lavori con il martello, le vene pulsanti al centro dei suoi polsi. Avrebbe voluto dirgli che sarebbe andato tutto bene, che i suoi occhi avrebbero ricominciato a ridere, ma non sopportava l'idea di mentirgli.

All'improvviso Elena si sentì molto vecchia: la vista e l'udito non funzionavano più bene, soffriva le pene dell'inferno ogni volta che si muoveva ed era fredda dentro. Con le giunture e le ossa piene di ghiaccio.

Alla fine, quando tutti i tesori, inclusi una parure di diamanti e una Chiave Universale dorata, furono consegnati alle giovani donne sugli scranni, perché li esaminassero, tastandoli e soppesandoli, e ne discutessero, una donna dalla pelle scura e gli occhi caldi si avvicinò al gruppo di Elena. «Potete avvicinarvi ai Giudici Supremi adesso. E loro sono davvero impressionate», aggiunse con una voce lieve come il colpo d'ali di una libellula, «non succede spesso. Parlate con umiltà, tenete la testa bassa e penso che avrete ciò che i vostri cuori desiderano».

Elena sentì l'impulso irresistibile di saltare per aggrapparsi alle sottane dell'assistente, che si stava allontanando, ma per fortuna Stefan la stringeva in un abbraccio di ferro. Bonnie sollevò la testa dalla sua spalla, ed Elena fu costretta a trattenerla a sua volta.

Avanzarono – erano il ritratto dell'umiltà – fermandosi davanti a quattro cuscini scarlatti che rilucevano contro gli intrecci dorati di un tappeto. Una volta, Elena si sarebbe rifiutata di umiliarsi. Invece ora era grata di avere qualcosa di soffice su cui posare le ginocchia.

Da quella distanza notò che ognuna delle regine indossava un diadema di metallo con un pendente sulla fronte.

«Abbiamo vagliato la vostra richiesta», disse la regina nera, mentre il suo diadema d'oro bianco con un pendente di brillanti accecava Elena con fastidiosi raggi lilla, rossi e blu reale. «Oh, sì», aggiunse ridendo. «Sappiamo cosa volete. Persino una Guardiana qualunque dovrebbe svolgere molto male il suo lavoro per non saperlo. Volete che la vostra città sia... messa a nuovo. Gli edifici bruciati ricostruiti. Le vittime della pestilenza malach ricreate, le loro anime racchiuse di nuovo nella carne, e i loro ricordi...».

«Ma non dovremmo prima», la interruppe la regina bionda, sventolando la mano, «risolvere una questione in sospeso? Questa ragazza, Elena Gilbert, potrebbe non essere idonea come portavoce del suo gruppo. Se diventa una Guardiana, il suo posto non può essere fra i postulanti».

La rossa scosse la testa come una puledra impaziente, facendo scintillare il suo diadema d'oro rosa e brillare il suo rubino. «Oh, allora procedi pure, Ryannen. Se i tuoi criteri di reclutamento sono così bassi...».

La zelante regina bionda la ignorò, ma si piegò in avanti e una ciocca di capelli biondi sfuggì al diadema d'oro giallo con il ciondolo di zaffiro e le cadde sul viso. «Che ne dici, Elena? So che il nostro primo incontro è stato... infelice. Mi dispiace davvero, devi credermi. Ma stavi per diventare una vera Guardiana, quando abbiamo ricevuto ordini dall'Alto di inserirti in un nuovo corpo così che tu potessi riprendere la tua vita da umana».

«Siete state voi? Ma certo, è ovvio». Elena parlò a voce bassa e in tono pacato e adulatorio. «Siete in grado di fare qualsiasi cosa. Ma... il nostro primo incontro? Non ricordo...».

«Eri troppo piccola e hai intravisto solo il bagliore della nostra macchina volante che sorpassava l'automobile dei tuoi genitori.

Doveva essere un piccolo incidente con una sola vittima apparente... Tu. Invece...».

Bonnie si portò le mani alla bocca. Aveva capito qualcosa che Elena ancora non afferrava. L'*automobile* dei suoi genitori? L'ultima volta che si era trovata in macchina con sua madre, suo padre e la piccola Margaret... era stato il giorno dell'incidente. Il giorno in cui aveva distratto suo padre, che stava guidando...

«*Guarda, papà! Guarda che carina quella...*».

E allora c'era stato lo schianto.

Elena si dimenticò di doversi mostrare umile e tenere la testa bassa. Infatti, alzò la testa e incrociò un paio di occhi azzurri molto simili ai suoi. Sapeva di avere uno sguardo duro e penetrante.

«Tu... *hai ucciso i miei genitori?*», mormorò.

«No, no!», gridò la regina nera. «È stata un'operazione andata male. Dovevamo incrociare la dimensione terrestre con la nostra solo per pochi secondi. Invece il tuo talento si è manifestato in modo piuttosto impetuoso e inaspettato. Hai visto la nostra macchina ad aria compressa. Doveva essere un incidente con una sola vittima apparente, *tu*. Invece tuo padre si è girato a guardare e...».

La voce le morì lentamente in gola quando Elena rivolse su di lei uno sguardo incredulo.

Bonnie aveva lo sguardo fisso in lontananza, sembrava quasi in trance. «Shinichi», disse con un fil di voce. «Quel suo strano indovinello... o qualsiasi cosa fosse. Ha detto che uno di noi aveva assassinato qualcuno, e che l'omicida non era un vampiro né si era trattato di un atto di eutanasia...».

«Ho sempre creduto che si riferisse a me», disse con calma Stefan. «Mia madre non si è mai ripresa dal parto dopo la mia nascita. È morta».

«Ma questo non fa di te un assassino!», gridò Elena. «Non come me. *Non come me!*».

«Be', per questo te lo sto chiedendo ora», disse la zelante donna bionda. «È stata una missione fallita, ma capisci, vero, che stavamo solo cercando di arruolarti? È il metodo tradizionale. Grazie ai nostri geni, siamo le migliori nel gestire quei demoni potenti e irrazionali che non rispondono al metodo tradizionale della forza, ma richiedono, di volta in volta, valutazioni a caldo...».

Elena soffocò un grido. Un grido di rabbia, angoscia, incredulità, senso di colpa... *Non sapeva cosa provava.* La sua abitudine di fare piani. I suoi progetti. Il modo in cui aveva gestito certi ragazzi violenti ai vecchi tempi... era tutta una questione genetica. E... i suoi genitori... per cosa erano morti?

Stefan si alzò. La sua bocca era serrata in una linea dura, i suoi occhi verdi mandavano lampi. Non c'era nulla di mite nella sua espressione. Le strinse la mano e lei sentì, nella sua mente: *Se vuoi combattere, sono con te.*

Mais, non. Elena si voltò e vide Sage. La sua voce telepatica era inconfondibile. Fu costretta ad ascoltare. *Siamo sul loro territorio, non possiamo batterli. Nemmeno io potrei farcela. Quello che* puoi *fare è fargliela pagare! Elena, sei una ragazza coraggiosa e le anime dei tuoi genitori senza dubbio hanno trovato una nuova casa. Sarebbe crudele costringerli a tornare indietro. Ma possiamo chiedere alle guardiane tutto ciò che desideri. Puoi chiedere di cambiare quello che vuoi per un anno e un giorno nel passato! Penso che saremo tutti d'accordo con te.*

Elena si fermò a riflettere. Guardò le Guardiane e poi i tesori. Guardò Bonnie e Stefan, che stavano aspettando la sua decisione. Lesse il consenso nei loro occhi.

Poi disse alle Guardiane, scandendo le parole: «Questo vi costerà davvero caro. E non voglio sentire che una qualsiasi delle mie richieste è impossibile. In cambio della restituzione dei tesori e anche della Chiave Universale... voglio la mia vecchia vita. Anzi, voglio una *nuova* vita, e voglio lasciarmi alle spalle la mia vera vecchia vita. Voglio essere Elena Gilbert, fresca di diploma, e voglio andare al Dalcrest College. Voglio svegliarmi una mattina a casa di zia Judith e scoprire che nessuno si è accorto della mia assenza negli ultimi dieci mesi. E voglio che il mio voto finale di diploma sia superiore a 90/100, nel caso dovesse servirmi. E voglio che Stefan abbia trascorso tranquillamente l'ultimo anno alla pensione e che tutti lo accettino come mio ragazzo. E voglio che ogni azione di Shinichi, Misao e della persona per cui lavorano, chiunque essa sia, sia *cancellata* e dimenticata. Voglio *morta* la persona per cui lavorano. E voglio che sia cancellato anche tutto ciò che Klaus ha fatto a Fell's Church. Voglio che Sue Carson torni in vita! Rivoglio viva anche Vickie Bennet! *Voglio che tutti tornino in vita!*».

Bonnie disse con un fil di voce, «Anche il signor Tanner?».

Elena capì. Se il signor Tanner non fosse morto, misteriosamente dissanguato, Alaric Saltzman non sarebbe mai stato chiamato a Fell's Church. Elena ricordò come l'aveva visto nella sua ultima esperienza extracorporea: capelli color sabbia, ridenti occhi nocciola. Pensò a Meredith e al loro semi-fidanzamento.

Ma chi era lei per giocare a fare Dio? Per dire: sì, questa persona può morire perché era antipatica e nessuno la amava, ma quest'altra deve vivere perché era mia amica?

21

«Non è un problema», disse inaspettatamente la regina bionda, Ryannen. «Possiamo far sì che il signor Tanner respinga quello che sembra l'attacco di un vampiro e che la scuola chiami Alaric Saltzman a investigare e a prendere il suo posto. Sei d'accordo, Idola?», chiese alla rossa. E poi alla bruna: «E tu, Susurre?».

Elena non era d'accordo. Nonostante avesse appena assistito a una lezione di efficace risoluzione di un problema con un ristretto spazio di manovra, Elena stava a malapena ascoltando. Era consapevole solo della propria voce arrochita e delle lacrime che offuscavano il suo sguardo. «E… in cambio della Chiave Universale, voglio…».

Stefan le strinse forte la mano. Elena di colpo si accorse che stavano tutti e tre in piedi al suo fianco. E avevano tutti la stessa espressione. Determinazione assoluta.

«Voglio che Damon torni in vita». Elena non sentiva quella nota nella propria voce dal giorno in cui le avevano detto che entrambi i suoi genitori erano morti. Se ci fosse stato un tavolo, vi avrebbe battuto i pugni sopra e avrebbe fatto del suo meglio per assumere un'aria minacciosa di fronte alle tre donne. Invece si limitò a chinarsi verso di loro e a parlare con voce bassa e stridente. «Se lo fate… Se lo riportate in vita, esattamente com'era prima di entrare nella Guardiola, vi restituiremo la Chiave Universale e i tesori. Se rifiutate, perderete tutto. *Tutto*. È una condizione non negoziabile, chiaro?».

Continuò a fissare gli occhi verdi di Idola. Evitò di guardare la nera Susurre, che aveva poggiato la fronte su tre dita tese, cominciando a fare piccoli massaggi circolari. Non degnò di uno sguardo la bionda Ryannen, che aveva assunto un contegno da "gestione dei conflitti" e la guardava con uno sguardo fermo e conciliante. Fissava dritto in quegli occhi verdi, sotto le volitive arcate sopracciliari. Idola sbuffò e scosse la bellissima testa.

«Senti, qualcuno probabilmente ha fatto un gran casino nel prepararti a questo colloquio». Gettò un'occhiata a Susurre. «Le altre cose che hai chiesto… tutte insieme, sono un riscatto davvero esorbitante. Lo capisci? Capisci che ciò che hai chiesto implica cambiare i ricordi di tutti coloro che vivono nel raggio di chilometri dalla tua città, e parlo dei ricordi accumulati ogni giorno nell'arco di dieci mesi? Significa modificare tutto ciò che è stato stampato riguardo a Fell's Church… e ne sono uscite *parecchie* di notizie sui giornali, per non parlare degli altri media. Significa supplicare per tre anime umane e tessere per loro un nuovo vestito di carne. Non sono neanche sicura che disponiamo del *personale* per questo…».

La bionda Ryannen posò la mano sul braccio della regina rossa. «Ce l'abbiamo. Le donne di Susurre hanno poco da fare nel Mondo Sotterraneo. Io posso prestarti circa il trenta per cento delle mie… Dopotutto, dovremo mandare una petizione alla Corte Superiore per quelle tre anime…».

Idola la rossa la interruppe. «D'accordo. Stavo solo dicendo che potremmo riuscire a gestire la cosa… se ci date la Chiave. Comunque, il vostro amico vampiro… non possiamo ridare la vita alle creature senz'anima. Non possiamo lavorare con i vampiri. Una volta che se ne sono andati… sono andati».

«Questo è ciò che ci dite!», gridò Stefan, cercando di passare davanti a Elena. «Ma per quale motivo, fra tutte le creature, a noi è toccata la dannazione peggiore? Come sapete che è impossibile? *Ci avete mai provato?*».

La rossa Idola stava facendo un gesto di disgusto, quando intervenne Bonnie, con voce tremante. «È ridicolo! Potete ricostruire una città, potete uccidere la persona che era realmente dietro tutte le azioni di Shinichi e Misao, ma non potete riportare in vita un misero vampiro? Avete riportato in vita *Elena*!».

«La morte di Elena come vampiro era necessaria perché diventasse la Guardiana che era destinata a essere fin dall'inizio. In quanto a colei che dava ordini a Shinichi e Misao, si trattava di Inari Saitou. Voi la conoscete come Obaasan Saitou, ed è già morta, grazie ai vostri amici a Fell's Church, che l'hanno indebolita, e a voi, che avete distrutto la sua sfera stellata».

«*Inari*? Ti riferisci alla nonna di Isobel? Stai dicendo che nel tronco del Grande Albero c'era la sua sfera stellata? È impossibile!», strillò Bonnie.

«No, è possibile. Ed è la verità», disse in tono pacato la bionda Ryannen.

«E adesso è *morta*?»

«Dopo una lunga battaglia che ha quasi ucciso i vostri amici. Sì... Ma ciò che l'ha effettivamente uccisa è stata la distruzione della sua sfera stellata».

«Quindi», disse con calma la bruna Susurre, «se seguite la curva degli eventi... in un certo senso il vostro Damon è morto per salvare Fell's Church da un massacro come quello avvenuto sull'isola giapponese. Diceva di essere venuto nel Mondo Sotterraneo a quello scopo, per salvare Fell's Church. Non pensate che possa essere... soddisfatto? In pace?»

«In *pace*?», sibilò con amarezza Stefan, e Sage grugnì.

«Donna», disse, «è ovvio che non hai mai incontrato Damon Salvatore». La sua voce era in qualche modo più vibrante e minacciosa e ciò spinse Elena a distogliere lo sguardo dalla rossa Idola. Si girò a guardare...

E vide le ali aperte di Sage che riempivano l'enorme sala.

Non somigliavano alle sue effimere Ali dei Poteri. Erano parte di lui. Grandi ali da rettile, vellutate e prive di pelliccia, che si estendevano da un muro all'altro e sfioravano l'imponente soffitto dorato. Spiegavano anche perché Sage non indossasse mai una maglietta.

Era bellissimo così, con la pelle abbronzata e i capelli sciolti su quegli archi giganteschi, che sembravano fatti di morbida pelle. Ma Elena, dopo averlo guardato un istante, capì che era arrivato il momento di giocare il suo asso nella manica. Si girò per incrociare gli occhi verdi di Idola e tenne fermo lo sguardo.

«Finora abbiamo cercato di contrattare per una Guardiola piena di tesori», disse, «e... una Chiave Universale».

«Una Chiave Universale rubata dai kitsune secoli fa», spiegò con calma Susurre, alzando gli occhi neri.

«E voi avete detto che non vi basta per riportare in vita Damon». Elena si sforzò di mantenere ferma la voce.

«Non sarebbe sufficiente nemmeno se questa fosse la vostra unica richiesta». Ryannen si gettò una ciocca dorata dietro le spalle.

«Così dite. Ma... se vi offrissi anche... un'altra Chiave Universale?».

Seguì un lungo silenzio, e il cuore di Elena cominciò a battere forte per l'angoscia. Perché tutti i segnali, in quel silenzio, erano sbagliati. Nessun sussulto di stupore. Nessuno sguardo meravigliato da una regina all'altra. Nessuna espressione incredula.

Dopo un altro po', Idola disse con aria compiaciuta: «Se ti riferisci all'altra chiave rubata che avevano i tuoi amici sulla Terra, l'abbiamo confiscata appena l'hanno nascosta. Era merce rubata. Apparteneva a *noi*».

"Ha vissuto troppo a lungo nella Dimensione Oscura", pensò Elena con una parte della sua mente. "Si diverte a tormentarci".

Idola si protese verso di lei, come per confermare la sua intuizione. «Questo non è proprio possibile», disse con enfasi, scandendo le parole.

«Sul serio, è impossibile», aggiunse subito la bionda Ryannen. «Non sappiamo cosa accada ai vampiri. Non rientrano nella nostra sfera di competenza. Non li abbiamo mai visti dopo la morte. La spiegazione più semplice è che loro semplicemente... si spengano». Schioccò le dita.

«*Non ci credo!*». Elena sapeva di aver alzato la voce. «Non ci credo nemmeno per un minuto!».

Esplose intorno a lei un vocio concitato, ma armonioso come una poesia e talmente fitto che era impossibile capire a chi appartenessero le singole voci.

Non è possibile. Semplicemente non è possibile! (*Ma per favore...*). No! Damon è andato, e chiedere dove sia adesso sarebbe come chiedere dove vada la fiamma di una candela quando si spegne. (*Ma non potreste almeno provare a riportarlo indietro?*). Che ne è della gratitudine? Voi quattro dovreste essere grati che le altre richieste *possano* essere esaudite. (*Ma in cambio di entrambe le Chiavi Universali...*). Nessun Potere in nostro controllo può riportare in vita Damon! Elena deve cercare di riconciliarsi con la realtà. Siamo state troppo indulgenti con lei! (*Ma che male può fare provarci di nuovo?*). D'accordo! Se proprio lo volete sapere, Susurre ci ha già costrette a provarci. E non è successo nulla! Damon... è... morto! Abbiamo setacciato l'etere, ma non abbiamo trovato il suo spirito da nessuna parte! Questo è ciò che succede ai vampiri, lo sanno tutti!

Elena si ritrovò a fissarsi le mani: erano molto pulite ma aveva le unghie rotte e le nocche sanguinanti. Il mondo esterno era diventato di nuovo irreale. Si era chiusa in se stessa, a lottare con il proprio dolore e con la consapevolezza che Idola, la regina principale delle Guardiane, non aveva mai accennato al loro tentativo di cercare lo spirito di Damon. E che lui era... morto.

All'improvviso si sentì soffocare da quelle mura. Le mancava l'aria. C'erano solo quelle quattro donne, quelle quattro potenti e magiche Guardiane; eppure il loro potere e la loro magia non bastavano a salvare Damon... o perlomeno non erano abbastanza motivate da provarci una seconda volta.

Non capiva ciò che le stava succedendo. Si sentiva la gola gonfia, il torace allo stesso tempo dilatato e stretto. Ogni pulsazione risuonava dentro di lei come se stesse tentando di farla tremare fino alla morte.

Fino alla morte. Nella sua immaginazione vide una mano che teneva in alto una bottiglia di Clarion Loess Black Magic.

E poi, Elena capì che doveva assumere una certa posizione, tenere le braccia in un certo modo e sussurrare nella propria testa determinate parole. Ma l'ultima parola, il nome dell'incantesimo, era necessario dirlo ad alta voce, alla fine.

Alla fine... quando tutto cominciò a scorrere al rallentatore. Quando Idola dagli occhi verdi (che nome perfetto per una donna che idolatrava se stessa, pensò Elena), la zelante Ryannen e la rassicurante Susurre rimasero a fissarla a bocca aperta, troppo sconvolte per muovere un dito, Elena disse, con voce calma e pacata: «Ali della Distruzione...».

Fu un soldato a fermarla, un soldato semplice delle truppe della regina nera. Saltò sul palco e, con velocità sovrumana, schiaffeggiò Elena sulla bocca, impedendole di pronunciare distintamente l'ultima sillaba e di far esplodere la sala dorata, verde e blu, riducendo in polvere le pareti e in fiumiciattoli di lava i metalli surriscaldati, e di vaporizzare la fontana di fiori e di ridurre in microscopici frantumi le vetrate colorate.

In un batter d'occhio Elena fu circondata da un nugolo di donne che l'afferrarono e la gettarono a terra, impedendole quasi di respirare, anche quando si afflosciò per la mancanza d'aria. Elena si dibatté come una belva per scappare, lottò con le unghie e con i denti. Ma alla fine la bloccarono completamente, inchiodandola al pavimento. Sentì la voce profonda di Sage che s'infuriava con le donne e Stefan che, fra un tentativo e l'altro di raggiungerla con la telepatia, implorava e spiegava: «Non ha ancora il senso della realtà! Non sa cosa sta facendo!».

Ma più forte, sentì la voce delle Guardiane. «Poteva ucciderci tutte!». «Quelle Ali... Non ho mai visto niente di così letale!». «Una semplice umana! Avrebbe potuto spazzarci via con solo tre parole!». «Se Lenea non l'avesse affrontata...». «O se si fosse trovata solo qualche metro più in là...». «Ha distrutto una luna, sapete! Non c'è più vita lassù ormai, e le ceneri ancora piovono dal cielo!». «Non è questo il punto. Il punto è che quella ragazza non dovrebbe proprio avere poteri del genere. Dovremmo tarparle le Ali». «Hai ragione. Tagliamo le sue Ali! *Facciamolo*!».

Elena alla fine riconobbe le voci di Ryannen e Idola. Cercava ancora di lottare, ma la tenevano così stretta e si accalcavano su di lei in modo così spietato che i suoi tentativi di divincolarsi servivano solo a respirare e, alla fine, era riuscita solo a stancarsi.

E poi le tagliarono le Ali. Fu molto rapido, alla fine, ed Elena non sentì quasi nulla. Quello che le doleva di più, era il cuore. Mentre lottava, il suo carattere orgoglioso e testardo era uscito allo scoperto, e provò vergogna per ogni paio d'Ali che le veniva portato via. Le prime a essere tagliate furono le Ali della Redenzione, grandi archi arcobaleno. Poi le Ali della Purificazione, bianche e iridescenti come ragnatele congelate. Le Ali del Vento, simili a soffioni color miele. Le Ali del Ricordo, viola chiaro e blu mezzanotte. E poi le Ali della Protezione, verde smeraldo e oro... le Ali che avevano salvato i suoi amici dai folli assalti di Blodeuwedd la prima volta che erano entrati nella Dimensione Oscura.

E, alla fine, le Ali della Distruzione, alte arcate color ebano con i bordi fragili come pizzo nero.

Elena cercò di rimanere in silenzio mentre le portavano via tutti i poteri. Ma quando le cadde accanto il primo paio d'Ali, ombre che forse solo lei riusciva a vedere, udì un rantolo soffocato, e poi si accorse che era la propria voce. E con il taglio successivo, un piccolo grido involontario.

Per un attimo ci fu silenzio. E poi, all'improvviso, si levò un frastuono assordante. Elena distinse i lamenti di Bonnie, i ruggiti di Sage e le grida di Stefan, del gentile Stefan, che imprecava e bestemmiava contro le Guardiane. Elena intuì, dal suono soffocato della sua voce, che si stava azzuffando con loro per andare da lei.

In qualche modo riuscì a raggiungerla, proprio quando le fragili e letali Ali della Distruzione venivano recise dalle sue spalle e dalla sua mente, cadendo a terra come lunghe ombre. Fu un bene che l'avesse raggiunta proprio in quel momento, perché alla fine, mentre Elena era meno pericolosa di quanto fosse mai stata da quando i Poteri delle Ali avevano cominciato a risvegliarsi in lei, all'improvviso le Guardiane sembrarono spaventate. Indietreggiarono, si allontanarono da lei quelle donne forti e pericolose, e solo Stefan le restò accanto per prenderla e stringerla fra le braccia.

Sconvolta e stordita, era di nuovo una normalissima ragazza di diciott'anni. Tranne che per il sangue. Volevano privarla anche del suo sangue... volevano "purificarlo". Le tre regine e le loro assistenti si erano già radunate intorno a lei, formando un triangolo multicolore, e stavano lanciando i loro incantesimi, quando Sage ruggì: «Basta!».

Elena, accasciandosi sulle spalle di Stefan, riuscì a stento a vederlo, con le sue vellutate ali nere ancora spalancate che si estendevano da una parete all'altra e sfioravano il soffitto dorato. Bonnie si era aggrappata a lui come il soffione smarrito di un dente di leone. «Avete già ridotto al minimo la sua aura, l'avete quasi distrutta», ringhiò. «Se "purificate" il sangue di questa *pauvre petite*, morirà, e poi si risveglierà. Avrete creato *un vampire, Mesdames*. È questo che volete?».

Susurre indietreggiò, vacillando. Per essere la regina di un reame dove la vita era molto dura e faticosa, era fin troppo tenera di cuore... "Tuttavia non si è fatta scrupoli a tagliarmi le Ali", pensò Elena, scrollando le spalle per lenire il dolore. "Forse non sapeva quanto mi avrebbe fatto male", cercò di scusarla un'altra parte della sua mente, senza molta convinzione.

Poi radunò tutti i suoi pensieri in una riunione di emergenza. Goccioline tiepide e lenitive le stavano scivolando sulla nuca. Non era sangue. No, era qualcosa di infinitamente più prezioso di ciò che le Guardiane le avevano portato via. Erano le lacrime di Stefan.

Si fece forza, cercando di stare in piedi da sola. In qualche modo, tremando, ci riuscì. Si accorse di quanto fosse debole solo quando cercò di alzare la mano per asciugare con il dorso del pollice le lacrime dalle guance di Stefan. La sua mano tremò tutta come se stesse facendo uno scherzo infantile. Il pollice urtò il suo viso con tanta forza che chiunque altro si sarebbe ritratto. Rivolse a Stefan un muto sguardo di scuse, troppo scossa per cercare di parlare.

Stefan, invece, non smetteva di parlare. «Non importa», diceva. «Va tutto bene, amore. Oh, mio bellissimo amore, si risolverà tutto». Le asciugò le lacrime dagli occhi con la mano ferma come la roccia, e non distolse gli occhi da lei un solo istante, né – Elena ne era certa – il pensiero.

Lo sapeva perché avvertì anche il momento in cui i suoi pensieri cambiarono.

Capelli rossi comparvero nel suo orizzonte visivo, sfocati perché aveva ricominciato a piangere. Capelli rossi e stretti occhi verdi, troppo vicini. Fu allora che Elena sentì che Stefan si era ricordato che esisteva qualcos'altro al mondo oltre a lei.

La sua espressione cambiò. Non ringhiò né sporse il mento. Fu un cambiamento molto profondo, ma si concentrò nel suo sguardo, che divenne terribilmente duro, mentre i suoi lineamenti s'irrigidivano, dandogli un'aria feroce.

«Se la tocchi un'altra volta, brutta *stronza* perversa, ti taglio la gola», disse Stefan, e ogni parola era come una scheggia di ferro ghiacciato che cadeva sul pavimento.

Elena smise di piangere per lo shock. Stefan non parlava in quel modo a una donna. Nemmeno Damon… aveva mai parlato così. Ma quelle parole continuavano a echeggiare nell'improvviso silenzio della sala spaziosa come una cattedrale. Le donne indietreggiarono.

Anche Idola si tirò indietro, ma arricciando le labbra per il disprezzo. «Credi che solo perché siamo Guardiane non possiamo farvi del male…?», esordì, quando Stefan la zittì.

«Credo che proprio perché siete "Guardiane" potete uccidere in modo ipocrita e farla franca», disse Stefan, con una smorfia di disprezzo ben più convincente e spaventosa di quella di Idola. «Avresti ucciso Elena se Sage non ti avesse fermato. Che tu sia *dannata*», aggiunse a bassa voce, ma con un tono così convinto che Idola fece un altro passo indietro. «Sì, ti conviene radunare attorno a te tutte le tue piccole amiche», aggiunse, «potrei decidere di ucciderti comunque. Ho ucciso il mio stesso fratello, sono sicuro che tu lo sappia».

«Ma sappiamo anche... che l'hai fatto solo dopo aver ricevuto tu stesso un colpo mortale». Susurre si mise tra loro due, cercando di mediare.

Stefan scrollò le spalle. La fissò con lo stesso disprezzo con cui aveva guardato l'altra regina. «Ero ancora in grado di muovere il braccio», disse lentamente. «Avrei potuto decidere di lasciar cadere la spada, o ferirlo soltanto. Invece ho scelto di immergergli tutta la lama nel cuore». Mostrò i denti in un sorriso decisamente poco amichevole. «E adesso non ho nemmeno bisogno di un'arma».

Elena, alla fine, riuscì almeno a sussurrare: «Stefan».

«Lo so. Lei è più debole di me e tu non vuoi che la uccida. È per questo che è ancora viva, amore. È l'unica ragione». Quando Elena alzò su di lui uno sguardo un po' intimorito, Stefan aggiunse con una voce che solo lei poteva sentire: *Elena, è ovvio che ci sono alcune cose su di me che non sai. Cose che speravo non avresti mai dovuto vedere. Conoscerti... amarti... me le ha quasi fatte dimenticare.*

La voce di Stefan nella sua mente risvegliò qualcosa dentro di lei. Alzò la testa e guardò la massa sfocata delle Guardiane intorno a loro. Sospeso a mezz'aria vide un groviglio di riccioli biondo fragola. Bonnie. Bonnie stava combattendo. Con scarsi risultati, ma solo perché una coppia di Guardiane bionde e un'altra coppia di brune l'avevano sollevata e la tenevano ferma per le braccia e le gambe. Appena Elena la guardò, sembrò riacquistare vigore e riprese a dibattersi con forza. Ed Elena udì... qualcosa. Era un suono debole e lontano, ma sembrava quasi... il suo nome. Sembrava che il suo nome fosse sillabato dallo stormire dei rami o dal fruscio delle ruote di una bicicletta che passa.

Lee... naa... eee... lee...

Elena si concentrò per udire meglio il suono. Cercò disperatamente di captare il seguito, ma senza risultati. Ricorse a uno stratagemma che solo il giorno prima le sarebbe riuscito facilmente: canalizzare il Potere al centro dei suoi recettori telepatici. Non funzionò. Provò con la semplice telepatia.

Bonnie! Riesci a sentirmi?

L'espressione dell'esile ragazza non cambiò per niente.

Elena aveva perso il legame telepatico con Bonnie.

La guardò mentre anche lei capiva la stessa cosa e l'impulso di lottare abbandonava il suo piccolo corpo. Il viso di Bonnie, rivolto verso l'alto con uno sguardo vacuo, disperato, era indescrivibilmente triste e, allo stesso tempo, puro e bello.

A noi non accadrà mai, disse con convinzione la voce di Stefan nella sua mente. *Mai! Ti do la mia...*

No!, rispose Elena, per il terrore superstizioso che un giuramento avrebbe portato sfortuna. Se Stefan avesse giurato, sarebbe successo qualcosa – forse sarebbe stata costretta a diventare un vampiro o uno spirito – per assicurare che lui non infrangesse la parola data.

Lui si fermò, ed Elena capì che l'aveva sentita. E, in qualche modo, la consapevolezza che Stefan aveva sentito una sua parola, la calmò. Sapeva che lui non stava spiando i suoi pensieri. L'aveva sentita perché lei gli aveva inviato quel pensiero. Non era sola. Poteva essere di nuovo una ragazza normale; potevano averle tolto le sue Ali e gran parte del Potere del suo sangue, ma non era sola. Si chinò verso di lui, posandogli la fronte sul mento.

"*Nessuno è solo*". L'aveva detto a Damon. Damon Salvatore, che ormai non esisteva più. Ma che le ispirò un'altra parola, un ultimo grido. Il suo nome.

Damon!

Era morto a quattro dimensioni di distanza. Ma sentì che Stefan le stava dando manforte, amplificando la trasmissione, così che insieme potessero mandare quel messaggio come un ultimo razzo di segnalazione attraverso la moltitudine dei mondi che li separavano dal suo corpo freddo e senza vita.

Damon!

Non giunse nemmeno il debole eco di una risposta. Ovvio. Elena si stava rendendo ridicola.

D'un tratto fu sopraffatta da una consapevolezza più forte del lutto, più forte dell'autocommiserazione e persino del senso di colpa. Damon non avrebbe voluto che si lasciasse portare via in braccio da quella sala... nemmeno da Stefan. Soprattutto da Stefan. Avrebbe voluto che lei non mostrasse nessun segno di debolezza di fronte alle donne che l'avevano spogliata e umiliata.

Sì. Questo era Stefan. Il suo amore, ma non il suo amante, poiché voleva amarla in modo casto fino alla fine dei suoi giorni...

La fine... dei suoi giorni?

Elena di colpo fu felice di non poter proiettare i suoi pensieri agli estranei e che Stefan, quando l'aveva presa fra le braccia, avesse posto degli scudi intorno a loro. Si girò verso Ryannen, che li stava osservando con uno sguardo diffidente, ma ancora calcolatore.

«Vorrei andarmene adesso, se non vi dispiace», disse, prendendo lo zaino e buttandoselo sulle spalle con l'atteggiamento più arrogante che riuscì ad assumere. Sentì una fitta di dolore quando la cinghia dello zaino colpì il punto da cui era scaturita gran parte delle Ali, ma mantenne un'espressione sprezzante e indifferente.

Bonnie, che, avendo smesso di lottare, era di nuovo a terra, seguì il suo esempio. Stefan aveva lasciato lo zaino nella Guardiola, ma con dolcezza chiuse una mano intorno al gomito di Elena, non per guidarla, ma per farle capire che lui era lì per lei. Sage ripiegò le sue ali, facendole scomparire.

«Comprendi che per la restituzione di questi tesori, che ci appartengono di diritto, ma che ci è stato impedito di recuperare, acconsentiremo alle tue richieste, tranne all'impossi...».

«Capisco», disse Elena con voce piatta, mentre Stefan diceva, in tono molto più brusco, «ha capito. *Fatelo* e basta, d'accordo?»

«Abbiamo già organizzato tutto». Gli occhi di Ryannen, blu scuro con una spruzzata d'oro, incontrarono quelli di Elena con uno sguardo non del tutto indifferente.

«La cosa migliore da fare», aggiunse in fretta Susurre, «sarebbe metterti a dormire e mandarti alla tua vecchia... nuova dimora. Quando ti sveglierai, troverai tutto pronto».

Elena si sforzò di non cambiare espressione. «Mi manderete a Maple Street?», chiese, guardando Ryannen. «A casa di zia Judith?»

«Nel sonno, sì».

«Non voglio dormire». Elena si avvicinò ancora di più a Stefan. «Non permettere che mi facciano addormentare!».

«Nessuno ti farà *niente* senza il tuo consenso», disse Stefan, e la sua voce somigliava alla lama di un rasoio. Sage mugugnando dichiarò il suo sostegno e Bonnie fissò la regina bionda con uno sguardo duro.

Ryannen chinò la testa.

Elena si svegliò.

Era buio, e si era addormentata. Ricordava bene come si era addormentata, ma sapeva di non essere nel palanchino, e nemmeno in un sacco a pelo.

Stefan? Bonnie? Damon?, pensò automaticamente, ma c'era qualcosa che non andava nella sua telepatia. Sembrava quasi che i pensieri fossero confinati nella sua testa.

Era nella stanza di Stefan? Era buio pesto fuori, infatti non riusciva a vedere neppure i bordi della botola che portava al terrazzino.

«Stefan?», mormorò, mentre metteva insieme i frammenti di informazioni che riaffioravano nella sua mente. Sentì un odore, familiare e sconosciuto al tempo stesso. Era distesa su un comodo letto matrimoniale, non uno dei lussuosi baldacchini di seta e velluto della villa di Lady Ulma, ma nemmeno uno dei bitorzoluti letti di piume della pensione. Era in un hotel?

Mentre questi pensieri si affollavano nella sua mente, sentì dei lievi colpi ripetuti. Nocche sul vetro.

L'istinto prese il sopravvento. Si lanciò fuori dalle coperte e corse alla finestra, evitando misteriosamente gli ostacoli senza nemmeno pensarci. Tirò con forza le tende che, per qualche motivo, sapeva essere là, e il suo cuore esagitato le portò un nome alle labbra.

«Da…!».

E poi il mondo si fermò e sembrò capovolgersi con estenuante lentezza. La vista di un volto sull'altro lato della finestra al secondo piano, un volto dall'espressione fiera, preoccupata, amorevole e, tuttavia, stranamente frustrata, fece riaffiorare i suoi ricordi.

Tutti.

Fell's Church era salva.

E Damon era morto.

Chinò lentamente la testa fino a toccare con la fronte la fredda lastra di vetro.

22

«Elena?», disse con calma Stefan. «Potresti invitarmi a entrare? Devi invitarmi se vuoi... parlare...».

Invitarlo a *entrare*? Lui era già... nel suo cuore. Aveva detto alle Guardiane che tutti avrebbero dovuto sapere che Stefan era il suo ragazzo da almeno un anno.

Pazienza. A bassa voce, disse: «Entra, Stefan».

«Elena, la finestra è chiusa a chiave dall'interno».

Elena girò la chiave con le dita intorpidite. Un attimo dopo si ritrovò fra braccia calde e forti che la stringevano in un disperato, fervido abbraccio. Ma l'attimo successivo, Stefan lasciò cadere le braccia, lasciandola fredda e sola.

«Stefan? Cosa c'è che non va?». I suoi occhi si erano adattati all'oscurità e, alla luce delle stelle che entrava dalla finestra, lo vide esitare davanti a lei.

«Non posso. Non è... non è me che vuoi», disse d'un fiato, come se avesse un groppo in gola. «Ma voglio che tu sappia... che Meredith e Matt stanno abbracciando Bonnie. La stanno consolando, volevo dire. Stanno tutti bene, anche la signora Flowers. E penso che tu...».

«Mi hanno fatta addormentare! Avevano detto che non l'avrebbero fatto!».

«Ti sei addormentata da sola, amo... Elena. Mentre aspettavamo che ci mandassero a casa. Ci siamo tutti presi cura di te: Bonnie, Sage e io». Continuava a parlare con quell'insolito tono formale. «Ma pensavo... be', che tu avessi voglia di parlare stanotte. Prima della mia... partenza». Le mise un dito sulle labbra perché smettessero di tremare.

«Hai giurato che non mi avresti mai lasciata!», gridò Elena. «Avevi promesso di non andartene per nessun motivo, neanche per breve tempo, non importa quanto nobile fosse la causa!».

«Ma… Elena, questo è successo prima che io capissi…».

«Tu non hai ancora capito! Sai…».

Lui alzò le mani di scatto per coprirle la bocca e le posò le labbra sull'orecchio. «Amo… Elena. Siamo a casa tua. Tua zia…».

Elena spalancò gli occhi, anche se inconsciamente l'aveva saputo fin dall'inizio. Quell'atmosfera familiare. Quel letto… era il *suo* letto, e quella era la sua amata coperta bianco-dorata. La facilità con cui aveva evitato gli ostacoli al buio… i colpi ripetuti alla sua finestra… era a *casa*.

Come uno scalatore che è riuscito a superare uno spuntone di roccia che sembrava impossibile da scalare, e che per poco non era precipitato, Elena sentì una violenta scarica di adrenalina. E fu grazie a questa, o forse grazie al potere dell'amore che fluiva dentro di lei, che ottenne ciò che prima aveva cercato di raggiungere in modo piuttosto maldestro. Sentì la sua anima espandersi e uscire dal corpo. E incontrare quella di Stefan.

Fu allibita dalla velocità con cui Stefan spazzò via la disperazione dalla sua anima, e intimorita dall'ondata d'amore che sommerse ogni parte di lui al contatto con la sua mente.

Oh, Stefan. Dimmi solo… che puoi perdonarmi. Non chiedo altro. Se mi perdoni, posso continuare a vivere. Forse potrai essere di nuovo felice con me, se solo mi dai un po' di tempo.

Sono già felice con te. Ma abbiamo tutto il tempo del mondo, la rassicurò Stefan. Ma lei colse l'ombra di un pensiero triste, scacciato via in fretta. *Lui* aveva tutto il tempo del mondo. Lei, comunque…

Elena dovette trattenersi dal ridere, poi si aggrappò di colpo a Stefan. *Il mio zaino… l'hanno preso? Dov'è?*

Accanto al comodino. Ci arrivo io. Lo vuoi? Allungò una mano nel buio e tirò su un oggetto pesante, ruvido e dall'odore non molto gradevole. Elena vi affondò con frenesia una mano, mentre con l'altra continuava ad aggrapparsi a lui.

Sì! Oh, Stefan, è qui!

Stefan cominciò a nutrire un sospetto... ma ebbe la *certezza* solo quando lei tirò fuori una bottiglia con l'etichetta dell'acqua Evian e se l'appoggiò alla guancia. Era ghiacciata, nonostante quella fosse una notte mite e afosa. E mentre sprigionava bollicine, emetteva un bagliore che l'acqua normale non emette.

Non l'ho fatto apposta, spiegò a Stefan, improvvisamente preoccupata che lui non volesse farsi vedere in giro con una ladra. *Perlomeno... non all'inizio. Sage ha detto di imbottigliare l'acqua della Fontana della Vita e dell'Eterna Giovinezza. Ho scovato una damigiana e questa bottiglietta, e per qualche ragione ho riposto nello zaino la bottiglia più piccola... Volevo metterci anche quella grande, ma non entrava. E non ci ho più pensato finché non mi hanno portato via le Ali e la telepatia.*

È andata bene, disse Stefan. *Se ti avessero presa... Oh, mio dolce amore!* L'abbracciò tanto forte da mozzarle il fiato. *Quindi è per questo che all'improvviso eri così ansiosa di andartene!*

«Mi hanno tolto quasi tutto ciò che avevo di sovrannaturale», sussurrò Elena, accostando le labbra all'orecchio di Stefan. «Devo rassegnarmi, e se mi avessero dato la possibilità di scegliere, sarei stata d'accordo, per il bene di Fell's Church... Se ci avessi pensato razionalmente...». S'interruppe, rendendosi conto all'improvviso di aver agito come una pazza furiosa. Si era comportata peggio di una ladra. Aveva tentato di lanciare un attacco mortale su un gruppo di persone per la maggior parte innocenti. E la cosa peggiore era che una parte di lei sapeva che Damon avrebbe compreso la sua pazzia, mentre non era sicura che anche Stefan potesse capirla.

«Così non sarai costretto a trasformarmi in... lo sai», disse, ricominciando a bisbigliare freneticamente. «Bastano un paio di sorsi di quest'acqua e potrò stare con te per sempre. Per sempre e... sempre, Stefan...». Si fermò, cercando di riacquistare il fiato e l'equilibrio mentale.

Lui chiuse una mano sulle sue, strette sul tappo della bottiglia. «Elena».

«Non sto piangendo. È perché sono felice. Per sempre, Stefan. Potremo stare insieme, solo… solo noi due… per sempre».

«Elena, amore». La sua mano le impediva di aprire la bottiglia.

«Non è… non è quello che vuoi?».

Stefan la strinse a sé con l'altro braccio. Elena gli appoggiò la testa sulla spalla e lui adagiò il mento sui suoi capelli. «Lo voglio più di ogni altra cosa. Credo di essere solo… stordito. Non mi sento così da quando…». S'interruppe e riformulò la frase. «Se abbiamo tutto il tempo del mondo, possiamo cominciare domani», disse con la voce smorzata dai suoi capelli. «E domani avrai abbastanza tempo per cominciare a rifletterci bene. In quella bottiglia c'è acqua sufficiente per quattro, forse cinque persone. Sei tu che dovrai decidere chi berrà, amore. Ma non stanotte. Stanotte è per…».

Con un improvviso impeto di gioia, Elena comprese. «Stai parlando di… Damon». Assurdo quanto fosse difficile soltanto pronunciare il suo nome. Sembrava quasi una mancanza di rispetto, eppure…

Quando è riuscito a parlarmi per un attimo, così come stiamo parlando noi adesso, mi ha detto ciò che voleva, spiegò. Stefan s'irrigidì un poco nel buio, ma non disse nulla. *Stefan, ha chiesto solo una cosa prima di… andare. Ha chiesto di non essere dimenticato. Tutto qui.* E noi *lo conoscevamo meglio di chiunque altro. Io, tu e Bonnie.*

Ad alta voce aggiunse: «Io non lo dimenticherò mai. E non permetterò che chiunque altro l'abbia conosciuto si dimentichi di lui… finché vivrò».

Sapeva di aver parlato a voce troppo alta, ma Stefan non cercò di calmarla. Si limitò a una breve alzata di spalle e l'abbracciò stretta di nuovo, affondando il viso fra i suoi capelli.

Ricordo, le disse, *quando Katherine gli ha chiesto di unirsi a lei… quando eravamo tutti e tre nella cripta di Honoria Fell. Ricordo quello che lui le ha risposto. E tu?*

Elena sentì le loro anime intrecciarsi mentre osservavano la scena l'uno attraverso gli occhi dell'altra. *Certo che me lo ricordo.*

Stefan sospirò, abbozzando una risata. *Ricordo quando, più tardi, a Firenze, cercavo di prendermi cura di lui. Era inquieto, non cercava neanche di Influenzare le ragazze di cui si nutriva.* Un altro sospiro. *Credo che a quel punto volesse essere preso. Non riusciva neppure a guardarmi in faccia e a parlare di te.*

Ho mandato Bonnie a cercarvi. Mi sono assicurata che vi tirasse fuori entrambi, gli disse Elena. Aveva ricominciato a piangere, ma piano… con dolcezza. Tenendo gli occhi chiusi, sentì un debole sorriso salirle alle labbra.

Sai – la voce mentale di Stefan era sorpresa, meravigliata – *mi è tornato in mente un altro ricordo! Di quando ero molto piccolo, forse avevo tre, quattro anni. Mio padre era molto irascibile, soprattutto dopo la morte di mia madre. E allora, quando mio padre era arrabbiato e ubriaco, Damon si metteva sempre tra noi, per proteggermi. Diceva qualcosa d'impertinente e… be', mio padre finiva sempre per picchiare lui al posto mio. Non so come possa averlo dimenticato.*

Io lo so, disse Elena, ricordando il terrore che aveva avuto di Damon dopo la sua trasformazione in umano… Anche se lui si era messo fra lei e i vampiri che volevano somministrarle una punizione pubblica nella Dimensione Oscura. *Lui aveva il dono di sapere esattamente cosa dire, come atteggiarsi e cosa fare per irritare qualcuno.*

Sentì Stefan che faceva una risatina sardonica. *Era un dono, dici?*

Be', io di sicuro non ne sono capace, e di solito so come prendere la gente, rispose dolcemente Elena. *Lui no, invece. Non ho mai capito come prenderlo.*

Stefan aggiunse: *Spesso era più gentile con le persone fragili che con quelle forti. Ha sempre avuto un debole per Bonnie…* S'interruppe, come se avesse avuto paura di avventurarsi troppo vicino a qualcosa di sacro.

Ma Elena aveva trovato i suoi punti fermi. Era felice, davvero felice, che alla fine Damon fosse morto per salvare Bonnie. Ormai non aveva bisogno di altre prove dei suoi sentimenti per lei. Avrebbe amato Damon per sempre, e non avrebbe mai permesso a nessuno di sminuire l'importanza di quell'amore.

E, in qualche modo, sembrava giusto che lei e Stefan si fossero seduti nella sua vecchia camera da letto a condividere sottovoce i ricordi che avevano di Damon. Meditava di fare la stessa con gli altri l'indomani.

La mezzanotte era passata da un pezzo, quando, finalmente, si addormentò fra le braccia di Stefan.

23

Sulla luna più piccola del Mondo Sotterraneo cadeva una pioggia di cenere sottile. Cadde su due corpi già coperti di cenere. Cadde sull'acqua melmosa. Bloccò la luce del sole, cosicché una mezzanotte senza fine coprì la superficie della luna rivestita di cenere.

E cadde qualcos'altro. Sotto forma delle gocce più piccole che si possano immaginare, cadde un fluido opalescente, e ogni goccia era un turbinio di colori che sembrava voler compensare la bruttezza delle ceneri. Erano solo goccioline, ma ce n'erano trilioni, e cadevano all'infinito, concentrandosi sul punto in cui, un tempo, avevano fatto parte del più grande contenitore di Potere puro delle tre dimensioni.

C'era un corpo per terra, in quel punto... non proprio un cadavere. Non aveva pulsazioni; non respirava, e non c'era attività cerebrale. Ma da qualche parte là dentro c'era un lento battito, che accelerò leggermente quando fu colpito da una gocciolina di Potere.

Il battito era alimentato solo da un ricordo. Il ricordo di una ragazza con gli occhi blu e i capelli d'oro e di un visetto dai grandi occhi castani. E da un sapore: il sapore delle lacrime di due vergini. *Elena. Bonnie.*

Insieme non formavano esattamente un pensiero, e neppure un'immagine. Ma per chi avesse compreso solo le parole, si sarebbe potuto tradurre in questo modo:

Mi stanno aspettando. Devo solo capire chi sono io.

E questo pensiero ravvivò un'incrollabile determinazione.

Dopo quelli che sembrarono secoli ma furono soltanto poche ore, qualcosa si mosse sotto la cenere. Una mano si chiuse a pugno.

E qualcosa si destò nel cervello, un'auto-rivelazione. Un nome.

Damon.

INDICE